GRöLS Verlage

„Bücher sind wie Fallschirme. Sie nützen uns nichts, wenn wir sie nicht öffnen."

Gröls Verlag

Redaktionelle Hinweise und Impressum

Das vorliegende Werk wurde zugunsten der Authentizität sehr zurückhaltend bearbeitet. So wurden etwa ursprüngliche Rechtschreibfehler *nicht* systematisch behoben, denn kleine Unvollkommenheiten machen das Buch – wie im Übrigen den Menschen – erst authentisch. Mitunter wurden jedoch zum Beispiel Absätze behutsam neu getrennt, um den Lesefluss zu erleichtern.

Um die Texte zu rekonstruieren, werden antiquarische Bücher von Lesegeräten gescannt und dann durch eine Software lesbar gemacht. Der so entstandene Text wird von Menschen gegengelesen und korrigiert – hierbei treten auch Fehler auf. Wenn Sie ebenfalls antiquarische Texte einreichen möchten, finden Sie weitere Informationen auf www.groels.de

Viel Freude bei der Lektüre wünscht Ihnen das Team des Gröls-Verlags.

Adressen

Verleger: Sophia Gröls, Im Borngrund 26, 61440 Oberursel

Externer Dienstleister für Distribution & Herstellung: BoD, In de Tarpen 42, 22848 Norderstedt

Unsere „Edition | Werke der Weltliteratur" hat den Anspruch, eine der größten und vollständigsten Sammlungen klassischer Literatur in deutscher Sprache zu sein. Nach und nach versammeln wir hier nicht nur die „üblichen Verdächtigen" von Goethe bis Schiller, sondern auch Kleinode der vergangenen Jahrhunderte, die – zu Unrecht – drohen, in Vergessenheit zu geraten. Wir kultivieren und kuratieren damit einen der wertvollsten Bereiche der abendländischen Kultur. Kleine Auswahl:

Francis Bacon • Neues Organon • **Balzac** • Glanz und Elend der Kurtisanen • **Joachim H. Campe** • Robinson der Jüngere • **Dante Alighieri** • Die Göttliche Komödie • **Daniel Defoe** • Robinson Crusoe • **Charles Dickens** • Oliver Twist • **Denis Diderot** • Jacques der Fatalist • **Fjodor Dostojewski** • Schuld und Sühne • **Arthur Conan Doyle** • Der Hund von Baskerville • **Marie von Ebner-Eschenbach** • Das Gemeindekind • **Elisabeth von Österreich** • Das Poetische Tagebuch • **Friedrich Engels** • Die Lage der arbeitenden Klasse • **Ludwig Feuerbach** • Das Wesen des Christentums • **Johann G. Fichte** • Reden an die deutsche Nation • **Fitzgerald** • Zärtlich ist die Nacht • **Flaubert** • Madame Bovary • **Gorch Fock** • Seefahrt ist not! • **Theodor Fontane** • Effi Briest • **Robert Musil** • Über die Dummheit • **Edgar Wallace** • Der Frosch mit der Maske • **Jakob Wassermann** • Der Fall Maurizius • **Oscar Wilde** • Das Bildnis des Dorian Grey • **Émile Zola** • Germinal • **Stefan Zweig** • Schachnovelle • **Hugo von Hofmannsthal** • Der Tor und der Tod • **Anton Tschechow** • Ein Heiratsantrag • **Arthur Schnitzler** • Reigen • **Friedrich Schiller** • Kabale und Liebe • **Nicolo Machiavelli** • Der Fürst • **Gotthold E. Lessing** • Nathan der Weise • **Augustinus** • Die Bekenntnisse des heiligen Augustinus • **Marcus Aurelius** • Selbstbetrachtungen • **Charles Baudelaire** • Die Blumen des Bösen • **Harriett Stowe** • Onkel Toms Hütte • **Walter Benjamin** • Deutsche Menschen • **Hugo Bettauer** • Die Stadt ohne Juden • **Lewis Caroll** • *und viele mehr….*

Hermann Löns

Der Wehrwolf

Eine Bauernchronik

Inhalt

1. Die Haidbauern

Im Anfange war es wüst und leer in der Haide. Der Adler führte über Tage das große Wort, und bei Nacht hatte es der Uhu; Bär und Wolf waren Herren im Lande und hatten Macht über jegliches Getier.

Kein Mensch wehrte es ihnen, denn die paar armseligen Wilden, die dort vom Jagen und Fischen lebten, waren froh, wenn sie das Leben hatten und gingen den Untieren liebendgern aus der Kehr.

Da kamen eines Abends andere Menschen zugereist, die blanke Gesichter und gelbes Haar hatten; mit Pferd und Wagen, Kind und Kegel kamen sie an, und mit Hunden und Federvieh.

Es gefiel ihnen gut in der Haide, denn sie kamen daher, wo das Eis noch bis in den Mai auf den Pümpen stand und im Oktober schon wieder Schnee fiel.

Ein jeder suchte sich einen Platz und baute sich darauf ein breites Haus mit spitzem Dach, das mit Reet und Plaggen gedeckt war und am Giebel ein paar bunte Pferdeköpfe aus Holz aufwies.

Jeglicher Hof lag für sich. Ganz zu hinterst in der Haide wohnte Reineke; sein Nachbar war Hingst; auf ihn folgte Marten, darauf Hennig, hinterher Hors, und dann Bock und Bolle und Otte und Katz und Duw und Specht und Petz und Ul und wie sie alle hießen, und zuletzt Wulf, ein langer Mann mit lustigen Augen und einer hellen Stimme, der sich da angebaut hatte, wo das Bruch anfing.

Der Wulfshof hatte das beste Weideland von allen Höfen, aber der Bauer hatte auch am meisten mit den Wölfen und Bären zu tun und mit den schwarzbraunen Leuten, die hinten im Bruche lebten. Doch das war ihm gerade recht und seinen Jungens nicht minder; je bunter es herging, um so lieber war es ihnen, und so wurden es Kerle wie die Bäume, mit Händen wie Bärenpfoten; aber dennoch konnte sie ein jeder gern leiden, dieweil sie so grall in die Welt sahen und allewege lachten.

Das kam ihnen und ihren Kindern und Kindeskindern auch gut zupasse, denn es ging zuzeiten wild genug her in der Haide; fremde Völker zogen durch, und die Haidbauern mußten mächtig aufpassen, daß sie nicht umgerannt wurden. Aber es waren ihrer von Jahrhundert zu Jahrhundert in Ödringen, wie das Dorf hieß, immer mehr geworden; sie hielten stand, schmissen die Feinde zurück oder bargen die Weibsleute, die Kinder und das Vieh in der Wallburg im Bruche und setzten den Fremden durch Überfallen und Ablauern solange zu, bis sie sich wieder dünne machten.

Die Männer vom Wulfshofe waren dabei immer vorneweg. Manch einer von ihnen blieb mit einem Pfeile im Halse oder einem Speere in der Brust dabei liegen, aber es blieb immer noch einer übrig, der den Namen am Leben hielt.

Mittlerweile nahmen sie immer mehr Land unter den Pflug und machten das Bruch zu Wiesenland und Weide; zehn Gebäude zählte der Hof, der wie eine Burg hinter Wall und Graben in seinem Eichbusche lag, und in dem großen Hause war kein Mangel an Waffen und Geräten aller Art.

In dem Flett standen neben dem Herde ein Dutzend schwerer silberner Teller auf dem Bört an der Feuerwand. Als die Bergbauern ihre Boten schickten und die Haidbauern baten, ihnen beizustehen, die Römer aus dem Land zu jagen, war auch ein Sohn vom Wulfshofe mit ausgezogen. Als er schon ein alter Mann war, lachte er noch, wenn er darauf zu sprechen kam, wie Varus mitsamt seinen Leuten vor die Hunde ging.

„Junge“, sagte der alte Mann, „das war ein Spaß! Was haben wir die krummen Hunde geweift! So Stükker zwanzig habe ich allein vor den Brägen geschlagen, daß es nur so ballerte, denn sie hatten alle Kappen aus Blech auf. Na, und denn habe ich zum Andenken die blanken Kümpe mitgebracht. Machen sie sich da nicht fein?“

Mit den Römern waren die Bauern bald fertig geworden, aber dann kam der Franke, und der war zähe wie Aalleder. Holte er sich heute auch eine Jacke voll Schläge, morgen war er wieder da. Ein Wulf war dabei gewesen, als Weking das fränkische Heer am Süntel zu rohem Mett hackte, aber zwei von den Wulfsbauern waren auch unter den Männern, die Karl an der Halsbeeke bei der großen Fähre wie Vieh abschlachten ließ. Als darauf alles, was ein Messer halten konnte, ihm an den Hals sprang, waren auch drei Wulfs dabei; sie waren nicht zurückgekommen.

Schließlich aber sagten die Haidjer sich: „Gegen ein Fuder Mist kann einer allein nicht anstinken.“ So zahlten sie denn Zins, sagten dem Wode und der Frigge ab, ließen sich taufen und wurden mit der Zeit ganz ordentliche Christen, vorzüglich, als einer von ihnen, der nach der Väter Brauch den alten Göttern einen Schimmel auf dem Hingstberge geschlachtet hatte, dafür unter das Beil mußte.

Ganz zahm wurden sie nach außen hin und sie ließen sich sogar einen fränkischen Ritter vor die Nase setzen. Aber von innen blieben sie die Alten; wenn im heiligen römischen Reiche einmal wieder alles koppheister ging, dann kamen sie vor Tau und Tag über die Haide geritten, steckten die Burg an allen vier Ecken an und schlugen alles, was einen Bart hatte, vor den Kopf.

Das half ihnen auf die Dauer aber doch nichts; die fremden Herren nahmen ihnen mit Gewalt und List ein Recht nach dem andern, und schließlich wurden sie alle zinspflichtige Lehnsmänner bis auf den Wulfsbauern; denn der hatte einen Freibrief als Sattelmeier, weil ein Wulf einmal den Herzog Billung vor seinen Feinden gerettet hatte. Wenn sich nun auch heute das Kloster und morgen der Ritter alle Mühe gab, den Wulfshof anzumeiern, die Wulfsbauern wußten sich davor zu wahren.

Sie hatten ja auch sonst ihre liebe Not, denn bald war Krieg im Lande, bald rührten sich die Raubritter. Wenn der Bauer pflügte, hatte er währenddem den Speer und die Armbrust bei seiner Jacke liegen, und mehr als einmal fing er mit seinen Leuten ein paar Schnapphähne ab und brachte sie über die Seite. Da das aber einmal so war, so machte er sich weiter keine Gedanken darüber; seine Augen blieben hell und das Lachen verlernte er auch nicht.

Als die Bauern die neue Lehre annahmen und dem Pater aufsagten, mußte der Wulfsbauer zu ihm gehen und ihm das klarmachen, weil der Pater ein guter alter Mann war und die Bauern glaubten, kein anderer könne ihm die Sache so gelinde beibringen, wie Harm Wulf, dessen Hauptredensart es war: „Es ist alles man ein Übergang“, und dabei schlug er den Wolf in der Kuhle tot und lachte dazu.

Hinterher kamen ja wohl einmal Zeiten, daß auch der Wulfsbauer eine krause Stirn und dunkle Augen kriegte und nicht mehr so laut lachte. Das war Anno 1519, als Hans Magerkohl, der Bischof von Hildesheim, sich mit dem Braunschweiger Herzog kämmte und die Bauern dabei Haare lassen mußten. In Burgdorf krähte der rote Hahn lauthals und ein Wulf, der dort in eine Ackerbürgerstelle hineingeheiratet hatte, kam mit dem weißen Stocke wieder nach dem Wulfshofe und starb bald vor Herzeleid, denn die braunschweigischen Kriegsvölker hatten seine junge Frau zuschanden gemacht.

Ein Trupp von dem Gesindel kam auch bis vor den Wulfshof; aber da es nur bei zwanzig waren, fanden sie nicht wieder zurück; der Bauer schlug sie mit seinen Söhnen und Knechten tot, fuhr sie in das Bruch und rodete sie bei.

Auch sein Sohn verlernte später auf einige Zeit das Lachen, denn als man den neunten Juli des Jahres 1553 schrieb, kam es auf dem Vogelherde bei Sievershausen zu dem großen Treffen zwischen dem Braunschweiger und dem Sachsen auf der einen und dem Kalenberger und dem Brandenburger auf der anderen Seite.

Schrecklich ging es vor und nach der Schlacht in der Haide zu; doch der Wulfsbauer hatte beizeiten Wind gekriegt und die Frauensleute, die Kinder und das Vieh und alles, was Geldeswert hatte, im Bruche geborgen; er selber aber und seine Leute hatten sich mit den anderen Bauern zusammengetan, und wo sie einen Haufen Fußvolk oder Reiter trafen, denen ging es schlecht. Über zweihundert von ihnen schossen und schlugen die Bauern tot. Wenn sie sie eingruben, lachte der Wulfsbauer und sagte: „Man soll alle Arbeit mit Freuden tun, vorzüglich, wenn sie sich lohnt“; damit meinte er dann die Waffen und das bare Geld, das die Kriegsleute bei sich hatten.

Wenn es auch noch so hart herging, ihre grallen Augen und ihr helles Lachen verloren die Wulfsbauern so leicht nicht; es mußte schon sehr schlimm kommen, daß es anders mit ihnen wurde.

Das tat es denn auch. Es gingen im Jahre 1623 allerlei Gerüchte von einem Kriege um, den der Kaiser mit den Böhmen wegen der neuen Lehre führte und der immer weiter fraß. Zudem hatte es sehr viele wunderliche Zeichen gegeben. Es waren Rosen gewachsen, aus denen wieder Rosen kamen, das Brot hatte geblutet, auf den Koppelwegen lagen Sternschnuppen, drei Tage hintereinander im Juli kamen Unmassen von Schillebolden über die Haide geflogen und hinterher ebensoviele Buttervögel; es gab mehr Mißgeburten beim Vieh, denn je zuvor, die Mäuse heckten unmäßig, Pest- und Sterbevögel ließen sich sehen, am Himmel zeigten sich feurige Männer und ein Stern, der wie ein Schwert aussah, fiel herunter.

Daraus sagten manche Leute Krieg, Hunger, Brand und Pest an. Es dauerte auch nicht lange, daß ein großes Sterben anging, vorzüglich in den Städten, wo die Menschen eng aufeinandersaßen und allerlei fremdes Volk zusammenkam. Um den Herrgott wieder um gut Wetter zu bitten, zogen ganze Haufen von halbnackten Männern und Weibern mit Ketten um den Hälsen hinter einem Kreuze her, heulten und schrien wie unklug, schlugen sich mit Stricken die Rücken, daß das Blut nur so spritzte, und sangen zum Gotterbarmen.

Als Harm Wulf, der Anerbe vom Wulfshofe, Torf nach der Stadt fuhr, war er einem solchen Zuge begegnet und sehr falsch geworden, denn er hatte junge Pferde vor dem Wagen, und die wollten mit Gewalt vom Wege, als die verrückten Völker angebrüllt kamen.

Hinterher mußte er aber darüber lachen, es hatte zu albern ausgesehen, wie sie alle auf einmal die Arme in die Luft schmissen und lossangen: „Hui halt' auf eure Hände, daß Gott dies Sterben wende, hui streckt aus eure Arme, daß Gott sich eur' erbarme!"

„Was für ein dummerhaftiges Lied!" dachte er und pfiff das Brummelbeerlied.

2. Die Mansfelder

Als er am anderen Morgen durch die Haide ging, lachte er auch vor sich hin, aber nicht mehr über die Geißler, denn die hatte er längst vergessen.

Er dachte daran, was sein Vater ihm gesagt hatte, daß es nämlich an der Zeit wäre, daß er freien müsse und den Hof übernehmen solle. Und er dachte an Rose Ul.

Denn das sollte seine Frau werden, das glatteste Mädchen weit und breit, und Ulenvaters einziges Kind, mit der er immer am liebsten beim Erntebiere getanzt hatte. Darum lachte er vor sich hin.

Er drehte eine Maiblume, die er an der alten Wallburg im Holze abgerissen hatte, zwischen den Zähnen und sah über die Haide, die ganz grün von dem jungen Birkenlaube war und ganz blank von der Sonne.

Vom Bruche her kam zwischen den hohen Machangelbüschen ein Mann angegangen. Er blieb stehen, zeigte mit dem Finger auf die Blume, die Harm im Munde hielt, griente und sagte: „Friggeblumen, wer die bricht, Junggeselle bleibt er länger nicht."

Harm lachte und gab ihm die Hand. Immer mußte er sich wundern, wenn er Ulenvater sah; denn der war so ganz anders, als alle Leute, die er kannte. Jedes Wort, das er sprach, hatte einen doppelten Sinn; er hatte den ganzen Kopf voller Dummheiten, aber auch voller Klugheit, und man sagte von ihm, daß er mehr könne als Brot essen.

Aber das war man ein Altweiberschnack, er war drei Jahre auf die hohe Schule in Helmstedt gegangen und hatte da fleißig gelernt, sowohl geistliche Sachen, wie denn auch, was gegen Krankheiten bei Mensch und Vieh gut war; dann aber war der Hoferbe abgestorben und weil weiter kein Sohn da war, mußte er den Hof annehmen; und nun hieß er zum Spaß der Papenbur.

Er wurde jedoch ein Bauer, wie nur einer, bloß daß er in vielem seinen eigenen Weg ging: so konnte er niemals nach der Kirche hinfinden, denn er sagte: „Wer da weiß, wie man Würste macht, der ißt schon keine." Dann hatte er die Gabe, alles, was er sagte, in Reime zu bringen, wenn er gerade wollte; es wurde keine Hochzeit abgehalten, bei der Ulenvater nicht seinen Vers sagte, und jedesmal einen anderen. Er hatte Augen, die hatten gar keine Farbe; wie Wasser sahen sie aus. Die wenigsten Menschen hielten ihnen stand, und wenn er einen Hund ansah, und war der auch noch so böse, er machte, daß er fortkam.

Nun stand er da, als wenn er nicht bis drei zählen konnte, griente und sagte, indem er auf das Schießgewehr wies, das Harm auf dem Rücken hatte: „All wieder nach dem Saufang?" Und dann lachte er lauthals, denn der Saufang war dicht beim Ulenhofe, und wenn Harm am Saufang war, dann dauerte es nicht lange und Rose hatte vor dem Hofe zu tun.

Das war auch jetzt so. Als Wulf dort angekommen war und gesehen hatte, daß der Fang noch aufstand, steckte er drei Finger in den Mund und pfiff wie der Schwarzspecht. Es dauerte eine Weile, da hörte er hinter sich ein Geräusch; als er sich umdrehte, sah er bei einer Eiche etwas Feurrotes, und das war ein roter Rock, und nun gab es ein Jagen um den Baum und dann ein Quieken.

„Ach, Junge", pustete das Mädchen und ihre Brust ging auf und ab, „du bringst mich ja rein von Atem! Und schickt sich das wohl?" Aber dann ließ sie sich doch dahinziehen, wo das Moos ganz eben und trocken war, und ließ sich küssen und küßte wieder, und zählte, wie oft der Kuckuck rief, denn so lange sollte sie leben; aber er rief bloß zweimal und da sagte sie: „So ein fauler Hund!" und lachte dabei.

Vom Hofe rief es. Das Mädchen sprang in die Höhe: „Bis heute abend! Mutter ruft schon. Komm aber nicht vor dem Vesper, denn bis dahin habe ich alle Hände voll zu tun." Sie machte sich los und Harm sah ihr lachend nach, wie sie so flink dahinging, daß der rote Rock wie eine Flamme hin und her wehte, und ihr Haar, das leuchtete wie eitel Gold unter der kleinen Mütze, um die die Bindebänder nur so flogen.

Ehe sie über das Stegel stieg, sah sie sich noch einmal um; dann war sie fort und Harm war zumute, als wenn die Sonne nicht mehr so schön schien und als ob die Vögel lange nicht mehr so lustig sängen; aber dann pfiff er das Brummelbeerlied durch die Zähne und lachte wieder vor sich hin, als er über die Haide ging und seine Augen waren so blau wie der Himmel über ihm.

Das blieben sie auch bis zur Hochzeit und auf ihr erst recht. Es war eine große Hochzeit und lustig ging es dabei her, obzwar kein einziger Mann betrunken war.

Einige Bauern redeten zwar davon, daß es immer gefährlicher im Reich aussähe, aber was fragte Harm Wulf danach, als er mit seiner jungen Frau unter Lachen und Juchzen in die Dönze geschoben wurde, und nach den feurigen Männern am Himmel und dem blutenden Brot und den Pest- und Sterbevögeln? Er nahm seine Rose in den Arm und sagte: „Eine Ule habe ich gefangen, aber was für eine glatte Ule auch!“ Und dann lachte er über seinen Witz.

Er blieb am Lachen bis auf den Tag, daß seine Rose zu liegen kam, aber dann lachte er noch mehr, bloß nicht so laut und mehr mit den Augen; denn ein Junge lag neben ihr, ein Junge, ein Staat von einem Jungen, ein wahrer Bär von einem Jungen, einer von zehn vollwichtigen Pfunden und ein hübscher Junge von vornherein.

„Ja“, sagte er am dritten Tage zu seiner Frau, die schon wieder Farbe auf den Backen hatte, „was ist das nun eigentlich, ein Ulenküken oder ein Wolfslamm?“ Und dann lachte er laut über seinen Schnack.

Er lachte, wenn er zur Arbeit ging, er lachte, wenn er von ihr kam. Er hatte früher auch ein schönes Leben gehabt, aber so, wie es jetzt war, mit solcher glatten Frau und so einem gesunden Jungen, das war doch ganz etwas anderes! Er konnte sich vor Freude gar nicht bergen, so wählig war ihm zumute, und wenn ab und zu Reineke oder Marten oder einer von den anderen Ödringern sich so anstellte, wie eine Krähe, wenn der Fuchs ankommt, und erzählte, was er in Celle oder Burgdorf oder Peine gehört hatte: daß nämlich Krieg in der Welt war und es nicht mehr lange dauern werde, bis daß es auch in der Haide an zu stinken anfange, der Wulfsbauer pfiff, wenn er säete oder pflügte, das Brummelbeerlied, dachte an seine Rose und an seinen lüttjen Hermke und daran, wie gut er es doch getroffen hatte.

Hermke konnte ihm schon an der Hand seiner Mutter entgegentappeln und „Vater!“ rufen, wenn Harm vom Felde kam, und es war so weit, daß er bald einen

Bruder oder eine Schwester bekommen sollte, da ritt der Bauer eines Morgens nach der Stadt, um seinen Hofzins beim Amte zu bezahlen. Es war ein schöner Morgen; die Birken an den Straßen waren eben aufgebrochen, alle Finken schlugen, die Dullerchen sangen und das Bruch war von oben bis unten rot, denn der Post war am Blühen. Harm setzte sich in einen schlanken Trab, daß der Sand hinter ihm nur so mülmte, denn er dachte: „Je eher du in der Stadt bist, desto früher bist du wieder auf dem Hofe."

Er kam aber erst am späten Abend nach Hause und er kam zu Fuße an. Als er nämlich seine Steuern bezahlt hatte und nach dem Kruge vor der Stadt ging, wo er seinen Falben eingestellt hatte, um das Torgeld zu sparen, da war dort ein wildes Leben. Ein Mansfelder Feldhauptmann mit einem Trupp Kriegsvolk war angekommen und es ging hoch her. Die Kerle hatten alle rote Köpfe von Bier und Schnaps und nun schrien sie und bölkten und kriejöhlten und machten sich mit den verlaufenen Frauensleuten, die sie bei sich hatten, allerlei Kurzweil, daß es eine Schande war, das anzusehen.

Die Töchter des Wirts und die Mägde waren übel dran; sogar die Wirtsfrau, die doch gewiß kein Ansehen mehr hatte, konnte sich vor den Lümmeln nicht bergen.

Als der Wulfsbauer um das Haus nach dem Stalle gehen wollte, kam ihm ein Kerl entgegen, der eine rote Feder auf dem Hute und einen gefährlichen pechschwarzen Schnauzbart unter seiner langen Nase hatte. Als er den Bauern sah, juchte er laut auf, nahm ihn in den Arm, küßte ihn auf beide Backen, daß Harm der Schnapsgeruch um die Ohren schlug, faßte ihn an den Schultern, hielt ihn von sich ab, lachte über sein ganzes gelbes Gesicht, nahm ihn wieder in den Arm und brüllte: „Brudderhärz mainiges! Wie lange habben wirr uns nicht gesähenn? Aberr die Freide, die Freide! Auf das wollen wirr aberr einen trrinkenn!" Er zog den Bauern, der gar nicht wußte, was er davon halten sollte, unter das Fenster und schrie: „Frau Wirrtinn, zwei Birr fürr mainen Freind und mich, wo ich so lange nicht gesähenn habbe."

Die Großmagd brachte das Bier, aber als der fremde Kerl sie in den Arm kniff, machte sie Wulf mit den Augen Zeichen, denn sie war eine Häuslingstochter aus Ödringen, und als der Reiter das Bier hinnehmen wollte, juchte sie auf und ließ beide Krüge fallen. Der fremde Mensch schimpfte Mord und Brand, aber da rief der Hauptmann und er mußte fort. Als Harm schnell machte, daß er weiter kam, winkte ihn Trine Reineke auf die Diele: „Wulfsbauer", sagte sie, „um Christi Blut und Wunden, daß du bloß den Ludervölkern nicht Bescheid tust! Wer Bescheid tut, der ist angeworben.

Kiek, da ist Krischan Bolle, den haben sie schon eingeseift, den Döllmer! Mit jedwedem hat er auf Bruderschaft angestoßen und nun hat er den bunten Lappen um den Arm und kann sich morgen für Gott und den Deubel totschießen lassen."

Ängstlich sah ihn das hübsche Mädchen, das auf dem Wulfshofe als Lütjemagd angefangen hatte, in die Augen: „Sieh man bloß zu, daß du weiter kommst! Je eher du fortkommst, je besser ist das für dich. Das sind ja keine Menschen nicht, das ist das reine Vieh. O Gotte!" Sie schlug die Schürze vor das Gesicht und weinte los.

„Na, Deern", beruhigte Harm sie, indem er ihr auf die Schulter schlug, „das ist alles man ein Übergang. Aber recht hast du, wer hier nichts verloren hat, soll sich nicht weiter aufhalten." Er bezahlte die beiden Krüge Bier, gab dem Mädchen ein Bringgeld und ging nach den Ställen. Da war es noch toller als vor dem Hause. Sieben Roßknechte, einer noch schlimmer aussehend als der andre, hielten einen alten Trödeljuden zum besten, spuckten ihm in die Hände, warfen ihm seine Waren durcheinander und wollten ihn zwingen, Schweinewurst zu essen. Drei andere stachen eine Sau ab, einer machte sich mit einem Taternmädchen, das knapp zwölf Jahre alt sein konnte, zu schaffen, ein anderer lag besoffen auf dem Mist und noch einer hatte einen Hahn in den Händen und drehte ihm den Hals ab.

„Gottes Wunder", dachte der Bauer, „was ist das für eine Zucht und Wirtschaft!" Er drückte sich an den betrunkenen Völkern vorbei und ging in den Pferdestall. Sein Falber war da, hatte aber ein herrschaftliches Geschirr um und zwei Mantelsäcke aufgeschnallt. Er schirrte ihn ab, machte sich einen Halfter aus einem Ende Strick und führte das Pferd aus dem Stalle. Schon war er meist vom Hofe, da kam ihm ein Reiter, der einen roten Bart hatte, der ihm bis über den Kragen hing, entgegen und schnauzte ihn an, wo er mit dem Pferd hinwolle.

„Das ist doch von jeher mein Falber gewesen!" gab ihm der Bauer zurück. „Ferdl, Tonio, Pitter, Wladslaw, daher daher!" schrie der rotbärtige Mensch; „wem ist das Pferd hier, diesem Mann da oder Korporal Tillmann Anspach? Häh? Ruft ihn mal her! Wollen doch mal sehen, wessen Wort mehr gilt, das von einem ehrlichen Kriegsmann, der für die reine Lehre fechten tut, oder von so 'nein Bauern, der zu Fuße kommt und zu Pferde weiter will!"

Harm bekam einen roten Kopf und faßte nach der Hosennaht, wo er das Messer stecken hatte, aber er besann sich, denn er war einer gegen anderthalb Dutzend, und nun kam auch der Korporal an, ein Mensch, so dürr wie ein Bohnenstiefel und mit einer Narbe vom Auge bis zum Kinn, und hinter ihm noch ein Dutzend Reiter, die alle Gesichter hatten wie dem Gottseibeiuns seine Vetternschaft.

Als der Korporal hörte, wovon die Rede war, schüttelte er den Kopf, hob zwei Finger hoch und schwur: „So wahr ich hier auf zwei Beinen stehe“, und dabei hob er den einen Fuß auf, „verdammigt will ich sein, wenn das nicht der Falbe ist, den ich zu Martini von Schlome Schmul zu Kölle am Rhing für dreißig schwere Taler und einen guten Weinkauf erstanden habe. Darauf will ich leben und sterben, so wahr ich ein getreuer Christenmensch und kein papistischer Hundsfott bin!“

Harm Wulf sah sich um: er stand zwischen dreißig oder mehr verwegenen Kerlen, denen es auf eine Handvoll Menschenblut weiter nicht ankam. Betrunken waren sie ja alle, und wenn er erst auf dem Falben saß und er gab ihnen die Eisen in die Zähne! Aber der Gaul war schließlich nicht wert, daß er sich dafür in Not und Gefahr begab, und das Tier hatte eine dumme Gewohnheit: es stand auf den Pfiff! Sollte es also einem von den Kerlen in den Kopf kommen, zu flötjen, dann war er der Dumme und seine Frau konnte auf ihn lauern, bis sie alt und grau war, denn drei, viere von den Koppelknechten machten schon ihre Messer locker, und das Frauensmensch da mit dem schwarzen Haare, von dem die Butter nur so herunterlief, stieß den Kerl, der neben ihr stand, den scheeläugigen mit den Blatternarben, in einem fort in die Rippen und machte Augen wie ein Wolf, der Luder wittert.

Harm Wulf lachte mit eins auf. „Kinder und Leute“, juchte er, „das ist ja hier ein Leben, noch toller als beim Martensmarkt auf der Burg! Da wird so ein Haidbauer, als wie ich bin, der man alle halbe Jahre einen fremden Menschen zu sehen kriegt, ganz dösig von im Koppe. Ist ja auch wahr! Ich habe ja meinen Falben in der Burg! Ja, ja, man soll vor dem Mittagbrot den Schnaps aus dem Balge lassen. Na, denn nichts für ungut! Irren ist menschlich, sagte der Hahn, da gab er sich mit der Ente ab. Und nun wollen wir einen nehmen, daß die Haide wackelt!“

„Kiek sieh“, schrie er lauthals, „da ist ja auch mein alter Freund“, und damit nahm er den Mann mit dem schwarzen Schnauzbart, der die rote Feder auf dem

Hute stecken hatte, unter den Arm und schrie über den Hof: „Howingvater, Trine, Deern, hille, hille! Bier her!“

Als die Reiter ihm lachend folgten, warf er einen Reichstaler auf das Fensterbört und sang: „Ich hab noch einen Taler, der soll versoffen sein“, stieß mit jedwedem an und machte seine Witze, aber dabei wahrte er sich den Rücken, behielt seine Lippen trocken und goß das Bier und den Schnaps über seine Schulter gegen die Wand.

Die hübsche Trina wußte nicht, wo sie so schnell Bier herkriegen sollte, so lustig ging es zu. Aber als sie zum achten Male wiederkam, war der Wulfsbauer nicht mehr da. Er hatte einen Witz von Ulenvaters quantester Sorte zum besten gegeben, und als die betrunkene Bande vor Lachen nicht wußte, wo sie bleiben sollte, und einer dem anderen, der sich auf die Landessprache nicht verstand, verklarte, was der Bauer gesagt hatte, und sich auf die Reithosen schlug und wie ein Ochse brüllte, da gab Wulf der Wirtin etwas in das Ohr, und auf einmal schrie die: „Das Essen ist da! Zum Essen!“ Da standen alle auf und Wulf drückte sich hinter die Bäume.

Er kam glücklich davon. Einen Koppelknecht, der ihm in die Möte kam, stieß er mit der Faust unter das Herz, daß der Mensch ohne ein Wort in die Jauche schlug. Der Rotbart fragte ihn: „Brudder, lieber Brudder, trinken wirr noch eins?“ aber er gab ihm einen Puff, daß der Kerl mit dem Kopf in die Hecke schoß, und als das Taternmädchen Hallo schreien wollte, machte er ein Paar Augen und hielt ihr das Messer vor das Gesicht, daß sie erst so weiß wie ein Bettuch wurde, ihn dann anlachte und sagte: „Ei a su a starkes Mahn, hiebsches Mahn!“ Er aber trat sie von sich weg und sprang in den Busch, und als er erst dort war, da verholte er sich, biß die Zähne durcheinander, machte eine Faust und fluchte: „Ich sollte man bloß, ich sollte man, wenn ich noch ein lediger Kerl wäre! dann solltet ihr mir den Falben bezahlen, was er wert ist, ihr Schweinepack!“

Aber als er dann in der Haide war, beruhigte er sich, und als er meist beim Hofe war und seine Frau ihm entgegenkam, ganz weiß im Gesicht und ordentlich blau unter den Augen, denn noch keinmal war er so lange ausgeblieben, da konnte er schon wieder mit dem Munde lachen und ihr das, was ihm zugestoßen war, so erzählen, als wenn das bloß ein dummer Spaß gewesen wäre.

Doch als er hinterher in der Butze lag und überdachte, wie es ihm gegangen war, machte er die Finger an beiden Händen krumm. Wenn er nicht an seine Frau gedacht hätte, die da neben ihm lag und so ruhig schlief, als wenn es auf der Welt nichts und weiter nichts als lauter Engel gab, dann hätte er am liebsten geflucht wie sein Schwiegervater, wenn der ganz falsch war, loslegte: „Das tote Pferd soll dich schlagen!“ hätte er geflucht.

Aber so lag er da, ohne sich zu rühren, obzwar ihm stickend heiß war. Den Morgen hatte er noch das Brummelbeerlied durch die Zähne geflötet, als er nach der Stadt ritt, und jetzt? Jetzt lag er da und dachte an das Lied, das der rotbärtige dicke Kerl ihm in das Gesicht gebrüllt hatte, derselbe Kerl, dem er nachher den Heckenstößer gezeigt hatte. Wie ein unkluges Stück Vieh hatte er gebrüllt:

Der Mansfeld kommt,
der Mansfeld kommt,
der Mansfeld ist schon da,
truderiderallala,
jetzt ist der Mansfeld da.

3. Die Braunschweiger

Am folgenden Tage aber, als der kleine Hermke auf seinen Knien Hopphoppreiter machte, ihm die Ohren lang zog und lustig krähte, bekam er wieder helle Augen, doch als er nachher säete, wollte ihm das, was er im Kruge belebt hatte, nicht aus dem Sinne.

„Das soll doch mit dem Deubel zugehen“, dachte er, „daß ich dem hergelaufenen Kerl das Pferd für nichts und wieder nichts lassen soll und obendrein noch einen ausgeben muß!“

Er dachte lange über die Sache nach und weil er doch auf dem Ulenhofe zu tun hatte, besprach er sich mit seinem Schwiegervater.

„Tja“, sagte Ulenvater und spuckte in das Feuer, „tja, das ist eine dummerhaftige Sache. Du kannst den Schaden ja wohl hören, aber ein Pferd ist doch kein Hühnerei und reichlich gut zum Verschenken. Weißt du was? Ich habe sowieso in Celle zu tun, und da wollten die Völker ja hin, wie du sagst. Ich will mal sehen, was sich machen läßt. Ich komme mit den Herren vom Hofe ganz gut aus, seitdem sich unser Herzog damals hier auf der Jagd über das wilde Schweinelied halb ungesund gelacht hat. Vielleicht ist es gut, daß du mitfährst. Heute kann ich nicht, aber morgen.“

Sie fuhren dann auch am andern Morgen los. Es war wieder ein schöner Tag; die Lerchen sangen über der Haide und im Bruche flötete der Kolüt. Die beiden Bauern aber sahen brummig vor sich hin und als sie vor sich drei Reiter zu Gesicht bekamen, faßte Harm die Zügel fester und Ulenvater legte die Pistole, die er mitgenommen hatte, neben sich in das Wagenstroh. Die Reiter aber ritten vorbei, indem sie ihnen nur eben dankten, als sie ihnen die Tageszeit boten.

Es waren drei Kerle mit Gesichtern, wie sie der Teufel nicht besser haben kann; der eine konnte seine Augen gar nicht von dem Gespanne wegkriegen, und als Harm sich umdrehte, sah er, daß sie haltgemacht hatten und miteinander redeten. Aber dann setzten sie sich in Trab und ritten quer in die Haide hinein.

Noch allerlei Volk begegnete ihnen; zuerst zwei Landstreicher, dann drei, dann Tatern, die mit ihrem Planwagen dahergezogen kamen, und in dem es von nackigten Kindern wimmelte. Eins davon, ein Mädchen, das wohl schon an die dreizehn Jahre alt war, aber so bloß war wie ein Fisch, sprang aus dem Wagen und ehe Harm es sich versah, saß es bei ihm auf dem Sattelpferd und bettelte ihn an und drei, vier andere machten sich bei Ulenvater im Wagen zu schaffen.

„Das Takelzeug ist noch zäher als wie Hirschläuse", meinte der Wulfsbauer, als sie die nackte Gesellschaft abgeschüttelt hatten, und ersetzte hinzu: „Was für Völker jetzt im Lande herumstromen! Eine Schande ist es, daß da nichts getan wird! Gaudiebe und Vagelbunden sind beinahe die Herren jetzt. Wenn das so beibleibt, kann es noch gut werden."

Indem er sich nach den Zigeunern umsah, wurde er gewahr, daß die drei Reiter umgedreht hatten und hinter ihnen herkamen. Das schien ihm verdächtig und deshalb ließ er die Pferde ordentlich laufen; so kam er früher vor der Stadt an, als die Reiter.

Bei dem Tore sah es bunt aus; eine Menge fremden Kriegsvolkes lag dort, und als die Bauern den Wächter fragten, was das für eine Bewandtnis habe, hörten sie, daß das allerlei Gesindel war, das der Halberstädter Bistumsverwalter Christian von Braunschweig gegen die Kaiserlichen angeworben hatte. Die Leute hielten sich ziemlich anständig, denn sie lagen unter den Kanonen der Stadt und eine Abteilung herzoglicher Kriegsknechte unter einem Hauptmann paßte auf, daß sie keinen Unfug anstellten. Aber Harm dachte sich, als er sie besah: „Die mehrsten sehen aus, als wenn sie mit einem Strick um den Hals weggelaufen sind."

In Celle spannten sie in der Wirtschaft zur goldenen Sonne aus, wo sie gut bekannt waren, und frühstückten mit vier Bauern aus dem Gau Flottwede. „Wir werden bald allerlei gewahr werden“, meinte der Wathlinger Burgvogt; „die Wienhäuser Nönnekens haben sich schon dünne gemacht, denn sonst könnten sie wohl bald ihr Nonnenfleisch losgeworden sein. In Altencelle haben die Halunken von Kriegsleuten den Bauern mit Gewalt die Würste und Schinken genommen und sie obendrein mit Schlägen zugedeckt. Der Vollmeier Pieper in Burg liegt auf den Tod; er wollte es nicht leiden, daß sie sich an seinen Töchtern vergriffen, und da hat ihm ein Kerl mit dem Säbel über den Kopf geschlagen, daß der Brägen herauskam.“

Er sah sich um und flüsterte dann: „Der Kerl, der das getan hat, ist aber auch verschwunden; es wird gesagt, die Knechte haben ihn um die Ecke gebracht. In Wathlingen sind auch zwei von den Brüdern fortgekommen. Meinen Segen haben sie!“

„Das ist das eine“, sagte ein Bauer aus Eicklingen, „das ist das eine. Seines Lebens ist man nicht mehr sicher, und dazu kommen noch die Steuern. Der Landtag hat die dreifache Schatzung ausgeschrieben und es heißt, daß das nicht das letztemal sein soll, denn das Land braucht jetzt Geld für Soldaten. Ja, das ist wohl so, und das wäre auch noch auszuhalten, aber dann kommen die fremden Völker und legen uns auch noch allerlei Lasten auf, das heißt, wenn sie nicht überhaupt nehmen, was sie kriegen können. Pohlmanns Ludjen haben sie eine milchende Kuh von der Weide genommen, und als er wenigstens Geld wollte, haben sie ihn ausgelacht, und als Hein Reimers vom Felde kam, ist er zwei gute Pferde auf die Art losgeworden. Wenn das so weiter geht, gibt es kein Recht und kein Gesetz mehr!“

Nun erzählten die Ödringer, weswegen sie nach Celle gekommen waren; aber alle meinten, sie sollten den Falben ruhig in den Rauchfang schreiben, denn wenn die Obrigkeit hinter alle solche Sachen hinterfassen sollte, dann hätte sie viel zu tun. Ul aber meinte, versuchen wollte er es doch und ging los.

Nach zwei Stunden kam er wieder und ließ den Kopf hängen, wie ein krankes Huhn. Ganz begossen sah er aus. „Ja, Junge“, sagte er, „ist das ein Betrieb! Angeschnauzt haben sie mich; ich sollte sie mit solchen Dummheiten in Ruhe lassen, denn sie hätten Notwendigeres zu tun, als hinter deinem Pferde herzulaufen. Na, so unrecht haben sie ja nicht, denn wie mir der zweite Koch erzählte, geht es ja jetzt in der Welt her, wie in einem Ameisenhaufen, bei dem der Specht zugange ist. Die Kaiserlichen kommen von der einen, der Braunschweiger und der Durlacher von der anderen Seite, und was unser regierender Herzog ist, der muß zusehen, daß er sich nicht dabei die Finger klemmt. Na, Mertens meinte, Herzog Georg, den sie doch zum Kreisoberst gemacht haben und der an die zwanzigtausend Mann unter sich hat, der wird schon dafür sorgen, daß sie uns nicht lebendig schinden. Aber den Falben bist du darum doch quitt. Tors Pferd soll den Kerl schlagen!"

Er schlug sich Feuer für seine Pfeife, spuckte vor sich hin und sah seinen Eidam an: „Ich weiß nicht, ich glaube, es geht nicht anders: wir müssen daran denken, was dein Großvater immer sagte: Helf dir selber, dann helft dir auch unser Herregott! Denn warum? Die Obrigkeit, die wird alle Hände voll zu tun haben, daß sie im allgemeinen für Ordnung sorgt, soweit das angeht; der einzelne Mann muß sich selber wahren. Ich weiß man nicht, wie wir das anstellen sollen; denn was sollen wir zum Beispiel machen, wenn solche Galgenvögel, wie sie vor dem Tore liegen, hundert Stück und mehr, nach Ödringen verschlagen werden?"

„Komm", meinte er dann, „wollen weg! Hier haben wir ja doch nichts mehr zu holen." Er rief den Wirt und bezahlte. „Nanu", schrie er auf einmal, „Harm, Junge, was ist denn das?" Und schnell lief er aus der Türe. Als Harm ihm in den Hof nachging, sah er, daß einer der drei Reiter, die ihnen am Morgen begegnet waren, das Sattelpferd aus dem Stalle zog.

„Hoho!" rief er und machte das Messer locker, „was soll denn das heißen?" Der fremde Mann sah ihn an und lachte: „Na, ich kann mir ja doch wohl das Pferd mal ansehen? Ich habe dem Knecht das ja gesagt und ihn gefragt, wem es gehörte. Ich bin nämlich Pferdehändler und dein Pferd hat mir gleich in die Augen gestochen, denn es paßt ganz zu einem, auf das ich handele, und das würde ein feines herrschaftliches Gespann geben. Was soll es gelten?"

Der Wulfsbauer schüttelte den Kopf: „Es ist mir nicht feil", sagte er und führte es vor den Wagen. „Na, denn nicht; was nicht ist, kann noch werden. Vielleicht besinnst du dich." Damit ging der Händler ab.

Die Odringer sahen ihm mit schiefen Augen nach, und der Wirt schnippte mit den Fingern. „Tja der", knurrte er, „der und Pferdehändlerl Wer so billig einkauft, kann es zu was bringen in der Welt. Er kehrt öfter bei mir ein und verzehren tut er gut, aber ich sehe ihn lieber gehen als kommen, zum ersten, weil mir seine Augen nicht gefallen können, und dann weil ich ihn mit Völkern von der Masch zusammengesehen habe, denen jeder Kerl, der was auf sich hält, aus dem Wege geht. Hanebut heißt er, Jasper Hanebut, und aus Bothfeld bei Hannover soll er sein, und die er meist bei sich hat, Hänschen von Roden und Kaspar Reusche, den Brüdern traue ich auch nicht über den Weg."

Gerade als sie losfahren wollten, gab es von der Stechbahn her ein großes Geschrei. Ein Bauer kam zwischen zwei Stadtknechten daher und hinter ihm ging seine Tochter, ein blasses Mädchen von siebzehn Jahren, das in ihre Schürze weinte. Der Bauer schimpfte gewaltig: „Verfluchte Zucht!" schrie er; „totschlagen soll man die Hunde! Ich bin wahrhaftig keiner, der nicht einen Spaß verträgt, aber was zu viel ist, das ist zu viel. Ist denn meine Tochter dazu da, daß jeder Lausepelz seinen Hahnjökel damit treiben kann? Na, so bald tut der Lümmel das nicht wieder; sein eines Auge paßt ihm in vier Wochen nicht wieder in den Kopf, und es tut mir bloß leid, daß es nicht ganz herausgekommen ist. Und ich will doch sehen, ob noch Recht und Gerechtigkeit im Lande ist, und ob wir in einem christlichen Staate leben oder unter Türken und Heiden!"

Ein Handwerksmeister, den der Wirt kannte, erzählte, was los war. Der Bauer, der aus Boye war und mit seiner Tochter, die es auf der Brust hatte, zum Doktor wollte, war zwischen das Halberstädter Kriegsvolk geraten, und die hatten das Mädchen hergekriegt und abgedrückt, als wenn es ein Taternfrauenzimmer war. Ihr Vater hatte dann dem einen Kerl eins mit der Faust ins Gesicht gegeben, daß das Auge gleich vor dem Kopfe stand, na, und der Ordnung halber mußte die Sache untersucht werden. „Aber", setzte der Mann hinzu, „sie werden ihn wohl gleich laufen lassen; vom Schlosse aus ist den Braunschweigern angesagt worden, wenn sie nicht in einer Stunde unterwegs sind, dann würden die Leute des Herzogs sie auf den Trab bringen." Er sah die Bauern an: „Ich würde an Eurer Stelle noch etwas warten, ehe daß ich losfahre; sie ziehen gerade ab und gute Laune haben sie just nicht."

Das schien den Ödringern ein guter Rat zu sein, und so gingen sie mit dem Manne wieder in die Gaststube. Gerade als die Kastenuhr ausholte, um die zweite Stunde anzumelden, riß Ul die Augen auf, machte ein Gesicht, als ob er etwas Schreckliches sah, und sprang auf: „Komm", rief er, „jetzt ist es aber Zeit! Wir brauchen ja nicht die Heerstraße zu fahren, wir können den Dietweg durch die Haide nehmen. Ich habe eine Unruhe auf dem Leibe, ich weiß nicht, was das mit mir ist. Vielleicht, daß ich mich habe allzuviel ärgern müssen."

Sie fuhren also los. Vor dem Tore war es still, bloß daß da noch allerlei Zigeunervolk lag. Als sie in die Haide einbiegen wollten, rief es hinter ihnen; drei

Bauern aus Engensen kamen angeritten. „Tag!“ rief der älteste, „nehmt uns mit! Wie es heutzutage hergeht, reist man zu fünfen besser, als zu dreien und zweien. Vorhin sind hier drei Männer vorbeigeritten, die sahen aus, als wenn sie der Deubel aus dem Holster verloren hat. Es ist Zeit, daß Herzog Georg mal mit dem engen Kamm über das Land geht; es hat sich allerlei Ungeziefer angesammelt.“ Er drehte sich um und winkte einem jungen Bauern zu, der die Heerstraße entlangritt: „Hinnerk, komm lieber hier, dennso hast du keine Langeweile unterwegs!“ So waren sie selbst sechse, und da jeder eine Pistole und das große Messer bei sich hatte, brauchten sie sich nicht zu sorgen.

„Wulfsbauer“, sagte der Engenser, „wir können jetzt die Ohren steifhalten, wir gemeinen Bauern. Bei uns haben wir das schon abgemacht: Tatern und anderes fremdes Volk, das sich bei uns sehen läßt, das wird ohne weiteres mit der Peitsche begrüßt, denn die Bande zeigt den Räubern, denn was anderes sind doch diese Kriegsknechte nicht, bloß den Weg, wo es was zu holen gibt. In Ehlershausen haben sie vorige Woche zwei von diesen Kerlen, die ein Pferd von der Weide geholt hatten, in aller Heimlichkeit aufgehängt und beigerodet. Und das ist ganz recht so: denn erstens sind es keine richtigen Menschen, und außerdem, warum bleiben sie nicht, wo sie hingehören?“

Die anderen Bauern nickten, bloß Ulenvater nicht; denn der saß da, sah mit großen Augen über die Haide, machte einen Mund, wie ein Untier, murmelte ab und zu etwas vor sich hin, und als Harm ebenfalls über die Haide sah, denn er dachte, da wäre etwas, da war ihm, als spränge ein Mann hinter die Krüppelfuhren. Er sagte es Drewes, und der Engenser achtete auf den Weg und rief mit einem Male: „Kann schon stimmen: hier sind eins, zwei, drei Reiter hergekommen. Es soll mich wundern, wenn das nicht die verdächtigen Kerle von vorhin sind. Na, laß sie man kommen! Wir sind unsrer sechse und dreschen eine gute Nummer.“

Sie taten nun, als ob die Haide ein Garten Gottes war, prahlten und lachten, hatten aber die Hände an den Pistolen und hielten scharf Umschau. Sie sahen aber nichts Verdächtiges, bloß, daß mit einem Male aus den Fuhren drei Hirsche herauspolterten, als wenn die Wölfe dahinter waren, und als sie an der Stelle vorbeikamen, hörten sie im Busche einen Hengst wiehern, denn die

Ödringer hatten eine Stute als Handpferd, und die schien rossig werden zu wollen. Sie sahen sich an, prahlten dann aber bloß noch lauter los und lachten wie unklug, bis auf den Papenbur, denn der saß ganz still, biß an seinen Lippen herum und sah dahin, wo Ödringen liegen mußte.

Als sie eine Viertelstunde weiter waren, hörten sie den Hengst wieder wiehern und mit eins winkte Drewes die anderen zurück, jagte in die Haide hinein und es war ihnen, als wenn da etwas lief; ob das nun aber ein Mensch oder ein Tier war, das konnten sie nicht sehen. Mit einem Male hörten sie etwas, wie einen Schrei, und dann kam Drewes wieder angeritten und sagte: „Ich dachte, es wäre ein Wolf."

Harm, neben dem er ritt, sah ihn sich genau an und da fand er, daß an dem dicken Krückstock, den der Engenser am Sättel hängen hatte, denn er hatte rechts ein kurzes Bein, frisches Blut war. Drewes fing den Blick auf: „Ein Zigeuner, der schon seit einer Stunde neben uns hergestunken ist. Er hat wohl den Spion für die drei Buschklepper machen sollen, aber ich habe ihm ordentlich eins ausgewischt. Einer weniger! Anders geht das nun einmal nicht!"

Wulf gefiel der Engenser nicht mehr so gut. Gewiß, die Tatern waren man ja halbe Menschen, und Christen waren sie erst recht nicht, wenn sie ihre Kinder auch in einem weg taufen ließen der Patengulden halber, aber gleich darauf loszuschlagen, wie auf ein wildes Tier, das wollte Harm denn doch nicht in den Kopf. Aber er mußte Drewes recht geben, als der leise zu ihm sagte: „Wenn in jedem Dorfe ein tüchtiger Kerl ist, und der holt alles zusammen, was sich wehren kann, und ein Dorf hilft dem anderen, dennso würde das schon gehen. Den Donner auch, wir sind doch nicht dazu da, daß Hans Hungerdarm und Jans Schmachtlapp mit uns Schindluder spielt! Das sage ich dir, und so sollte es ein jeder halten: ehe daß ich mir und meinen Leuten einen Finger ritzen lasse, lieber will ich bis über die Enkel im Blute gehen! Na, denn adjüs auch!" Er ritt mit den drei andern nach links ab.

Wulf und Ul waren kaum ein Ende allein weitergefahren, da hörten sie wieder den Hengst wiehern, und als sie haltmachten, kamen die drei fremden Reiter langsam hinter ihnen her. „Was die Kerls wohl von uns wollen?" meinte Ulenvater; „wollen so tun, als wenn an den Strängen was vertoddert ist, denn wenn sie uns an den Balg wollen, so können wir uns hinter dem Wagen bergen und sie mit einem guten Schusse begrüßen." Sie stiegen also ab und machten sich an dem Geschirr zu tun, während die Reiter langsam näher kamen.

Als sie meist bei ihnen waren, rief der eine, von dem der Wirt in Celle gesagt hatte, daß er Hanebut hieß: „Na, willst du das Pferd jetzt verkaufen?" und dabei hatte er das Gewehr vor sich auf dem Sattel. Wulf schüttelte den Kopf und sagte: „Es ist mir nicht feil“, und währenddem stellte er sich hinter das Gespann und hatte die Pistole zur Hand, und Ul machte es ebenso. „Ich muß das Pferd aber haben, zum Donner noch einmal!“ schrie der Kerl; „also wie ist es damit?“ Er machte runde Augen und hielt das Gewehr mehr nach Wulf hin.

In demselben Augenblicke hörte Wulf, daß die Engenser wieder angeritten kamen, denn Drewes' Sattel piepte auf ganz absonderliche Weise, und da wollten die Buschklepper fort, aber nun krachte es schon; der eine, der hinter Hanebut hielt, fiel mit dem Kopfe vornüber, hielt sich aber noch und jagte hinter den beiden anderen, die die Hasen machten, in die Haide, stürzte aber bald aus dem Sattel, wurde jedoch von Hanebut aufgegriffen und hinter sich gezogen, während sein Pferd wie wild hin und her lief. Hinter ihnen her jagten die Engenser und schossen noch zweimal.

„Da sind wir ja noch gerade rechtzeitig gekommen, Kinder!“ lachte Drewes, als er zurückkam; „ich drehe mich noch einmal um und sehe die Lümmel hinter euch herreiten! Na, der eine soll wohl ein schönes Brägenschülpen haben! Ein Schade, daß sich mir gerade so eine vermuckte Fliege auf das Korn setzen mußte, als ich losdrückte; dadurch bin ich ein bißchen zu hoch abgekommen! Aber ein Hauptspaß war es doch, und eine schöne Hose voll Angst wird das Gesindel wohl mitgenommen haben. Und den Braunen sind sie auch los!“

Er klappte mit der Zunge und ritt auf das Pferd los: „Na, Hans, komm doch mal her! So schön!“ Er hielt es am Halfter fest und besah es von allen Seiten. „Das dachte ich mir doch gleich“, meinte er dann; „seht mal her: ist das nicht Tidke Rundes Marke?“ Damit wies er auf das Zeichen, das der Hengst auf der Schulter hatte. „Na, gekauft ist das bestimmt nicht, denn als ich vorige Woche von ihm einen Vierjährigen haben wollte, sagte er, er hätte selbst keinen über, da ihm einer an der Kolik gefallen ist. Da haben wir uns eine Runde Bier verdient, und die wollen wir gleich in Ehlershausen im voraus trinken. Hasenjagen macht eine trockene Leber.“

Im Kruge gab es einen großen Aufstand, als die sechs Bauerr mit dem Hengste ankamen, denn Runde aus Wettmar war schon dagewesen und hatte erzählt, daß ihm in der Nacht der Braune aus dem Grasgarten gestohlen war. Es waren eine ganze Menge Bauern aus dem Orte und aus der Umgegend da, die über die Braunschweiger sprachen. Wo sie hingekommen waren, hatten sie sich unnütz gemacht, aber da sie bloß hundert Mann stark waren und die Bauern keine freundlichen Gesichter machten, war es noch halbwege gut abgegangen, zudem viele davon angetrunken waren und kaum auf den Beinen stehen konnten. Die letzten waren eben erst abgezogen und man konnte, da der Wind nach dem Dorfe stand, noch hören, wie sie brüllten. „Lustige Braunschweiger seind wir“ sangen sie.

Aus der einen Runde sollten zwei werden, aber die Ödringer hatten keine Ruhe. Ul bekam immer gläunigere Augen, und auch Harm war nicht gut zumute; je näher er bei seinem Hofe war, um so unheimlicher wurde es ihm. Als er den Hof meist sehen konnte, kam ihm der Knecht entgegengelaufen. „Na, was ist los?“ rief er ihm zu; denn daß nicht alles in der Reihe war, merkte er gleich.

„Ach, Bauer“, stotterte der Knecht, „die Frau, es waren von den Biestern welche auf dem Hofe und die haben die Hühner, die haben sie greifen wollen, und da kam die Frau und wollte ihnen das wehren. Und da hat sie der eine Kerl mit dem Gewehr vor den Leib geschlagen, und da liegt sie nun und ist von sich. Und das Kind, es war ein Mädchen, das ist tot.“

„Junge“, brüllte der Bauer, „und die Bäuerin, wie ist das mit der?“ Der Knecht fuhr zurück und stotterte noch mehr: „Das soll wohl nicht auf Leben und Tod gehen, sagt Mutter Griebsch; die sagt, das wäre bloß eine Allmacht von dem Schreck!“ Er ging neben dem Bauer her. „Bei Uhre zwei, da war das, da kamen die Schinder an. Erst wollten sie Bier und dann Schnaps, und dann ging einer bei die Hühner, und da ist das denn so gekommen.“

Duwenmutter kam den Bauern in der Halbetüre entgegen: „Man ruhig! sie schläft jetzt. Vorhin hat sie das Fieber gehabt und immer nach dir gerufen; aber nachher, da ist sie eingeschlafen und hat gutgeschwitzt.“ Sie weinte los: „So'n nüdliches Mädchen, das Lütje! daß das sterben mußte, ehe daß es auf der Welt war! Diese Hunde, diese gottverfluchten Hunde! Bei lebendigem Leibe könnte ich sie brennen sehen! Und die Frau hat dem Kerl kaum ein böses Wort gesagt. Sie rief man bloß: Doch nicht die Legehenne! Ich will dir ja gern eine Wurst geben! Und dafür liegt sie jetzt da und das Kind ist tot!“ Sie hob ein Laken auf, das über zwei zusammengestellten Stühlen lag. „Kiek! da ist es. Es wäre ein schönes und gesundes Kind geworden.“

Harm sah kaum danach hin. Er hatte die Schuhe ausgezogen und ging nach der Dönze. Seine Frau schlief; er hörte, daß sie ruhig atmete. Er holte sich ein Glas Wasser und ein Stück Trockenbrot und setzte sich in den Backenstuhl neben den Ofen. Die Gedanken gingen ihm im Kopfe hin und her, wie die

Schwalben über der Wiese. Mit der Zeit wurde er ruhiger, aber an Schlafen konnte er nicht denken. „Ja, Drewes hat recht", dachte er, „jeder ist sich selber der Nächste. Besser fremdes Blut am Messer, als ein fremdes Messer im eigenen Blut!"

Ihm war zu Sinne, als müßte er verrückt werden vor Ingrimm. Seine Frau hatte einer von diesen Kerlen vor den Leib geschlagen, seine Frau, die keiner Fliege ein Leid antun konnte. Am liebsten hätte er sich wieder auf das Pferd gesetzt und wäre hinter dem Kerle dreingeritten. Aber das war ja Unsinn! Es hatte keinen Zweck, daran zu denken, wie schön es wäre, den Menschen so lange zu würgen und zu schlagen, bis kein Leben mehr in ihm war.

So saß er die ganze Nacht mit offenen Augen da und sah nach der Butze, in der seine Frau schlief. Als die Eule laut an zu prahlen fing, rührte die Bäuerin sich und rief leise: „Harm, Mann!" Da ging er schnell vor das Bett und nahm ihre Hand in seine, und so blieb er stehen, bis es Tag wurde. Da setzte er sich wieder in den großen Stuhl und sah vor sich hin, bis ihm die Augen zufielen. Aber er fuhr sofort wieder in die Höhe und sah sich wild um, und dann seufzte er und setzte sich wieder.

Er hatte geträumt, er war hinter den Kerlen tiergeritten und hatte den einen, gerade den, den er meinte, angetroffen, wie er daherwankte und das Braunschweiger Lied sang, und da hatte er ihn von hinten gepackt und gedümpt, bis er blau im Gesicht wurde und keinen Finger mehr rührte.

Leise ging er aus der Dönze und wusch sich draußen in einem Eimer. Ihm war, als wollte ihm das Blut aus den Ohren springen, und jedes Haar auf dem Kopfe krippelte ihm. Solde böse Augen hatte er, daß Grieptoo den Schwanz einzog, als er ihn ansah.

Aber war es nicht auch zum Verrücktwerden? Dalag nun seine Frau und wer weiß, ob sie am Leben blieb, und der Kerl, der Hund, saß vielleicht wieder mit dem Bierkrug in der Hand da und sang:

Herzog Christian hat uns wohl bedacht,
Bier und Branntwein uns mitgebracht,
Musikanten zum Spielen,
schöne Mädchen zum Vergnügen
bei Bier und bei Wein,
lust'ge Braunschweiger woll'n wir sein!

4. Die Weimaraner

Es war von da ab sehr still auf dem Wulfshofe. Die Bäuerin kam langsam wieder zu Kräften, aber sie wurde lange nicht mehr die lustige Frau von ehedem; sie blieb blaß und in sich gekehrt und verjagte sich bei jeder Kleinigkeit. Der Bauer war auch anders geworden; die Wut und der Ingrimm fraßen ihm das Herz ab. Er hatte es verlernt, bei der Arbeit zu flöten, und wenn er lachte, so war das, als ob die Herbstsonne einen Augenblick durch die Wolken kam.

Es war auch keine Zeit zum Flöten und Lachen. Die Steuern nahmen immer mehr zu, Bettelvolk aller Art zog im Lande umher, Westfalen, Friedländer, Lipper, die bis dahin in Ruhe und Frieden gelebt hatten, aber jetzt mit dem weißen Stocke gehen mußten, weil ihnen die Mansfelder oder die Braunschweiger alles genommen und ihnen noch dazu das Dach über dem Kopfe angesteckt hatten.

Schrecklich war es, was die Leute zu erzählen hatten, mehr als ein Mensch aushalten kann, ohne verrückt zu werden. Harm traf mitten in der Haide eine Frau an, die sang und betete und lobte Gott für seine Güte. Er hatte das nicht mit ansehen können und sie mit auf den Hof genommen, wo sie halbwege wieder zu sich kam. Sie hatte auf einem guten Hofe gesessen; ihr Mann war zu Tode gequält, ihre drei Töchter und der kleine Junge auch; da war sie übergeschnappt und in die Welt hineingelaufen.

Sie aß wie ein Wolf und erzählte dazwischen; es war gräßlich anzusehen, wie sie dabei trockene Augen behielt, in einem fort lachte und wieder betete und Gott zum Lobe sang. Der Bauer war froh, als sie ging, obzwar sie ihn von Herzen dauerte, aber die Bäuerin war ganz krank von dem geworden, was die fremde Frau erzählte, und dreimal fuhr sie in der Nacht in die Höhe und schrie und beruhigte sich erst wieder, als Harm ihre Hand nahm und ihr zusprach. Am anderen Tage war sie so elend, daß sie nicht aus dem Bette konnte, und jedesmal, wenn eine Tür zuschlug, verjagte sie sich.

Seit der Zeit verbot der Bauer es seinen Leuten, von dem zu reden, was in der Welt vorging; soweit es sich machen ließ, blieb er auf dem Hofe und ließ die Feldarbeit den Knechten. So sauer es ihn auch ankam, er zwang sich zum Lachen und Flöten, denn er merkte, daß das der Frau gut tat, und bei kleinem wurde es mit ihr besser. Wenn sie dann abends den Jungen zu Bett brachte und der redete Korn und Kaff durcheinander und quiekte und lachte, dann konnte sie auch wieder mitlachen; aber es war doch nicht mehr das Lachen, das sie früher hatte und bei dem es dem Bauern immer ganz heiß unter dem Brusttuche wurde. Ihr Vater, der sieh jetzt viel auf dem Wulfshofe blicken ließ, gab sich alle Mühe, sie mit seinen Dummheiten aufzumuntern, aber es war und blieb doch man ein halbes Werk.

Da das Auspressen und Plündern und das Quälen und Martern kein Ende nahm, hatten die Bauern rund tun das Bruch miteinander abgemacht, sich gegenseitig Bescheid zu geben, damit das Vieh und die Frauensleute geborgen werden konnten. Alle paar Wochen mußte einer der Knechte losjagen, wenn von irgendwo schlimme Post kam, oder die Ödringer trieben Hals über Kopf ihr Vieh in den Burgwall mitten im Bruche und ließen ihre Frauen und Mägde so lange in den Plaggenhütten, bis die Luft wieder sauber war. Seinen besten Knecht hatte der Wulfsbauer dabei eingebüßt. Er war zum nächsten Dorfe geritten, um anzusagen, daß ein Haufen weimarscher Kriegsknechte auf dem Wege war; am anderen Tage war der Schimmel wieder da, aber mit Blut auf dem Rücken und einem Streifschuß am Halse; Katz aber kam nicht wieder.

Bis dahin hatte der Wulfshof unter dem Krieg weniger ausgestanden als die anderen Höfe in Ödringen, weil er zu sehr abseits lag. Auch Landstreicher fanden sich deshalb selten hin. Da kam an einem Herbstmorgen, als es über Nacht zum ersten Male gefroren hatte, ein Zigeunerweib angebettelt, das ein halbnacktes Kind an der Brust hatte. Ulenvater wollte den Hund auf sie loslassen, aber seine Tochter und der Bauer wehrten es ihm. „Vater", sagte die Bäuerin, „sie hat ein Kind an der Brust und sieht halb verhungert aus!" Der Alte brummte, als sie der Frau warme Milch, Brot und getragene Kleider gab, und der Altvater Wulf, der nicht mehr viel sagte, seitdem er sich auf die Leibzucht begeben hatte, meinte: „Wenn dich das man nicht gereuen wird, Mädchen!"

Am Nachmittage kamen dreißig Weimaraner unter einem Offizier auf den Hof. Mitten über die Haide, wo kaum ein Weg war, kamen sie, und der Altvater sagte: „Da haben wir es schon!" Sie verhielten sich ziemlich anständig, weil es ihnen an Wurst und Brot nicht fehlte und der Offizier darauf sah, daß sie nüchtern blieben, weil sie noch einen großen Marsch vorhatten. Aber ob der Bauer sich noch so sehr sträubte, er mußte zwei Gespanne herleihen, und weil der Knecht von einem Pferd geschlagen war und ein steifes Knie hatte, mußte Harm selber mit, so schwer ihn das auch ankam.

Anfangs hieß es, seine Pferde würden bloß bis Burgdorf gebraucht; aber als man auf der hohen Haide war, kam ein Zigeuner angelaufen, sprach mit dem

Führer und der Zug schwenkte nach Wettmar ab, wo zwei Wagen mit Hafer standen, die Wulf weiterbringen sollte.

Es war schon meist Abend, als sie in Bissendorf ankamen. Da ging es wild her; alles lag voll von weimarschen Truppen und es war ein Gebrüll und Getue, daß Wulf ganz dumm zumute wurde. Der Wirt und die Wirtin sahen aus, als wenn sie aus dem Grabe geholt waren; der Magd hing das Haar lose um den Kopf, und Brusttuch und Hemd waren ihr kurz und klein gerissen, und die Kinder saßen auf einem Haufen hinter dem Backhause und streichelten den Hund, den einer ton den Kerlen totgeschlagen hatte. Bei ihnen saß der Knet, hielt sich die Seite und spuckte Blut, denn er hatte einen Kolbenstoß in die Rippen bekommen, weil er sich für die Magd aufgeschmissen hatte.

Wulf wartete und wartete, denn der Offizier hatte ihm gesagt: „Seine Pferde kriegt er wieder." Es war meist Mitternacht, da gab Wulf für einen Soldaten einen Krug Bier aus, damit der Mann den Offizier an sein Wort erinnern sollte. Gerade wollte er seinen Geldbeutel wieder einstecken, da wurde ihm der aus der Hand gerissen und ehe er sich versah, lag er vor der Türe. Er griff nach seinem Messer, nahm sich aber zusammen und wartete, bis der Offizier schlafen gehen wollte, und als ein langer Mann, den die anderen Herr Oberst anredeten, ihm in den Weg kam, nahm er seinen Hut ab und fragte, ob er jetzt nicht seine Pferde bekommen könnte.

„Maul halten!" schnauzte der Offizier; „was gehen mich seine Pferde an, dummes Bauernvieh!" Wulf würgte es im Halse, aber er hielt sich zurück: „Herr Oberst, der Herr Offizier hat es mir fest und heilig versprochen, daß ich meine Gespanne wieder haben soll", sagte er, und er wunderte sich selbst darüber, daß er das so ruhig sagen konnte. Der Offizier bekam einen roten Kopf: „Ist er verrückt, dreckiger Lümmel?" schrie er ihn an; „ist er verrückt? Stellt sich der Kerl mir in den Weg! Weg da!" Und als der Bauer nicht sofort Platz machte, schlug er ihn mit den langen gelben Stulphandschuhen, die er in der Hand trug, in das Gesicht, daß es knallte, und ging an ihm vorbei.

Wulf blieb wie ein Stock an der Wand stehen. Er hörte es kaum, daß ein Troßknecht ihm sagte: „Krieg ist Krieg und hin ist hin! Tröste dich, wie ich es getan habe, ich hatte auch einmal Haus und Hof und jetzt bin ich froh, wenn ich Brot und Bier habe."

Er ging in den Grasgarten und setzte sich auf einen schrägen Baum. Es war eine sternklare kalte Nacht, aber der Bauer merkte die Kälte nicht. Er aß sein

Brot und seine Wurst so ruhig wie immer, trank seinen Schnaps und überlegte, was zu machen war. So saß er da, bis es an zu schummern fing und es im Hause wieder laut wurde. Die Magd, die Wasser aus dem Hofe holte, rief ihn an, weil er eine Schüssel Suppe essen sollte, und das tat er auch.

Der Troßknecht kann auch in das Haus und Harm brachte aus ihm heraus, wo es hingehen sollte und auch, daß der Mann, der ihn geschlagen hatte, ein leibhaftiger Satan und Menschenschinder war. „Der kann dabeistehen und sich hegen, wenn sie ein Mädchen zu Tode quälen", erzählte der Knecht und gab einige Stücke zum besten, daß es dem anderen kalt und heiß durcheinander über den Rücken lief.

Als er weg war, machte der Wulfsbauer sein dümmstes Gesicht und ging bald hier, bald dahin, gleich als wüßte er nicht, wo er vor Langerweile bleiben sollte. Auf einem Fensterbört lag ein Pulverhorn und ein Kugelbeutel; als niemand hinsah, warf er beides über den Zaun unter den Hollerbusch. Dann sah er sich so lange um, bis er eine Büchse fand, und die besorgte er auch beiseite. Zuletzt traf er den jungen Offizier, der bei ihm auf dem Hofe gewesen war; er bat ihn, ihm die Pferde wieder zu verschaff en. Der junge Mensch, der den Abend zuviel getrunken und sein ganzes Geld verspielt hatte, zuckte die Achseln und ging an ihm vorüber, ohne ein Wort zu sagen. Als Harm ihm nachging und ihm sagte: „Ihr habt es mir doch versprochen!" schrie er: „Hast du noch nicht genug? Scher dich zum Teufel!"

Wenn nicht, denn nicht!" sagte der Bauer vor sich hin, ließ sich noch einen Teller Brotsuppe und ein Stück Trockenbrot schenken, denn der Wirt sagte: „Dein Geld haben die Schweine ja doch bei mir versoffen!" Als die Luft rein war, steckte er das Pulverhorn und den Kugelbeutel ein, nahm die Büchse unter seinen Mantel, sah sich um, ob ihn auch niemand gewahr wurde, und dann drückte er sich von einem Baum zum andern, bis er weit genug vom Kruge war und in die Haide kam.

Er war ganz ruhig; er wußte, wie er sich bezahlt machen wollte. Ganz langsam ging er, sich immer in Deckung haltend, im großen Bogen dem Bruche zu und nach der Straße hin, und da suchte er sich eine Stelle, wo lauter Torfstiche waren, so daß kein Reiter dort durchkonnte. Da wartete er, bis es Zeit für ihn wurde.

Hinten in der Haide fiel ein Schuß; im Moore war ein Birkhahn am Prahlen; ein Fuchs kam quer über die Straße, kriegte Wind von dem Bauern und machte kehrt; Krammetsvögel fielen zu Felde; Mäuse piepten in den Ellernbüschen; eine Elster flog über ihn weg.

Dann blies im Dorfe ein Horn, einmal, zweimal und ein drittes Mal. „Jetzt, jetzt!“ dachte Harm. Es dauerte nicht lange und er hörte das Gepolter der Wagen, das Klappen der Peitschen, ein Pferd wieherte, eine Stute; ein Hengst antwortete und dann alle anderen. Der Trompeter blies ein lustiges Stück, die Reiter sangen; schön hörte sich das an. Wulf kannte das Lied; er pfiff vor sich hin, lachte und dachte: „Gleich, gleich!“

Sie kamen; ein, zwei, drei Reiter, dann ein ganzer Haufen, dann wieder einer, der Trompeter, dann der Fähnrich, ein dicker Mann mit lustigem Gesicht, der junge Offizier, neben ihm noch einer; sie erzählten sich etwas, lachten laut und zielten mit der Hand nach einem Raben, der über die Straße flog und sofort abschwenkte. Dann kam ein Frauenzimmer angeritten, an jeder Seite einen Reitknecht. Das war die Person, die der Oberst bei sich hatte, ein ausnehmend schönes Mädchen. Es drehte sich um und rief etwas hinter sich.

Und dann kam der Oberst. Er sah aus, als wenn er wenig getrunken und gut geschlafen hatte; er klopfte mit seiner rechten Hand, die in dem gelben Stulphandschuh steckte, seinem Apfelschimmel den Hals.

Wulf sah ihn sich genau an, denn er wollte das Gesicht für immer im Gedächtnis behalten. Dann nahm er den Mann auf das Korn, gerade in dem Augenblicke, als der Oberst ihm das volle Gesicht zudrehte. Erst zielte er auf die Brust, aber dann ging er tiefer und so wie es knallte, sah er durch das Feuer, daß der Mann beide Arme über sich warf und nach der Seite klappte, und gleich darauf hörte er ihn schreien: „O Jesus!“ und hinterher quietschte das Frauenzimmer auf.

Aber da war der Bauer schon ein Ende weiter. Er hatte es sich vorher genau überlegt, wie er es machen wußte, damit ihn keiner zu sehen bekam. Als das Schreien und Rufen losging und ein Dutzend Schüsse in den Ellernbusch gefeuert wurden, in dem er gelauert hatte, da hatte er schon den Abstich und ein tiefes Flatt hinter sich; von einem Birkenbusche nach dem anderen kriechend kam er zu dem Anberg, von dem aus er nach der Straße hinsehen konnte.

Er mußte lachen, wie sie da hin und her ritten und durcheinanderjagten, gerade als wenn sie das zum Vergnügen taten! Und jetzt lachte er hellwege auf, denn drei Reiter, nein vier, die in das Moor hineinjagten, waren auf einmal weg und das Wasser spritzte auf.

„Dafür ist es eigentlich heute morgen zu frisch“, sagte er vor sich hin und schüttelte den Kopf, als noch drei Reiter in das Bruch ritten. Zwei sanken gleich ein und kehrten um; der eine aber, der einen Schecken ritt, kam beinahe bis zur Haide, aber da brach das Pferd ein, der Reiter schlug in den Morast, daß es nur so quatschte, und das Pferd trabte ledig weiter.

Wulf sprang auf und kroch gebückt von einem Machangelbusch zum anderen, bis er weit genug war. Er sah noch, daß mehrere Reiter abstiegen und zu Fuß in das Bruch gingen; dann aber lief er, was er konnte, bis er da war, wo der Schecke stand, hin und her trat und nicht recht wußte, was er machen sollte, um aus dem Morast herauszukommen. Als er den Bauern sah, prustete er freundlich, und in aller Gemächlichkeit konnte Wulf ihn packen und an einem Busche anbinden.

Er blieb so lange hinter einem Machangel liegen, bis der Zug sich wieder aufmachte. Ungefähr konnte er zählen, wie viele Pferde es waren. Der Apfelschimmel ging ledig und das Frauenzimmer war auch nicht mehr beritten, denn der verrückte rote Hut, den sie aufhatte, war jetzt auf dem einen Wagen zu sehen.

Der Bauer nickte; er wußte, daß er seine Sache gut gemacht hatte. Er lauerte so lange, bis der Zug im Walde verschwunden war und dann noch eine Viertelstunde.

Dann ging er vorsichtig dahin, wo er die Büchse versteckt hatte, lud sie auf das neue und kroch dahin, wo der Reiter so schwer gestürzt war. Er fand ihn gleich. Der Mann hatte den Kopf unter der Brust und rührte sich nicht mehr; er hatte sich das Genick abgestürzt.

Es war kein gemeiner Reiter, sondern ein Wachtmeister. Wulf nahm ihm den Gürtel ab, schnitt die Jacke auf, und dann lachte er vor sich hin: elf Dukaten hatte der Kerl in der Rückenbahn eingenäht und sieben auf der Brust, und in der Tasche hatte er drei Taler und noch mehrere Schillinge. Zudem hatte er ein sehr schönes Dolchmesser außer dem Säbel am Gürtel. Das Messer nahm Harm an sich, den Säbel ließ er liegen, aber die beiden langen Pistolen, die er in der Satteltasche des Pferdes fand, behielt er.

Als er in dem Holster noch weißes Brot, eine Flasche Schnaps, ein gebratenes Huhn und Salz fand, war er vollends zufrieden. Er setzte sich neben das Pferd, frühstückte in aller Ruhe, gab dem Schecken das Brot, das er aus Bissendorf mitgenommen hatte, schlug sich die Pfeife an, rauchte sie langsam zu Ende und ritt dann in schlankem Trabe nach Hause.

Schon von weitem wurde er gewahr, daß seine Frau nach ihm aussah. Sie lachte und weinte durcheinander, als sie ihn sah: „O Gott, Harm“, rief sie, „kein Auge habe ich zugetan die ganze Nacht! Gott sei Lob und Dank, daß du wieder da bist! Was hab ich mich gebangt! Aber wo hast du den Schecken her? Und wo sind unsere Pferde?“

Ihr Mann lachte lustig auf: „Ja, Mädchen, die habe ich ihnen lassen müssen; aber ich habe sie gut bezahlt gekriegt. Sieh mal!“ Er hielt ihr das Geld hin. „Aber jetzt bin ich hungrig wie ein Wolf; solchen Hunger habe ich lange nicht gehabt. Gestern bin ich vor Arger nicht zu meinem Rechte gekommen. Was macht denn der Junge? Und hat sich sonst nichts Besonderes begeben?“

Er war so aufgekratzt und hatte so blanke Augen, daß seine Frau sich über ihn wundern mußte, und die Angst, die sie den Tag vorher und die Nacht gehabt hatte, schlug bei ihr in lauter Freude um. So wurde es ein Tag, wie er auf dem Hofe lange nicht mehr gewesen war, so viel Lachen und Flöten gab es. Harm trug seinen Jungen Huckepack, ließ ihn auf den Knien reiten und sang ihm dazu das Lied vor, das der Trompeter den Morgen geblasen hatte.

Ein Reiter kam auf den Hof; es war Drewes. „Hast du das Neueste schon gehört?“ fragte er Wulf leise und grieflachte dabei wie ein Scharfrichter. „Heute morgen ist der weimarsche Oberst, oder was er sonst ist, hinter Bissendorf bei der alten Wolfskuhle aus dem Busche totgeschossen. Das heißt, ganz tot ist er nicht gleich gewesen; sie haben ihn noch bis Hope gefahren und da ist ihm die Puste ausgegangen. Ich habe die Geschichte in Mellendorf gehört. Und ein Wachtmeister und ein Reiter sind noch dazu im Bruche ersoffen, als sie hinter dem Scharfschützen hersuchten. Die Döllmer! hätten da wegbleiben sollen!“

Er sah den Wulfsbauern von der Seite an: „Deine Pferde bist du losgeworden, habe ich gehört. Der Knecht sagt, du hast sie gut bezahlt gekriegt. Das ist ja das reine Wunder! Mir haben sie zwei vor dem Pfluge weggenommen und noch nicht einmal ein Gottsvergelts dafür gegeben. Schönes Wetter heute! Ich glaube aber, daß es über Nacht umschlägt. Na adjüs auch!“

Er tat so, als ob er gehen wolle, drehte sich aber noch einmal um: „Na, ekelst du dich jetzt noch vor mir, daß ich mir damals den Krückstock blutig gerissen habe? Sei man ruhig, brauchst nichts zu sagen, und ich will auch nichts gesagt haben! Geschäft ist Geschäft. Wir sind keine Leute, die sich etwas schenken lassen, aber umsonst geben wir auch nichts her. Und daß du es weißt: übermorgen wollen wir darüber sprechen, wie es jetzt hier werden soll. Einer für alle und alle für einen muß es heißen, sonst gehen wir allesamt vor die Hunde. In Wettmar haben die Schandkerle zwei Bauerntöchter mit Gewalt verunehrt, in Berghof haben sie einen Häusling so mit Schlägen zugedeckt, daß der Mann daran gestorben ist. Deshalb wollen wir auf dem Hingstberge zusammenkommen, übermorgen um Uhre neune, von jedem Dorfe um das Bruch herum einer oder zwei. Für Lidringen mußt du kommen, denn der Burvogt hat seinen bösen Husten.

So, was ich noch sagen wollte! Die Schwefelbande, die gestern in Bissendorf lag, kommt hier nicht wieder her. Sie sind froh, wenn sie erst hier weg sind, denn der papistische General, Till oder so ähnlich heißt er, ist ihnen auf der Naht. Wollen hoffen, daß er hier nicht vorbeikommt. Addern und Schnaken sind zweierlei, aber Gift haben sie alle beide."

Er sah ihn von der Seite an: „Also brauchst du keine Bange zu haben, daß sie das Geschäft reut, und daß du das Geld wieder hergeben mußt, und den Schecken, den du zugekriegt hast. Aber das Pferd sieht zu dummerhaftig aus; ich würde es ein bißchen auffärben, sonst lachen dich die Leute aus, wenn du damit pflügst, und sagen: der Wulfsbauer pflügt jetzt mit seiner schwarzbunten Kuh! Na, denn also bis übermorgen!"

Damit ging er. Harm tat, wie Drewes ihm geraten hatte, und am Abend war der Schecke ein Rappe. Er war kaum mit der Arbeit fertig, da war der Engenser wieder da. „Mensch", sagte er, „du mußt mithelfen. Eben kommt von Wiekenberg Botschaft, daß an die dreißig Kerle durch das Bruch ziehen. In Wekenberg haben sie einen Hof angesteckt und die Leute lahm und krumm geschlagen. So fünfzig bis sechzig Leute kriegen wir zusammen. Auf, auf zum fröhlichen Jagen!"

Der Wulfsbauer machte ein verdrießliches Gesicht; er hatte geglaubt, sich so recht ausschlafen zu können, und nun konnte er wieder die Nacht um die Ohren schlagen und wie ein Wolf im Busche liegen. Und dann seine Frau, so lustig war sie seit langer Zeit nicht gewesen. Ihre Augen lachten man so, wenn sie ihn ansah, und Backen hatte sie wie damals, ehe ihr das Unglück zustieß. Außerdem, wer weiß, wohin die Leute, von denen Drewes redete, zogen? Und schließlich: sie hatten ihm ja nichts getan! Das mit dem Obersten, das war etwas anderes; der hatte ihn in das Gesicht geschlagen! Aber aus dem Hinterhalte Leute über den Haufen schießen, mit denen er gar nichts vorgehabt hatte, das war ihm nicht nach der Mütze.

Weißt du was, Drewes?“ sagte er, „ich kann den Kopp nicht halten; ich habe die ganze Nacht draußen aufgesessen und den Tag über in Moor und Haide zugebracht. Und meine Frau, du weißt, ja, wie die ist! Zum ersten Male seit damals ist sie wieder wie vordem; heute kann ich nicht von ihr fort. Ich habe genug Sorge um sie gehabt das ganze Jahr. Und ob ich nun mit dabei bin oder nicht, davon wird der Brei auch nicht dicker, zumal ich kein Pferd habe, auf das ich mich verlassen kann. Laß mich dabei lieber weg, heute wenigstens!“

Der Engenser sah ihn von der Seite an. „Ist wahr, du siehst aus, als wenn dir der Kopp nach dem Bette hängt. Na, wir werden auch so mit ihnen fertig werden. Vielleicht, daß du morgen früh nachkommst, denn wir wollen gleich los, damit wir sie vor Tau und Tag in die Mache kriegen. Aber das nächstemal rechnen wir auf dich. Bedenke, wenn du uns nicht hilfst, meinst du, daß ein anderer für dich die Finger rühren wird? Du hast doch schon genug ausgestanden, als daß du noch erst warten willst, bis dir wieder einer was tut, ehe du zuschlägst. Tote Füchse beißen nicht mehr! Aber wie du willst. Und denn adjüs auch!“

Harm wurde ordentlich das Herz leicht, als Drewes fort war, und als er in das Haus ging, pfiff er das Lied vor sich hin, das die Reiter den Morgen gesungen hatten:

> Nichts Schönres kann mich erfreuen,
> als wenn der Sommer angeht;
> da blühen die Rosen im Garten,
> ju ja im Garten;
> Trompeter, die blasen ins Feld.

5. Die Marodebrüder

Es war keine schlechte Jagd gewesen, die die Bauern gemacht hatten. Als der Nebel in die Höhe ging, hatten sie die Bande ankommen sehen. Sie warteten, bis sie sie mitten im nassen Bruche hatten, und dann schossen sie sie zusammen wie eingelappte Hirsche; nicht einer kam gesund davon. Zweiundzwanzig waren es, die dalagen, alte Kerle mit Gesichtern wie Leder, und junge Burschen, die wie Milch und Blut aussahen. Einer von ihnen, den Drewes übergeritten hatte, hatte geschrien: „Erbarmen! Meine Mutter!“ Aber das hatte ihm nichts geholfen; der Engenser schlug ihn tot und schrie: „Junge Katzen kratzen auch!“

Er lachte, als er dem Wulfsbauern das erzählte, als wäre es bloß ein Spaß gewesen, und seine breiten weißen Zähne blänkerten man so. „Ja, diesmal hat's geschlumpt“, griente er. „Und für umsonst haben wir die Arbeit nicht getan“, warf er hinterher; „auf meinen Teil sind allein elf harte Taler gekommen. Ein Schade, daß es keine Reiter waren! Ein paar billige Pferde, die hätten mir schon gepaßt. Und nun will ich nach Hause, sonst kriege ich es mit meiner Altschen zu tun.“ Er schüttelte sich und Harm lachte, denn er wußte, daß Christel Drewes ein Maulwerk hatte, gegen das keiner ankonnte.

Rose rief Harm zum Essen; das Herz lachte ihm im Leibe, als er sie ansah. Das Leben war schön, trotz alledem! Und endlich mußte es doch wieder Frieden wer den; die hohen Herren mußten es doch leid werden, das Kriegspielen, das sie ein Heidengeld kostete und viel Menschen dazu. Was man so bei Wege hörte, war ja auch zu schrecklich: überall Mord und Brand und Pest und Hungersnot. Da war es im Bruche doch noch besser. Krieg ist Krieg und beim Gänserupfen fliegen Federn. Das ist einmal nicht anders!

So dachte der Bauer und .freute sich über seine glatte Frau und den Jungen, der von Tag zu Tag niedlicher wurde und alle Augenblicke ein paar Wörter mehr konnte. Er dachte: „Wenn erst noch ein Kind da ist und Rose mehr Arbeit damit hat, dann wird sie über alles eher fortkommen.“ So wurde es denn auch. Es kam ein kleines Mädchen an, ein kräftiges und gesundes Kind, und nun wurde die Frau wieder, wie sie früher war.

Der Krieg war zwar immer noch nicht zu Ende, aber auf dem Wulfshofe merkte man von ihm beinahe nichts. Ab und zu kamen Truppen durch das Land, bald von dieser, bald von jener Art, und dann ging es da, wo sie herzogen, nicht sauber zu; mehr als einmal war am Tage Rauch und am Abend ein roter Schein über dem Bruche zu sehen.

Hin und wieder ließen sich auch Marodebrüder und Parteigänger blicken, sahen sich aber sehr vor; denn das Bruch war bei allen Landstreichern verrufen. Hin ging mancher, aber her kam so leicht keiner; denn Drewes hatte einen richtigen Kundschafterdienst zugange gebracht, und sobald das Horn rief, liefen die Bauern zusammen und Gnade Gott, wen sie fingen! Das Bruch konnte schlimme Geschichten erzählen, aber es schwieg.

Bloß die Warnzinken, die die Zigeuner an allen Feldsteinhaufen und Wahrbäumen angebracht hatten, und manches blanke Goldstück, mancher harte Taler, den die Bauern im Kasten hatten, manches Pferd, das in ihren Ställen stand, und die Pistolen, Spieße, Kugelbüchsen, Säbel und Dolche, die in allen Dönzen hingen, sprachen von den Männern, deren Eigentum sie einst waren und über deren Knochen jetzt Moorerde lag und Kraut wuchs.

Einige Jahre trieben die Bauern das so in aller Stille; jeder Mann wußte darum, aber keiner sprach darüber. Drewes führte eine harte Hand und es hieß, daß der Häusling Metjen aus Ehlershausen, der in dem Verdachte stand, es mit den Tillyschen gehalten zu haben, indem er ihnen den Weg durch das Bruch gewiesen hatte, und der drei Tage darauf vor seinem Hause mit einer Wiede um den Hals im Apfelbaume hing, von Drewes und zwei anderen Bauern dahingebracht war.

Es war ein prachtvoller Vorherbsttag, als der Wulfsbauer Nachricht bekam, er solle bei vier Uhr am Hingstberge sein; es war die dreifache Schatzung auch für die Knechte und Mägde ausgeschrieben, und darüber sollte verhandelt werden, wurde ihm gemeldet. Es war so warm, daß ihm der blanke Schweiß unter dem Hute herauslief, als er durch das Bruch ritt. Unter dem blauen Himmel flog ein Adler in die Runde; bald war er silbern, bald sah er wie Gold aus. Hier und da war die Haide noch am Blühen und alle Augenblicke flog ein Haufen von kleinen Vögeln über das Bruch und zwitscherte.

Harm holte tief Luft und während er so dahinritt, flötete er sein Leiblied vor sich hin und dachte: „Bei achte, wenn die Kinder schlafen gehen, bist du wieder zurück." Er freute sich, wenn er daran dachte, wie sie gnickern und quietschen würden, wenn er sie kitzelte.

Am Hingstberge waren an die hundert Bauern zusammen. Sie standen in kleinen Haufen um das alte Heidengrab und sprachen vom Wetter und über das Vieh, oder saßen am Boden und vesperten oder rauchten. Drewes hatte es sich auf einem der großen Steine bequem gemacht; er hielt die Pfeife zwischen den Zähnen und schnitt Kerben in seinen Schwarzdornkrückstock So genau machte er das, als wenn es darauf ankam, daß eine nicht anders als die übrigen war. Als er den Ödringer abspringen sah, nickte er ihm zu und sagte: „Feines Grummetwetter heute! Eigentlich zu schade zum Verklöhnen; aber es mußte sein, denn wir haben wichtige Angelegenheiten."

Nach einer Viertelstunde sagte er dem Knecht, den er bei sich hatte: „Jetzt sind sie wohl alle da; man zu!" Da blies der Junge dreimal in das Horn. Jeder hörte auf zu reden oder zu essen und machte, daß er nach dem alten Heidengrabe kam, auf dem Drewes stand, sich auf seinen Stock stützte und sich so lange umsah, bis alles Reden aufhörte.

„Liebe Freunde“, fing er an, „ich habe euch heute etwas zu sagen, das euch glatt heruntergehen wird. Wir haben schwere Jahre hinter uns, und wer weiß, was noch kommt. Es ist so, als ob unser Herrgott für eine Weile die Herrschaft abgegeben hat und nun hat der leibhaftige Satan das Leit in der Hand. Hier am Bruche ist es noch halbwege gegangen. Der eine oder der andere von uns hat ja Haare lassen müssen, manch einer auch ein Stück Fell und womöglich Fleisch und Blut, aber anderswo ist es gräsig hergegangen. Was der Mansfelder schonte oder der Braunschweiger, der ja nun seinen Lohn gekriegt hat, denn im Westfälischen hat ihn der 7111 oder wie er heißt, geweift, daß seine mehrsten Leute ihr eigen Blut gesoffen haben, ja, wo war ich doch? ach so: oder ob es die Kaiserlichen sind, die Papisten und Ligisten, sie sind von ein und derselben Boshaftigkeit. Nicht Frauen noch Kinder sind sicher vor den Hunden.“

Er sah Mann um Mann an: „Ein jeder Mensch, und ist er noch so arm, Frau und Kinder sind ihm ans Herz gewachsen, und an Haus und Hof hängt er. Wir wollen dafür sorgen, und so weit es sich hat machen lassen, haben wir es schon getan“, und damit zeigte er auf das Bruch und lachte und die Männer lachten alle leise. „Aber bislang mußten wir uns heimlich unserer Haut wehren, mußten wie die Strauchdiebe uns herumdrücken, wenn wir das Gesindel, das sich hier herumtrieb, los sein wollten, und einer konnte dem anderen nicht mehr gerade in die Augen sehen. Von jetzt aber können wir das frei tun.“

Er hob seinen Stock hoch und zeigte die Kerben daran. „Seht her! ich habe einhundertundsiebzehn Kerben hier eingeschnitten, zweiunddreißig auf der einen und die übrigen auf der anderen Seite. Die fünfundachtzig Kerben bedeuten, daß ich mitgeholfen habe, fünfundachtzig Landstreicher, Gaudiebe, Tatern und Marodebrüder und einen verräterischen Hund dahinzubringen, wo sie von Gottes und Rechts wegen hingehören, unter die Erde nämlich, daß die Würmer sie fressen, wenn sie sich davor nicht ekeln. Die zweiunddreißig Kerben aber, meine Freunde, die bedeuten, daß ich zweiunddreißig Menschen von dieser Art mit meiner eigenen Hand beiseite gebracht habe.“

Er holte tief Luft, wischte sich mit der Hand über die Stirn und sprach leiser: „Unser Herrgott wird mir das vergeben. Auge um Auge, Zahn um Zahn, so lehrt uns die Schrift. Wir sind hier keine Räuber und Mörder, aber wenn der Wolf uns über das Weidevieh kommt und der Marder uns an die Hühner geht, dann besinnen wir uns nicht lange. Ich habe bis zu dem Tage, daß das Schinden hier losging, keinem Menschen einen Schlag gegeben, seitdem ich die Jungenshosen aushabe, und lieber wäre es mir, ich hätte reine Finger. Aber was sein muß, muß sein, und ich schlafe so gut als wie vordem, und ich glaube, es ist keiner unter uns, der das von sich nicht auch sagen kann."

Er sah die Männer der Reihe nach an und plinkte dem einen oder anderen, der ihm blanke Augen machte, besonders zu. „Eins aber, meine lieben Freunde", ging er weiter in seiner Rede, „das drückte uns doch dabei. Was wir taten, mußten wir tun, aber es war uns nicht nach der Mütze, daß wir es ohne die Erlaubnis unseres Herrn Herzogs", er nahm den Hut ab und alle taten es ihm nach, „tun mußten. Von heute ab", und er sprach heller und lachte dabei, „ist das anders, denn unser lieber Herr Herzog, den Gott erhalten möge, hat uns wissen lassen, wir sollen zusehen, daß wir uns so gut wehren sollen, wie wir irgend können, und alle Hundsfötter, die hier nicht hergehören, totschießen wie tolle Hunde."

Er lachte, daß man seine großen Zähne sah: „Na, an uns soll es nicht fehlen, daß unser Herr Herzog seinen Willen kriegt! Lieber wäre es uns ja, wir könnten so leben wie früher, unsere Arbeit in Frieden tun und Gott loben. Aber das ist nun einmal nicht anders und darum sage ich euch: was nicht hierher gehört, was im Lande herumzieht und raubt und stiehlt, was Menschen schindet und Häuser ansteckt, das ist Raubzeug und muß auch so behandelt werden. Schimpf um Schimpf, Schlag um Schlag, Blut um Blut, daran wollen wir festhalten, auf daß es uns gut geht und wir lange leben auf Erden!"

Er wischte sich den Schweiß aus dem Gesichte und schloß: „So, nun wißt ihr, wie ihr dran seid. Und ich denke, meine lieben Freunde, es ist nicht mehr als recht, wenn ich euch bitte, es mir nachzutun", und dabei nahm er seinen Hut ab, hielt ihn hoch und schrie: „Lange lebe unser Herzog Christian, unser allergnädigster Herr!"

Die Krähen, die über das Bruch flogen, schwenkten zur Seite, so schrien die Männer. Alle hatten sie blanke Augen, als sie zu Drewes gingen und ihm sagten: „Drewsbur, das war aber eine Rede! Besser kann es unser Herr Pastor nicht." Aber dann horchten sie wieder auf, denn die Wiekenberger erzählten, daß es überall von Kriegsvölkern wimmelte, von Dänen und Ligisten und von Mansfeldern und Braunschweigern, die der Tilly und der Waldstein hin und her jagten wie der

Hund die Hühner, und die es mit Brennen und Morden schlimmer trieben als vorher.

Was eigentlich los war, wußte so recht keiner. Der eine sagte: „Die Dänen wollen uns das Land nehmen“, die anderen: „Nein, es ist, daß wir wieder papistisch werden sollen“, und etliche meinten, der Kaiser hätte da nichts mit zu tun, der lebe da unten und frage den Teufel danach, was anderswo vor sich gehe. Der Waldstein und der Tilly wollten sich bloß bereichern an Land und Bargeld; darauf laufe alles hinaus.

Der Wulfsbauer hatte wohl gefunden, daß Drewes ganz ausgezeichnet geredet hatte und daß er in allem recht hatte, aber so ganz war er nicht bei der Sache; er dachte an seine Frau und die Kinder und daß es bei kleinem Zeit für ihn würde, nach Hause zu reiten, damit er es nicht verpasse, wenn die Kröten zu Bette gebracht würden. Er mußte lachen, wenn er daran dachte, wie Hermken ihn nach dem Mittag so bei den Ohren gerissen hatte, daß es ordentlich weh tat.

Er ritt mit Klaus Hennecke, dem Sohne des Vorstehers, nach Hause. Die Luft war weich und warm; die Kiebitze riefen im Grunde und in der Höhe meldeten sich die Regenpfeifer.

Klaus fing endlich zu reden an: „Mit unserem Vater wird es immer schlimmer; er liegt jetzt schon die achte Woche. Ich glaube, dieses Mal kommt er nicht wieder durch!“ Er sah über das Bruch. „Kiek, was ist denn das da für eine putzwunderliche Wolke über Ödringen? I, das sieht ja meist wie Rauch aus! Aber es ist doch wohl bloß eine Wolke.“

Der Ansicht war Harm auch; aber als sie den Bogen um die Torfkuhlen machten und unter den Wind kamen, prusteten beide Pferde auf einmal los und wurden unruhig, so daß die beiden Bauern meinten, sie witterten einen Wolf. Als sie aber ein Ende weiter waren, hielt Hennecke an, schnüffelte und meinte: „Das riecht gewiß und wahrhaftig nach Rauch! Am Ende haben die Lörke von Hütejungens wieder einen Unsinn angestellt.“ Harm mußte ihm recht geben, denn es roch nach Rauch, aber er dachte sich weiter nichts dabei.

Zuletzt rochen sie aber nichts mehr, denn der Wind ging unter dem Holze anders. So wie sie aber in der hohen Haide waren, roch es wieder stärker, und als sie die krausen Fuhren hinter sich hatten und oben auf dem Anberge waren, schrien sie wie aus einem Munde: „O Gotte!“ Denn da, wo Ödringen lag, war die ganze Luft schwarz.

Sie sahen sich an; einer sah so käsig aus wie der andere. Ohne ein Wort zu sagen, ließen sie die Pferde schneller laufen. Der Brandgeruch wurde immer schlimmer, und was ihnen noch schwerer auf das Herz fiel, das war, daß das Grummet auf den Wiesen noch genau so lag, wie nach dem Mittag, als sie vorbeigeritten waren. Sie jagten, was die Pferde hergeben wollten, und als sie aus dem Walde kamen, hielten sie und zitterten am ganzen Leibe. Vor ihnen auf dem Wege lag der Kuhhirt tot auf dem Rücken und sein Hund schnüffelte an ihm herum.

Sie sprangen ab und sahen sich Tönnes an; er hatte einen Schnitt über den ganzen Hals. Sie zogen ihn beiseite und dann horchten sie nach dem Dorfe hin. Da war es ganz still, nur die Kahkrähen lärmten über den Eichen. Sie gingen Schritt für Schritt näher, die eine Hand am Messer und die andere am Zügel. Im Wege lag eine zerbrochene Steingutflasche, wie sie im Dorfe keiner hatte. Weiterhin fanden sie einen blutigen Lappen und daneben ein Stück Wurst. Sie hielten an und horchten: Nichts war zu hören, keine menschliche Stimme war zu vernehmen, kein Stück Vieh brüllte, kein Hahn gackerte, kein Hund bellte.

So kamen sie an den Reinkenhof. Der stand noch, aber die Fenster waren eingeschlagen, die Türen standen offen, Bettfedern lagen überall verstreut und Stroh und Heu und Hafer. Im Hause war alles kurz und klein geschlagen. Im Flett ging die gelbbunte Katze umher und quarrte gottsjämmerlich. Die Dönze sah aus als wie ein Schweinestall; voller Unrat war sie. Kein Stuhl war mehr heil, kein Teller mehr ganz. Im Grasgarten lagen der Kopf und die Beine und die Kaldaunen von einem rotbunten Kalbe und daneben das Spinnrad, aber in lauter Stücken.

Klaus und Harm sprachen kein Wort. Sie kamen nach Hingstmanns Hof. Da sah es genau so aus, nur daß quer über der Deele der Hütejunge tot dalag; er hatte ein tiefes Loch in der Stirn. Bei Mertens war es nicht anders und auf dem Henkenhofe desgleichen, bloß daß da wenigstens keine Leiche zu finden war. Auch auf den anderen Höfen war geplündert und alles entzweigeschlagen, aber die Bauern schienen rechtzeitig Wind bekommen zu haben, so daß sie sich hatten bergen können.

Mit einem Male sah sich der Wulfsbauer wild um und rief: „Ja, aber wo brennt es denn? Heiliger Gott!" Ersaß auf und jagte davon und hinter ihm her jagte Klaus Hennecke. Quer durch die Haide ritten sie, und je weiter sie kamen, um so mehr roch es nach Rauch, und dann hielt Harm Wulf an und sprang ab und machte ein Gesicht, als ob er los weinen wollte und sah dahin, wo sein Hof gestanden hatte, denn da war alles ein Rauch und ein Qualm, bloß daß hier und da eine Flamme zu sehen war.

„Wawawas ist dededenn dadas?“ stotterte er. Ihm war, als ob er kein bißchen Kraft mehr in den Beinen hatte, so daß er Klaus an den Arm fassen mußte. Und dann schrie er: „Rose, Rose!“ Er lief um die Brandstätte herum, in den Grasgarten hinein, sah in den Sod, kletterte auf den brennenden Balken hin und her, sah gegen Himmel, schüttelte den Kopf und sagte mit einem Lachen, bei dem es Hennecke kalt überlief: „Inder Burg, sie wird in der Burg sein!“

Klaus nickte: „Ja, das glaube ich auch. Da werden sie wohl alle miteinander hin sein und das Vieh auch. Und der Junge von Hingstmanns und Tönnes, die werden allein noch draußen gewesen sein, und da mußte es ihnen so gehen. Wollen nach der Burg gehen, und wenn sie da nicht sind, dann müssen wir, ja, am besten ist es wohl, wir reiten dann zuerst nach Engensen;auf dem Drewshofe kriegen wir am ersten Bescheid.“

Sie saßen auf und ritten über die Haide und durch die Fuhren und von da in das Bruch hinein. Es schummerte schon, als sie dort ankamen; der Uhu flog über sie hinweg und als er im Walde war, schrie er hohl. Der Nebel stand dick hinter den Torfstichen, in der Luft klingelten die Enten und in den Wiesen schreckten die Rehe.

Keiner sprach ein Wort; ab und zu hielten sie an und horchten dahin, wo der alte Burgwall lag, und dann sahen sie wieder vor sich auf den Weg, dem man es anmerkte, daß Menschen und Vieh frisch darauf gegangen waren. In der Wohld war es so duster, daß sie absteigen mußten. Hin und her ging es, bald nach rechts, dann geradeaus, dann halb links und so in einem fort. Ab und zu polterte eine Taube vor ihnen weg, oder ein Stück Wild brach durch das Holz. Dann blieben sie stehen und horchten. Aber immer und immer hörten sie keine Stimme und kein Kuhgebrüll.

Endlich war es ihnen, als ob sie ein Licht vor sich sahen und als sie stehen blieben, hörten sie, daß ihnen gegenüber ein Stück Vieh am Brüllen war. Dann knackte ein Büchsenhahn und hinterher noch einer, und eine Stimme, es war die des jungen Bolle, rief ihnen halblaut zu: „Wer da?“ Harm flüsterte ihm zu: „Wir sind es, Harm und Klaus. Wo ist meine Frau?“

Atze Bolle würgte, als ob er etwas im Halse hatte, und brummte dann: „Komm man erst nach der Burg! Ich habe hier Wache und weiß nicht, wer alles da ist. Es ging ja Hals über Kopf heute, denn wir mußten machen, daß uns das Gesindel nicht kriegte. Aber Ulenvater, den habe ich vorhin gesehen, ehe daß ich wegging."

„Na, was ist denn das?" meinte er, als etwas Schwarzes an ihm vorbeisprang. Es war Harms Hund. Er stellte sich wie unklug an, bellte und jaulte durcheinander, sprang an dem Bauern in die Höhe, leckte ihm die Hände, lief vor und bellte, kam wieder zurück und mit einem Male setzte er sich hin und heulte so schrecklich, daß Bolle rief: „Ruhig, Teedel!"

Der erste Mensch, den Wulf sah, als er in den Wall kam, war die Reinkenbäuerin. So wie sie ihn zu Gesichte bekam, schrie sie auf: „O Gotte, Wulfsbur!" und dann fing sie an zu weinen. „Was ist?" schrie Harm, „wo ist Rose?" Aber die Frau weinte, daß es sie stieß, und brachte kein Wort heraus.

Harm sah hin und her, aber wo er einen Menschen ansah, der ging schnell zurück. Endlich fand er seinen Schwiegervater. „Wo ist Rose?" brachte er eben noch heraus, denn er war ganz heiser vor Angst. Der alte Mann hatte ein Gesicht, als wäre er aus dem Grabe genommen. „ja, Junge", sagte er und faßte Harm an beide Hände, „ja, Junge", und dabei fing er bitterlich an zu weinen, „unsere Rose ist bei unserem Herrgott!"

Harm machte eine Bewegung, als wollte er ihm an den Hals springen: „Was sagst du? tot?" Er fing an zu lachen. „Das ist ja, das kann ja, aber so rede doch, kein einer sagt mir, wo Rose ist!" Und dann rief er mit einer Stimme, die sich anhörte, als ob sie zersprungen war, durch den ganzen Wall: „Rose, Rose, wo bist du?"

Neben ihm stand Hingstmann: „Ruhig, Mensch, Renneckenvater liegt im Sterben. Und die Horstmannsche hat vor Aufregung etwas Lüttjes gekriegt und es geht ihr nicht gut." Er hielt ihm die Flasche hin: „Trink erst mal!" Aber Wulf stieß ihn zurück: „Ich will wissen, was mit meiner Frau los ist, will ich wissen! Und wo sind die Kinder? Mein Hermken und das Lüttje? Kinder und Leute, so tut doch endlich einer das Maul auf!"

Es kamen noch zwei Bauern. „Ja, einmal muß er es doch wissen", sagte Mertens. Er legte ihm die Hand auf die Schulter: „Ja, Harm, was hilft das alles? Deine liebe Frau ist nicht mehr am Leben; sie ist im Hause geblieben. Und die Kinder auch. Und dein Vater auch und der eine Knecht und ebenso die beiden Mädchen. Weiß der Teufel, wie die beistigen Hunde zu allererst nach dir hingefunden haben, wo dein Hof doch so abgelegen ist!"

Harm sah von einem zum anderen; er sah aus wie ein Kind, das sich vor dem Hunde nicht von der Stelle traut. Seine Hände gingen an seinen Hosen auf und ab, seine Lippen beberten, der kalte Schweiß stand ihm vor der Stirn; jeder konnte hören, wie ihm das Herz im Leibe arbeitete und wie ihm die Luft nicht zum Halse herauswollte. Endlich quälte er heraus: „Ja, sind sie verbrannt, oder was ist?"

Die Männer sahen weg, schließlich sagte Horstmann: „Wir wissen da alle weiter nichts von. Der einzigste Mensch, der am Leben geblieben ist, das ist Thedel. Aber der ist ja wohl ganz von Sinnen geworden; der sitzt da hinten beim Feuer und grient und sieht in einem fort das Messer an, das er in der Hand hat."

Harm stürzte mehr, als er ging, dahin, wo erden Knecht sitzen sah. Als er vor ihm stand, lachte der ihm in das Gesicht und wies ihm das Messer; aber mit einem Male ließ er es fallen, schlug beide Hände vor den Kopf und heulte los. Der Bauer schüttelte ihn. „Junge, denn sag du es mir doch, was sich nun eigentlich begeben hat! Kein einer Mensch will was davon wissen." Ersetzte sich neben ihn und legte ihm die Hand über den Hals. „Nun los!" befahl er.

Der Knecht sah ihn zuerst an, als ob er ihn noch kein eines Mal gesehen hatte, und dann fing er an: „Sie sind alle tot, alle miteinander. Die Frau ist tot und Hinnerk ist tot und Hermken ist tot und das Lüttje auch und Trina ist tot und der Altvater ist tot und meine Schwester Alheid ist auch tot. Alle sind tot, bloß ich nicht. Ich war im Busche Holz machen und vor dem Hauen habe ich nichts gehört, als bis daß es zu spät war, denn sie sind aus dem Bruche gekommen."

Sehr viel konnte er auch nicht erzählen, denn das meiste war schon vorüber, als er zurückkam. Aber das wenige, was er gesehen hatte, das war so, daß er von dem Bauern abrücken mußte, denn der hatte ein Gesicht und ein Paar Augen darin, daß es ihm kalt im Genick wurde. Aber der Bauer sagte: „Weiter, man weiter, ich will alles wissen", und nur ab und zu stöhnte er oder schnatterte mit dem Munde, daß Thedel seine Zähne klappern hörte.

Als er alles aus ihm heraus hatte, sagte er: „Ja, Teedel, ich und du, das ist nun der ganze Wulfshof. Was willst du jetzt machen? Willst du einen anderen Dienst annehmen oder willst du bei mir bleiben? Denn, versteh mich recht, Bauer will ich jetzt nicht mehr spielen; wo der Teufel geerntet hat, habe ich keine Lusten mehr zu pflügen und zu säen. Aber", setzte er nach einer kleinen Weile zu, „wo sind die Mordbrenner denn hin?"

Der Junge zuckte die Achseln. „Quer über die Haide sind sie und bei der Schirmfuhre haben sie sich geteilt. Was die Tatern sind, die sind auf Berghof zu, und die anderen, die mögen wohl nach Celle hin sein, denn da wollten sie hin, hat mir der Mann gesagt."

„Welcher Mann?" fuhr ihm der Bauer dazwischen. Der Junge grieflachte abscheulich. „Der sich an deinem Honigbier so scheußlich besoffen hat, daß er nicht aus der Stelle konnte und in der Haide liegen blieb und schlief."

„Na, und wo ist er jetzt?" fuhr es Wulf heraus. „Der mag da wohl noch liegen", griente der Knecht. „Wieso noch liegen?" fragte der Bauer weiter. Der andere lachte über das ganze Gesicht: „Na, weil ich ihm, als er wie ein Faß dalag, die Hände und die Füße zusammengebunden habe und denn auch, weil er, als er sich vernüchtert hatte und ich aus ihm heraus hatte, was ich wissen wollte, wohl nicht viel Leben in sich behalten hat."

Der Bauer lachte böse: „Was hast du mit ihm angefangen, Thedel?" Und sein Lachen wurde noch tückischer, als der Knecht ihm das Messer wies und ihm erzählte, was er mit dem Manne gemacht hatte. „Denn", sagte er, „es war der Schlimmsten einer. Gerade der ist es gewesen, der meine Schwester umgebracht hat, er und das Heilige Kreuz und der Säugling. Und die müssen auch noch daran, sage ich, oder ich will keinen seligen Tod haben!"

Der Bauer sah ihn dumm an: „Heiliges Kreuz? Säugling? Was heißt das?" Thedel erzählte: „Als meist alles vorbei war und die mehrsten besoffen waren wie die Schweine, bin ich auf allen vieren hinter dem Hagen hergekrochen und da sah ich einen Kerl, der war so lang, wie ich noch keinen Menschen gesehen habe, und der hatte einen ganz kleinen Kopf wie ein Kind und auch genau solche Stimme, wenn er das Maul auftat, und keinen Bart hatte er auch nicht, und zu dem sagten sie Säugling. Und der andere, der war so kurz und dick wie ein Krautfaß, und er hatte einen fuchsigen Knebelbart und zwei Narben im Gesicht, so dick wie ein Finger und so rot wie ein Hahnenkamm, die eine von der Stirn bis in das Maul und die andere von einem Ohr bis an das andere, just so, daß es wie ein Kreuz aussah, und deswegen schimpften sie ihn wohl auch Heiliges Kreuz."

Ersah vor sich hin: „Die beiden haben meine Schwester hingemartert; ich habe es gehört, wie sie darüber ihre Witze machten, die beiden und der andere, der besoffen in der Haide liegen blieb. Na, dem habe ich es besorgt! Ich hatte ihm das Maul zugestoppt, denn ich dachte: wenn er an zu bölken fängt und die anderen hören es, dann läufst du am Ende dumm an. Die beiden anderen haben noch eine Weile hinter ihm hergeflötjet, bis es ihnen zu langweilig geworden ist. Ich bin bloß neugierig, ob er morgen früh noch am Leben ist!"

Mitten im Reden schlief er ein. Der Bauer deckte ihm einen Mantel über und dabei sah er, daß der Knecht so ruhig schlief, wie immer. Er wußte noch oft hinsehen; wie ein Kind, das keiner Fliege wehtun konnte, sah er aus. Er war der einzige Mensch im ganzen Dorfe, der es nicht mit ansehen konnte, wenn ein Schwein geschlachtet wurde, und dabei harte er den Mordbrenner geschunden, wie der Henkersknecht einen armen Sünder.

Recht hat er getan!" dachte der Bauer; „Schimpf um Schimpf, Schlag um Schlag, Blut um Blut, sagt Drewes." Er sah in das Feuer und sah darin einen langen Kerl mit einem kleinen Kopf und einer dünnen Stimme, und einen anderen, kurz und dick wie ein Faß und mit zwei Narben im Gesicht, die über Kreuz standen. Er sah sie vor sich liegen mit gebundenen Händen, alte Lappen in den Mäulern und Angstschweiß auf der Stirn, und er stand davor, trat sie mit Füßen und hielt ihnen sein Messer vor die Augen.

Lange saß er so da und dachte an weiter nichts. Aber mit einem Male wurden ihm die Augen naß. In einer von den Plaggenhütten weinte ein Kind und eine Frau sang:

Eia wiwi,
keen slöppt denn nu bi mi?
Wi willt dat nu ganz anners maaken,
Heini Schall in de Eia slaapen,
eia wiwi.

6. Die Bruchbauern

Es war hellichter Tag, als Harm Wulf aufwachte. Er war im Sitzen eingeschlafen, und so fest hatte er geschlafen, daß er sich erst gar nicht vermuntern konnte und sich ganz wild umsah, weil er nicht wußte, wo er war.

Aber dann stand er auf, so schwer und so langsam, als wenn er nicht vierundzwanzig, sondern achtundvierzig Jahre hinter sich hatte. Hingstmann, der gerade vorbeikam, verjagte sich, als er ihn sah, denn der Wulfsbauer hatte ein ganz altes Gesicht und Augen, in denen kein Leben war, und an den Seiten war sein Haar grau geworden.

„Wenn er man bloß weinen könnte, Ulenvater!“ sagte die Reinkenbäuerin; „das ist ja schrecklich, wie der Mann das in sich hineinfrißt!“ Aber Harm weinte nicht. Er aß, wie immer, sprach aber nicht mehr, als Ja und Nein, half die Schanzen höher machen und Schuppen bauen und was sonst für Arbeit nötig war. Um Uhre zehne ging er mit Thedel fort und als sie wiederkamen, hatten beide ganz blanke Augen und der Junge griente in einem fort, so daß es scheußlich anzusehen war.

„Was willst du jetzt anfangen, Harm?“ fragte ihn abends, als sie beim Feuer saßen, sein Schwiegervater; „willst du den Hof wieder aufbauen?“ Sein Eidam schüttelte den Kopf. „Ich habe eine andere Arbeit vor.

Es kann sein, daß ich lange fortbleibe, vielleicht bin ich aber auch bald wieder da. Damit du es weißt: das Geld haben die Raubvögel nicht gefunden. Ich würde es ihnen gern gegönnt haben, wenn sonst alles so geblieben wäre, wie es war. Solltest du also in Bedrängnis kommen, so weißt du es zu finden; so ganz wenig ist es nicht. Und an dem andern Platz, du weißt ja Bescheid, ist Saatkorn genug, und von Wurst und Schinken ist da auch eine ganze Masse, und von Käse und Honigbier auch. Und da liegen auch noch die Pistolen und das eine Gewehr. Hast du etwas Tabak über?“

Er stopfte sich die Pfeife, hielt einen Fuhrenzweig in das Feuer, bis er Flammen fing, und brannte damit seinen Tabak an. „Weißt du was?“ fuhr er dann fort, „mit mir ist das so: große Lusten zum Leben habe ich nicht mehr. Laß mich ausreden! Vielleicht, daß ich sie wiederkriege, wenn ich mit den beiden Hauptmordbrennern abgerechnet habe. Denn das habe ich fest vor. Wer Menschenblut vergießt, dessen Blut soll wieder vergossen werden! Thedel will auch mit; sie stehen bei ihm gleichfalls in der Kreide, Alheids halber. Grieptoo kann bei dir bleiben; der Hund könnte mir im Wege sein!“

Ein Haufen von Vögeln kam angeflogen, ließ sich in den hohen Tannen nieder und lärmte gewaltig. Harm sah in die Höhe: „Da ist ja das Unzeug wieder, von denen Hingstmanns Vater sagte, sie zeigen Krieg und Pestilenz an. Vielleicht hat er auch recht, denn meinen Tag habe ich solche Vögel noch nicht gesehen. Einen fand ich tot in der Haide liegen; er war rot wie Blut und sein Schnabel ging über Kreuz. Aber was wollt ihr nun anfangen? In Ödringen seid ihr keinen Tag eures Lebens sicher, denn was gestern war, kann morgen wieder sein. Ich glaube, das beste wird sein, ihr baut euch hier im Bruche auf dem Peerhobsberge an; da finden sie euch so leicht nicht und Frucht wächst da zur Not schon. Und die Burg hier, die müßt ihr noch fester machen; der Graben muß tiefer und jedesmal da, wo der Zugang einen Knick macht, da muß eine Wolfskuhle hin."

Der alte Mann nickte. „Ja, wir haben gestern ganz dasselbe gesagt. Das Vieh haben wir ja noch, die Pferde auch, und das beste wird sein, solange als wie der Krieg dauert, wirtschaften wir in einen Pott, so sauer uns das auch ankommen wird. Aber du solltest doch lieber hier bleiben; was willst du in der weiten Welt? Sieh mal, Junge, das Unglück ist geschehen, und ich trage ebenso schwer daran wie du. Eine Frau kriegst du schließlich wieder, ich aber keine Tochter. Du hast noch ein ganzes Leben vor dir, mit mir ist das anders. Und doch bleibe ich hier, wo ich geboren bin."

Der andere schüttelte den Kopf. „Wiederkommen tue ich, so wie ich es kann. Aber ich habe einen Eid vor mir selber geschworen und dabei muß ich bleiben. Und überdies, hier würde ich verrückt werden, wo ich bei jedem Schritt und Tritt daran denken muß, wie es früher war." Er rief den Knecht heran: „Zeig mal dein Messer her!" Der Junge griente und zog es aus der Scheide. „So, ist gut; leg dich man schlafen, morgen früh wollen wir los!"

Er sah Ul an. „Der Mann, der Alheid umgebracht hat, lebt nicht mehr; Thedel hat es ihm besorgt und die Wölfe. Heute morgen haben wir ihn beigerodet unter der breiten Fuhre hinter meinem Hof. Es liegen allerlei Steine auf der Stelle. Aber zwei von den Schandkerlen sind noch am Leben und sollten sie sich hierher verlaufen, ein ganz unmenschlich langer mit weißen Haaren, aber noch ein junger Kerl, und einen unklug kleinen Kopf hat er und eine Stimme, als wie ein Kind, und dann noch einer, so kurz und dick, als wie ein Faß mit einem fuchsigen Knebelbart und zwei Narben im Gesicht, so breit, wie ein Finger und ganz rot, die eine von der Stirn bis an das Maul und die andere von einem Ohr zum andern, daß es wie ein Kreuz aussieht und darum heißt der Kerl auch das Heilige Kreuz und der andere der Säugling. Wenn die sich hieß blicken lassen, die dürft ihr nicht totschlagen; lebendig will ich sie haben, hörst du. Denn von Zeit zu Zeit komme ich wieder.

Es wurde aber völlig Herbst, ehe daß er wiederkam. Bolles Bernd, der an dem Tage die Wache auf dem Halloberge hatte, sagte gerade zu Mertens Gerd, der ihm Gesellschaft leistete: „Wie schön die Birkenbäume bloßig aussehen! als wie das reine Gold!" Dann machte er einen langen Hals, wie ein Birkhahn, stieß Gerd in die Rippen und sagte: „Was ist denn das da im Bullenbruche? Das ist ja gerade, als wenn das ein Reiter zu Pferde ist! Gewiß und wahrhaftig, es ist einer. Sogar zwei sind es!“

Er barg sich hinter den Büschen und winkte Gerd, und als sie bei den dicken Fuhren waren, nahm er das lange Horn vor den Mund und blies laut los, so daß ein Hase, der unter einem Haidbusche geschlafen hatte, wie albern herausschoß und den Pattweg entlang lief. Dreimal blies der junge in das Horn, und jedesmal auf eine andere Art, und nach einer Weile zum vierten Male und so laut und lang, daß es auf eine halbe Meile in der Runde zu hören war.

„Aufpassen tun sie“, sagte Harm Wulf zu Thedel; „wir müssen uns zu erkennen geben, denn sonst könnten wir am Ende eine Handvoll Hackblei in die Rippen kriegen, ehe wir uns das vermuten. Zeige ihnen, daß du es auch noch kannst!“ Der Knecht nahm das kleine Horn, das er am Sattel hängen hatte, wischte sich über den Mund, gremsterte und spuckte und dann blies er nach dem Halloberge hin. Von dem Berge kam eine kurze Antwort zurück, die Thedel ebenso zurückgab.

„Das hört sich just so an“, meinte Bernd, „als ob das Niehusthedel ist, der da bläst; aber was hat der für Zeug an? Der sieht ja leibhaftig aus wie ein Kriegsmann! Was hältst du davon?“ Der andere legte die Hand vor die Augen, als er hinter dem Busche hersah: „ja, er ist es, das ist sicher. Und der andere, das ist der Wulfsbur. Ich hätte ihn beinahe nicht gekannt, solchen Bart hat er sich wachsen lassen. Na, denn so muß ich wieder abblasen.“

Er nahm das Horn wieder hoch, aber der andere wehrte es ihm: „Wart' man erst!“ Sie blieben in Dekkung stehen, bis die Reiter ganz nahe heran waren. Erst dann trat er vor und rief: „Na, wieder zurück von der Reise, Harm? Und du auch, Thedel? Meist hätten wir euch nicht gekannt, so wie ihr ausseht. Aber jetzt blase ab, Gerd!“ rief er dem jungen zu, der etwas abseits stand und über das ganze Gesicht lachte, denn Thedel war sein guter Freund, und der Wulfsbauer hatte ihm einmal das Leben gerettet, als er auf dem Pumpe durch das Eis gebrochen war. Er setzte das Horn wieder an und blies dreimal auf eine andere Art.

„Dennso können wir ja frühstücken“, meinte der Wulfsbauer, als er aus dem Sattel war, zu Thedel; „mach die Pferde an und gib die Holster her! Ihr könnt mithalten; wir haben reichlich.“ Er packte aus: da waren Würste und dicke Scheiben Schinken und Braten und eine halbe gebratene Gans, ein großes Stück

Käse, zweierlei Brot und eine große Blechflasche. Die anderen machten lange Augen.

„Lebt ihr immer so?“ Harm lachte: „Mehrstens! aber nehmt man dreiste an, es ist nicht geraubt und nicht gestohlen, das heißt, von uns nicht, denn die drei Marodebrüder, denen wir das gestern abnahmen, werden es wohl nicht mit barem Gelde bezahlt haben. Aber wie sieht es in Ödringen aus?“

Bolle hob die Faust, in der er das Messer hatte, auf und ließ sie auf den Boden fallen. „Ödringen?“ er zuckte die Achseln, „Ödringen, das gibt es nicht mehr. Alles ein Schutt und ein Müll!“ Als der Wulfsbauer und Thedel ihn ansahen, erzählte er: „Drei Wochen lang war alles ruhig, da zogen einige wieder hin, Hingstmanns und Eickhofs und Bostelmann und Bruns auch. Die andern rieten ihnen ab, aber sie wollten ja nicht hören. Und den einen Abend, wir waren gerade dabei, das letzte Grummet einzuholen, da sahen wir über dem Dorfe einen hellichten Schein und bald darauf kam Tidke, du weißt doch, der Hütejunge bei Hingstmanns, und der erzählte, daß zwei Taternweiber einer Bande von Mordbrennern den Weg gewiesen haben, und kein einer Mensch ist lebendig geblieben.“

Er machte einen bösen Mund, lachte dann und erzählte weiter: „Tidke hatte gewacht, weil das eine Fohlen krank war, und so konnte er sich bergen. Die anderen sind meist im Schlafe umgebracht. Alle Hunde lagen tot da; die Taternweiber werden ihnen Gift hingeworfen haben.“ Er schnitt von dem Brot, das er in der Hand hatte, ein Stück ab, steckte es in den Mund, stippte ein Stück Braten in die Salzdose und steckte es auch in den Mund, und als er beides auf hatte, fuhr er fort:

„Wir sind in der Nacht gleich losgeritten und haben von überall Hilfe geholt; wir waren unser achtzig und nüchtern, und die Bluthunde knapp dreißig und besoffen. Es ist keiner von ihnen am Leben geblieben. So Stücker zwanzig schossen und schlugen wir gleich tot, als sie über die Magethaide kamen und in das Düsterbrok wollten, und die anderen, es waren zehn oder elf, die fingen wir lebendig und nahmen sie in das Bruch mit.“

Er sah erst Harm und dann Thedel an, nickte mit dem Kopfe und griente: „Und dann hielten wir Gericht über sie ab. Tidke mußte bei jedem angeben, was damit gemacht werden sollte, weil er doch gewissermaßen darüber zu sagen hatte, denn seiner Mutter, sie war schon über siebzig, hatten sie auch den Hals abgeschnitten. Alle haben sie geschrien wie die 'Wilden, und gebetet und gebettelt haben sie, als es ihnen an den Schluck ging, bis auf das eine Taternfrauenzimmer, die junge, die eigentlich ganz glatt aussah bis auf die gelbe Haut und das schwarze Haar, denn das war ein Biest und schimpfte bloß, als wir sie aufhingen, und biß um sich, wie ein Fuchs, der im Eisen sitzt: Aber geholfen hat ihr das nichts, denn Tidke sagte: Die hat Bruns lüttjen Jungen mit dem Kopf gegen den Dössel geschlagen! Erst sollte sie bloß nackigt ausgezogen werden und durchgepeitscht, aber als wir das hörten, hingen wir sie zu alleroberst an die Eiche!"

Er lachte lustig: „Wie der olle Baum aussah, sage ich dir, als die elf Galgenvögel daranhingen! Ulenvater sagte: Das ist ja ordentlich, als wenn wir ein Mastjahr haben! Und gelohnt hat es sich auch; über zweihundert Dukaten hatten die Völker bei sich."

Als sie mit dem Frühstücke fertig waren, brach Harm mit Thedel auf. Sie ritten erst nach Ödringen. Dastand kein Haus mehr; alle Höfe waren ausgebrannt. „Ich habe es ihnen ja vorausgesagt, daß es so kommen mußte", sagte der Bauer; „aber schrecklich ist es doch; das schöne Dorf! Komm, ich kann das nicht mit ansehen. Und alle tot, alle! Hingstmanns und Bruns und Eickhofs und Bostelmann und Klausmutter auch. Wie oft hat sie mir nicht einen Apfel mitgegeben für Hermken, denn sie hatte da einen Baum, so schöne Äpfel hatten wir alle nicht. Es ist zum Gotterbarmen!"

Als sie vor dem Bruche waren, hielten sie, und Thedel mußte blasen. Es dauerte wohl eine Viertelstunde, da kam Klaus Hennecke mit einem Knecht hinter den Büschen hervor. Beide hatten scharf gemacht und hatten ein wahres Ungetüm von einem Hund bei sich. Harm rief sie mit Namen an, und da kamen sie näher, aber erst, als sie dicht bei ihnen waren, sicherten sie ihre Büchsen und riefen den Hund an.

Klaus freute sich aufrichtig, als er Harm sah. „Ich dachte all, du wärst nicht mehr am Leben! Ja, hier hat sich allerlei geändert. Unser Vater ist tot und unsere Mutter ist ihm bald nachgefolgt. Das ist kein Leben für solche alten Leute, wie wir es jetzt hier im Bruche haben; die Wölfe haben es besser. Ein paar von den Knechten sind schon ausgerückt und unter das Volk gegangen. Verdenken kann es ihnen auch keiner, denn wer will hier in Busch und Braken herumliegen, und Lindenbrotund Wurzeln essen. An Fleisch mangelt es ja nicht, denn wir schießen und fangen so manchen Hirsch und manches wilde Schwein, aber ein

Leben ist das nicht, so wie das jetzt ist. Man kommt auf ganz dummerhaftige Gedanken dabei. Mertensvater hat sich all' aufgehängt!“

Dem Wulfsbauer, dem das wilde Leben im Lande das Herz verhärte hatte, zog sich dennoch die Brust zusammen, als er nach dem Peerhobsberge kam. „Du lieber Gott im Himmel, wie sehen die Leute aus!“ dachte er; „und wohnen tun sie schlechter als das Vieh!“ Aus Fuhren und Plaggen hatten sie sich notdürftig Hütten gebaut und sie mit Reet und Risch bedeckt; auf Haidstreu und Torfmoos schliefen sie und ihr Eßgeschirr war aus Ellernholz. Die Frauen waren alle blaß und elend, keins von den Kindern hatte rote Backen. und dicke Beine, und die Männer hatten Augen, so falsch wie die Buschkater.

Aber sie freuten sich doch alle, als sie die beiden ankommen sahen, denn es war doch wieder einmal eine Abwechslung in dem elenden Leben. Die großen Bauern, die Thedel bislang bloß von der Seite angesehen hatten, konnten ihn nicht genug ausfragen. Doch der Knecht, der in seinem ledernen Wams und den hohen Krempstiefeln wie ein Kriegsmann aussah, gab nicht viel von sich. „Ja, was ist da viel zu erzählen? Wir haben so viel Elend gesehen, daß es nicht zu sagen ist. Stellenweise müssen sie Wachen vor die Kirchhöfe stellen, damit das verhungerte Volk nicht die Toten auffrißt. Vor Peine haben wir gesehen, wie ein Kerl gerädert wurde, der Kinder gestohlen hat, und die hat er dann geschlachtet und gebraten, und als wir durch Groß Goltern kamen, waren gerade die Ligisten durchgezogen, und die hatten das ganze Dorf angesteckt und Feuer an den Kirchturm gelegt, so daß dreiunddreißig Menschen, groß und klein, umgekommen sind. Meist schlugen wir uns auf eigene Kanne Bier durch; mitunter taten wir uns auch mit den redlichen Bauern, die in den Wäldern lagen, zusammen und gingen gegen das Gesindel an. Im großen Freien haben wir in einer Stunde achtundvierzig Stück von der Welt gebracht. Aber der Hauptspaß war doch im Kalenbergischen; da waren wir unserer dreihundert und haben sie gehetzt, wie der Hund den Hasen. Das war großartig, sag ich euch!“

Gerade wollte er weiter erzählen, da hörten sie es rufen: „Jeduch, jeduch, jeduch!“ Die Bauern sprangen auf, ihre Augen wurden blank: „Paßt auf, heute gibt es bei uns Hasenjagd!“ So war es auch. Drewes aus Engensen hatte ansagen lassen, daß ein Zug der Waldsteiner, vierzig Mann stark, unterwegs war; alle, die abkommen könnten, sollten sofort zum Hingstberge kommen. „Kommst du mit?“ fragten die anderen Harm. „Na ob!“ sagte der und lachte; „der Mensch will doch auch einmal ein Vergnügen haben. Und Thedel bleibt auch nicht hier, das könnt ihr glauben. Der Junge kann treffen, sage ich euch!“

Es waren über anderthalb Hundert Bauern und Knechte am Hingstberge zusammen, als der Wulfsbauer mit dem Knechte ankam. Sie standen über nicht da und lachten und schwatzten, wie an jenem Tage, als die Marodebrüder über den Wulfshof kamen; sie sprachen leise miteinander und sahen mit schiefen Augen um sich. Sie waren auch nicht wie rechtliche Bauern anzusehen, sondern mehr wie Kriegsknechte und Wegelagerer. Alle hatten sie Büchsen in der Hand und Spieße über den Rücken, und zum wenigsten eine Pistole im Gürtel und einen Säbel oder einen langen Dolch. Die meisten trugen auch Bärte und sahen überhaupt wenig rechtschaffen aus, bis auf Drewes, der sich ganz trug wie vordem.

Der Ödringer erschrak ordentlich, als der Engenser sich umdrehte und er ihm ins Gesicht sehen konnte. Das war ja ein alter Mann geworden! Ganz gelb war er im Gesicht und hatte eine Falte bei der anderen. „Nee“, sagte ein Bauer aus Wettmar, als Wulf ihn fragte, ob Drewes krank gewesen war, „nee, krank war er nicht, aber er ist Witmann geworden. Du hast sie ja gekannt, seine Christei, sie und ihr Maulwerk! Na, das hat sie ja auch das Leben gekostet, denn als ihr ein paar dänische Soldaten die Würste und die Schinken vom Wiem holten, machte sie ihnen eine solche Schande, daß der eine sie mit dem Säbel über den Döz schlug und das konnte sie nun doch nicht vertragen. Wir dachten alle, Drewes wird heilsfroh sein, daß er sie los ist, und sich eine Junge und Hübsche suchen. Wie man sich aber irren kann: in drei Wochen ist der Mann um zwanzig Jahre älter geworden! Es ist ein Jammer, und wir merken es auch, denn so wie früher legt er sich nicht mehr für das allgemeine Wohl ins Zeug. Die beste Kraft ist aus ihm heraus; er ist wie verregnetes Heu geworden.“

Das merkte Wulf, als Drewes an zu reden fing. Schon wie er so dastand, auf den dicken Schlehbuschstock gestützt, sah man, daß er nicht mehr der Alte war; was er sprach, hatte Hand und Fuß wie vordem, aber es war doch nicht der alte Mut darin; dritter Schnitt war es, ohne Saft und Kraft.

„Liebe Freunde“, fing er an, „in dieser Zeit hat mancher von uns zum lieben Gott gebetet: unser täglich Brot gib uns heute! Der Herr hat unser Gebet erhört; er schickt uns Brot. Jeder tue das Seine, daß dieser Tag uns zum Gedeihen anschlage! Was im einzelnen zu machen ist, wird ein jeder von seinem Obmann gewahr werden: Eins noch will ich euch sagen: ich sehe unseren Freund aus Ödringen, den Wulfsbur unter uns. Ich denke, ihr seid es alle zufrieden, daß er in dieser Sache das Leit in die Hand nimmt; er wird uns darin wohl gern zu Willen sein.“ Die Bauern nickten. „Eins noch“, so schloß der Engenser seine

Rede, „gebe ich euch zu bedenken: haltet euch genau an die Befehle und seht euch vor, daß die Pferde gesund bleiben! Die meisten werden aus der Nachbarschaft sein. Und nun Gott befohlen!“

Die Obmänner und Drewes stellten sich um Wulf. „Meine Meinung ist die“, fing Jaspar Winkelmann aus Fuhrberg an, „wir müssen sie zwischen uns kriegen, und das geht am besten in den hohen Fuhren vor dem Bruche. Also muß ein Teil abwarten, bis sie vorbei sind, und ein Teil vor ihnen sein, damit sie nicht wegkönnen, und die anderen müssen rechts und links vom Wege die Begleitmannschaft bilden, und das müssen alles junge Kerle sein, die leise treten und sich schnell hinter dem Gebüsche bergen können.“ Er machte mit seinem Stocke Striche in den Sand: „Seht her, so meine ich das! Hier ist der Zug, das da sind unsere Leute, die hinter ihnen sind, und das da, die, die vor ihnen sind, und hier sind wir, die wir nebenher gehen. Sobald sie nun mitten in den hohen Fuhren sind, fangen wir an zu tuten und zu schießen, und ihr da kommt ihnen von oben und unten über den Hals. Natürlich muß bei jedem Haufen einer sein, der sich genau auf das Blasen versteht, damit wir nicht in den Bröddel kommen.“

Die allgemeine Meinung war, daß es so am besten war, und so teilten sich erst die älteren Leute in zwei Abteilungen und zogen ab, und dann die jüngeren. Der Wulfsbauer nahm die Seite nach dem Bruche zu, weil er da am besten Bescheid wußte. Erst gingen sie alle auf einen Haufen und redeten halblaut, dann ging einer hinter dem anderen und das Reden hörte auf.

Wulf ging voran, neben ihm schlich Thedel, hinter ihm kam Klaus Hennke. Das Wetter war günstig. Die Sonne hatte den Erdboden ausgetrocknet, aber doch nicht so, daß alle Bratren unter den Füßen knackten. Der Wind hatte sich gelegt und die Luft war hellhörig. Wenn irgendwo ein Specht arbeitete oder ein Vogel in dem trockenen Laube krispelte, so konnte man das weithin hören.

Harm hatte sich auf einen Wurfboden gesetzt und rauchte vor sich hin. In den Fuhren piepten die kleinen Vögel, eine Eichkatze lief von Stamm zu Stamm und die Sonne machte das Brommelbeerkraut so grün, als wäre es Juni. Hennke saß auf einem alten Stucken; er sah aus, als ob er eingeschlafen war. Der Knecht stand bolzensteif vor einem Stamme, hatte die Büchse scharf gemacht und drehte langsam den Kopf hin und her, gleich als ob er sich auf Hirsche angestellt hatte.

Der Wulfsbauer machte sich gerade eine neue Pfeife zurecht, da prahlte halbrechts der Markwart. Thedel sah den Bauern einen Augenblick an, drehte aber gleich den Kopf wieder weg. Der Markwart schrie in einem fort, und dann meldete ein Specht, und zugleich eine Drossel. Der Knecht wippte leise mit dem rechten Fuße, Klaus machte die Augen ein bißchen mehr auf, Harm saß da und rauchte, bloß daß er den Kopf schiefer hielt. Ein Pferd wieherte, eine Peitsche klappte, ein Fluchwort kam hinterher. Dann polterten Räder.

Harm winkte den Knecht neben sich. „Halt das Horn bereit!“ sagte er leise zu ihm. Thedel nahm das Horn zur Hand. „Nicht eher, als bis ich es sage!“ flüsterte ihm der Bauer in das Ohr. Der Knecht nickte. „Hüh!“ ging es vor ihnen und noch einmal „hüh!“ Ein Pferd prustete, ein Mann schneuzte sich. Jetzt kamen die ersten sechs Mann zu Fuß, die Büchsen fertig zum Schuß, in einem fort die Köpfe von rechts nach links drehend. Ab und zu blieben sie stehen und redeten halblaut. Harm hörte, was der eine sagte: „Verdammigt noch mal, ist das hier ein Sauweg! Wenn wir hier man erst raus wären!“ Der Bauer lachte hinter seinem Gesichte und dachte: „Ja, wenn!“

Drei Reiter kamen hinterher. „Schöne Pferde!“ dachte Wulf. Der zweite Wagen kam, wieder ein paar Mann zu Fuß, dahinter ein Reiter, ein langer, dünner Kerl mit einem ganz kleinen Kopf. Der Bauer stand auf und zitterte am ganzen Leibe. Aber der Mann hatte eine tiefe Stimme; also war er es nicht. Noch ein Wagen kam an und noch einer und immer mehr, jetzt der letzte. Harm wollte schon dem Knecht zurufen, daß er blasen sollte, da hörte er noch einen Wagen poltern. Er machte sich fertig. Hinter dem Wagen ritt ein dicker Mann, der einen weißen Spitzenkragen umhatte, der ihm bis über die Schultern hing. Er hatte eine rote Nase und ein doppeltes Kinn und sah verdrießlich aus.

„Das dicke Ende kommt allemal hinterher“, dachte der Bauer und Schoß. Der Rotschimmel machte einen Satz und warf den Mann ab. „Jetzt kannst du blasen, Thedel“, flüsterte Wulf, „aber Deckung nehmen!“ Der Knecht stellte sich hinter den Wurfboden und legte los: „Tirrä tuut, tirrä tuut, tirrä tuut!“ ging es. Dann aber nahm Thedel seine Büchse, lief schnell nach vorne, zielte lange und so wie er drückte, sah er zurück und lachte, lud aber gleich wieder.

„Tirrä tut!“ kam es von unten her und überall knallte es. Ab und zu hörte man einen Fluch und einen Schrei, und dazwischen ein kurzes Lachen, und oben fiel ein Schuß und nun wieder unten einer. Dann kam ein Mann angeritten, kreideweiß im Gesichte; er blieb, sowie Thedel geschossen hatte, erst noch eine Weile sitzen, bis er zur Seite fiel, und das Pferd schleppte ihn durch den Dreck. Hinter ihm her kam ein anderer angehinkt und hielt sich den Kopf. Harm wartete, bis er auf drei Schritt heran war, hielt ihm die Pistole entgegen und Schoß ihn nieder.

Die Schüsse fielen spärlicher, das Fluchen und Schreien hatte aufgehört. „Ich glaube, wir sind damit durch“, rief Wulf dem Jungen zu. Der nickte. „Wollen noch eine Weile warten!“ meinte der Bauer. Thedel lud die Büchsen und die Pistolen, derweil der andere sich die Pfeife stopfte und anbrannte. „Nun kannst du loslegen“, rief er ihm zu. „All uut, all uut?“ blies Thedel. Nach einer Weile kam von unten die Antwort: „Is all ut!“

Der Bauer nahm seine Büchse und ging auf den Knüppeldamm. Überall kamen Bauern aus den Fuhren. Alle nickten Harm zu: „Das ging wie geschmiert!“ Er nickte: „Fangt man erst die ledigen Pferde ein, das andere läuft uns nicht weg!“ sagte er und alle lachten, aber sie machten lange Gesichter, als er befahl: „Und jetzt müssen wir sie erst beiroden und die Wagen in den Busch fahren. Das Bargeld und die Wertsachen geht an Drewes; der soll das Austeilen machen. Und wem ein Pferd genommen ist in dieser Zeit, der kommt an erster Stelle. Für mich laßt eine gute Büchse übrig, bar Geld will ich nicht haben.“

Er sah alle an, die da herumstanden: „Seid ihr auch alle heil geblieben?“ Einer rief: „Ja, bloß Viekenludolf ist ein bißchen zur Ader gelassen. Na, der hat ja auch mehr Blut, wie er als Junggeselle brauchen kann!“ Alle lachten lauthals los.

Sie hatten sechsundsechzig Pferde, einen Wagen voll Wurst und Schinken und elf Wagen mit Hafer, Mehl und Brot, ungerechnet das Bargeld, die Kleider und die Waffen, gefangen. Ein junger Kerl schrie los: „Kinder, wer gibt auf das Geschäft eins aus?“ Alle lachten und Harm rief: „Drewes und ich, nicht wahr, Drewes?“ Der tat so, als ob er lachen wollte. „Ist auch wahr“, rief der Wulfsbauer, „immer kann man nicht arbeiten. Heute abend ist es zu spät und wir haben auch noch allerhand vor, und viele von uns haben einen weiten Weg, aber morgen sollen sich die Junggesellen, soweit sie abkommen können, im Engenser Kruge treffen und ihre Mädchen mitbringen, aber die Gewehre auch, und beim nächsten Male kommen die anderen dran, die morgen zu Hause bleiben müssen. Und nun kille!“ trieb er; „man darf morgen hier nicht sehen, was sich begeben hat. Die Wagen müssen in den Busch, und was sonst daliegt, muß unter die Erde. Auf Schweineschlachten kommt Reinemachen!“ Wieder lachte alles und ging fröhlich an das Werk. Eine Stunde später, als der Mond herauskam, sah der Knüppeldamm so blank aus, wie am Morgen

Am anderen Nachmittage traf sich das junge Volk in Engensen im Kruge und tanzte, daß die Deele donnerte, aber der Wulfsbauer sorgte dafür, daß nicht zu viel getrunken wurde und daß rund um den Krug und nach allen Richtungen um das Dorf Wachtposten standen. Er selber stand an der großen Türe und sah zu, rauchte und trank ab und zu einen Schluck Bier aus dem Kruge, den er neben sich stehen hatte.

Ein Mädchen fiel ihm auf, sie mochte knapp achtzehn Jahre alt sein, hatte ein Gesicht wie Milch und Blut, Haare wie Haferstroh und war wie eine Tanne gewachsen. Sie tanzte mit einem langen, dünnen Bauernsohn, der ein Gesicht hatte wie ein Pott voll Mäuse. Ein jedesmal, wenn sie an Harm vorbeitanzte, sah sie ihn an, als wollte sie ihm ihr Herz vor die Füße legen. Es war Drewes' zweite Tochter Wieschen, hörte er, von der man sagte, sie sei rein wie Nesselkraut, und mehr als einer von den Jungens im Dorfe hatte ein dickes Maul mitgenommen, wenn er einen Süßen von ihr haben wollte.

Als ein neuer Tanz gespielt wurde, tanzte sie bloß einmal rund und als sie bei dem Ödringer war, machte sie sich von ihrem Tänzer los und sagte: „Nu kann ich nicht mehr. Himmel, was habe ich für'n Durst!“ Harm hielt ihr den Krug hin. Sie wurde über und über rot, lachte ihn an und sagte: „Sollst auch bedankt sein!“ Er sah an ihr herunter und zeigte mit dem Kopfe nach ihrem Tänzer: „Ist das dein Bräutigam?“ Sie schüttelte den Kopf: „Nee, ich hab noch keinen“, und dabei sah sie ihn wieder so an, wie vorher.

Aber da schrie der Wirt „Feierabend!“ und mitten im Singen hörte das junge Volk auf. Wieschen gab Harm die Hand und sagte: „Sollst dich mal bei uns sehen lassen, Wolfsbor; seit Mutter tot ist, wird Vater so wunderlich. Und nun gute Nacht auch und gute Reise!“

Harm steckte noch das Bier im Geblüt, als er sich auf den Heuboden hinlegte, und als er beim Einschlafen war, ging ihm immer das Lied im Kopf rund, das die jungen Leute zuletzt gesungen hatten:

Komm üm de Middenacht,
komm um Klodt een!
Vadder slöpt, Mudder slöpt,
idt slap alleen.

7. Die Wehrwölfe

Harm blieb für das erste im Bruche. Er hatte allen möglichen landfahrenden Leuten, soweit es nicht Raub- und Mordgesindel war, von der vielen Beute, die er gemacht hatte, manchen Taler zukommen lassen, damit sie bei Drewes in Engensen oder anderswo Nachricht hinterlassen sollten, wo er das Heilige Kreuz und den Säugling antreffen konnte, denn er hatte gesagt, er hätte ein Geschäft mit ihnen vor.

Er besprach sich nun mit Ulenvater über das Leben, das die Ödringer auf dem Peerhobsberge führten. „Das schlimmste ist", sagte er, „sie lauern darauf, daß der Krieg aufhören soll und solange behelfen sie sich mit Hungern und Nichtstun. Das ist verkehrt! Wir müssen so tun, als ob wir ewig und drei Tage hier bleiben wollen. Mit Reden richtet man aber nichts aus, und deshalb wollen wir beide uns ein regelrechtes Haus bauen, und soweit es geht, auch Land unter den Pflug nehmen. Du sollst sehen, einer nach dem anderen tritt dann in unsere Stapfen."

Der Alte nickte: „Da hast du völlig recht; das habe ich mir auch schon gesagt, denn wenn ich auch heute oder morgen sterben kann, sündhaft ist es darum doch, die Hände in den Schoß legen und unserem Herrgott den Tag abstehlen. Und diese Örtlichkeit ist gar nicht so uneben! Selbst in Regenjahren kommt das Wasser hier nicht her, und der Boden ist gut, und wenn später ein Durchstich nach der Wietze gemacht wird, und der Busch wegkommt, dann sollst du mal sehen, was hier nicht alles wächst!"

Es gab einen großen Aufstand auf dem Berge, als es hieß: „Der Wulfsbauer und Ulenvater bauen sich ein festes Haus!" Es waren aber kaum die Ständer eingesetzt, da fing schon ein anderer an, es ihnen nachzutun, und es war schön anzusehen, wie gerade mit einem Male wieder die Männer gingen, welche blanken Augen die Frauen bekamen und wie auch die Kinder sich herausmachten, denn nun hatten sie doch wieder an etwas anderes zu denken, als an ihr Unglück.

Der Wulfsbauer sparte nicht; er hatte Geld genug, und so holte er Zimmerleute und Tischler aus den Nachbardörfern heran, und als das Haus fertig war, und weder die Pferdeköpfe an den Windbrettern noch der Spruch über der großen

Türe fehlte, da sagten alle: „Es ist wirklich ein schönes Haus, alles was recht ist, wenn es auch man halb so groß ist und nicht so bunt, wie das alte Haus.“

Der Spruch aber, den Harm Wulf in den Torbalken hatte einhauen lassen, hieß: „Helf dir selber, so helft dir unser Herre Gott.“ Das gefiel manch einem erst nicht recht. Aber als dann der Wulfsbauer seine Hausrichte gab, wurden sie anderer Meinung. Alles war eingeladen, was im Bruche wohnte und noch allerlei Freundschaft aus der Haide. Wulf hatte reichlich für Essen und Trinken gesorgt und auch für Musik, aber er hatte auch sagen lassen, jedweder sollte sich so fein machen, wie sonst zum Burgdorfer Martinsmarkt. So sah es bunt und lustig vor dem Hause aus von roten Kleidern und weißen und blauen Röcken, und alle Gesichter waren voller Freude.

Es war einer von den Tagen, an dem Sonne und Regen hintereinander her sind, wo aber die Sonne die meisten Trümpfe vorweisen kann. Ein frischer Wind ging, daß das Laub in den jungen Eichen rauschte und die Fuhren und Tannen nur so brummten, und die Kränze aus Hülsen und die langen Ketten aus Tannhecke hin und her flogen; die weißen Bänder daran wehten und die bunten Eierschalen klingelten und klapperten, daß die Kinder vor Vergnügen nicht wußten, wo sie sich bergen sollten.

Als alle da waren, kam Ulenvater aus der großen Türe und hinter ihm der Bauer. Er hatte sich seinen Bart abgenommen und trug den blauen, rot ausgeschlagenen Rock mit den blanken Talerknöpfen. Die großen Kinder stellten sich zusammen, Fiedelf ritze aus Meilendorf gab den Ton an und hell klang das Lied: „Großer Gott, dich loben wir.“ Alle Männer nahmen die Hüte ab und sangen mit, und die Frauen auch, und da war nicht einer, dem das Wasser nicht in die Augen kam.

Dann stellte sich Ulenvater vorne hin und sprach:

Alle, die wir hier versammelt sind,
Mannsleute und Frauen, Knecht, Magd und Kind,
Boshaftigkeit und Niedertracht
haben uns von Haus und Hof gebracht.
Also schwer uns das Unglück schlug,
daß wir allhier im wilden Bruch
wie die Wölfe uns müssen verstecken,
daß uns die Mordbrenner nicht entdecken.

Anfangs haben wir meist verzagt,
haben gegreinet und geklagt,
dachten, ach wären wir besser tot,
als so zu leben in Ängsten und Not.

Haben uns aber noch besonnen
und dies Haus zu bauen begonnen,
haben es glücklich emporgebracht,
weil uns schützte des Herren Macht."

Alle, die da standen, sahen den alten Mann, dessen Augen so fröhlich und doch so absonderlich aussahen, groß an, und die Kinder standen mit offenen Mäulern da und wußten nicht, was sie zu Ulenvater sagen sollten. Das war ja gerade, als wie in der Kirche! Aber nun holte er tief Luft, machte ein anderes Gesicht und fuhr fort:

„Und weil das Haus nun fertig steht,
und nichts dran fehlt, so wie ihr seht,
so wollen wir nach altem Brauch
den Tag beschließen in Freuden auch,
essen, was uns der Herr beschert,
und mit Verstand, wie es sich gehört,
hinternach auch lustig sein
bei einem Glas Bier oder Branntewein;
Und nun, liebe Freunde, tretet ein!"

War das ein Leben und ein Lachen! Die Altmutter Horstmann, die noch keiner wieder hatte lachen sehen, seitdem sie aus dem alten Dorfe hatte herausmüssen, gnickerte in einem fort vor sich hin und brummte: „Nee, dieser Ulenvater aber auch, was der für Kneepe im Koppe hat!" und Klaus Hennke, der größte Drögmichel von allen, lachte hellwege weg. Eine so lustige Hausrichte hatte es sogar oben im Dorfe noch nicht gegeben. Und wenn auch kein Tropfen Honigbier und kein Glas Wein auf dem Tische gewesen wäre, es wäre doch toll genug hergegangen. Schon beim Essen waren alle mächtig aufgekratzt, und als der Tanz losging, erst recht, und wilder und höher waren die roten Röcke noch keinmal geflogen und das, was darin war, als auf des Wulfsbauern Hauwichte.

Aber er hatte auch an alles gedacht. Dünnbier war da und Met, und zwei Fässer Mumme und ein Tabak, wie ihn noch keiner geraucht hatte, und das war auch kein Wunder, denn den hatten Drewes und seine Haidgänger vor einiger Zeit einer Kolonne abgenommen und zwölf Fässer spanischen Wein dazu, der so süß wie Honig war, und davon bekamen die ganzen alten Männer und Frauen jeder ein oder zwei Glas zur Herzstärkung. „Ich bin nun all im neunzigsten Jahre oder so herum", sagte der Hausmann vom Bollenhofe, „aber so gut ist es mir noch keinen Tag in meinem Leben nicht gegangen", und dabei nickte er ganz glücklich seinen Urenkeln zu, die alle Backen voll von dem süßen Rosinenbrote hatten, das für die liederlichen Weibsleute bestimmt war, die die Waldsteinschen Offiziere mit sich herumschleppten.

Sogar Drewes sah anders aus, als die Zeit vorher. Er stand zwischen seinen beiden Töchtern, dem großen breiten Lieschen, die mit ihrem Manne den Hof bewirtschaftete, und dem schlanken Wieschen, die kein Auge von dem Wulfsbauern ließ und nicht mittanzen wollte, weil sie, wie sie sagte, nicht gut zuwege war. Aber dabei sah sie aus wie eine Rose im Morgenrau, und hatte Augen, so blau wie der liebe Himmel, und wenn sie lachte, so war das, als wenn die Märzendrossel an zu schlagen fangen will. „Nee, Wulfsbur", sagte sie, als der sie fragte, warum sie nicht auch tanzte, „nee, danach ist mir heute nicht ums Herz. Ich kann mich gar nicht satt genug sehen, wie lustig die Ödringer sind nach alledem, was sie ausgestanden haben! Hör bloß, was sie singen! Damit hast du dir einen Gotteslohn verdient!"

Bis zehn dauerte der Tanz, aber er hielt noch lange vor. Von da ab hörte man die Männer wieder flöten und die Mädchen sangen bei der Arbeit, und wenn es auch Arbeit für Mannsleute war, die sie tun maßten. Denn Wulf hatte es den Leuten klar gemacht, daß es nun erstens nötig wäre, die Burg so zu befestigen, daß dreihundert Mann sie nicht erstürmen konnten, und daß das, was im Herbst vergessen war, jetzt gemacht werden maßte. So wurde der Burggraben tiefer und der Wall höher gemacht und sowohl die Grabensohle, wie die Wallwand wurde dicht an dicht so mit langen spitzen Pfählen besetzt, daß kaum eine Katze, geschweige denn ein Mensch durchkonnte. Zudem wurde rings um den Wall ein Verhau aus Dornbüschen gemacht, so hoch und so dicht, daß selbst der Teufel und seine Großmutter nicht darüberweg konnten. Rund um die Burg waren an allen Zuwegen Wolfsangeln in die Bäume geschnitten und das bedeutete: „Wahr dich, denn vor dir ist ein Loch, und wenn du da hineinfällst, bist du des Todes!"

Dazu kam noch, daß die beiden Fahrwege jeder viermal mit Schlagbäumen versperrt werden konnten.

Alles das hatte Wulf hei seinen Streiffahrten hier und da gesehen und sich eine Lehre daraus genommen, und zur größeren Sicherheit hatte er an vier Stellen auf dem Sandberge im Brache Auskieke in den Kronen der Wahrbäume machen lassen, in denen den Tag über Jungens als Wachtposten saßen, die Hörner bei sich hatten und bliesen, wenn die Luft unrein wurde.

Es dauerte nicht lange, und alles, was kein reines Hemd anhatte, machte einen Bogen um das Bruch, denn es hatte sich herumgesprochen, daß es da nicht geheuer war. Ab und zu sah man Männer mit schwarzen Gesichtern in dem Busche, und an mehreren Stellen waren zwei Fuhrenbäume kahl gemacht und ein dritter darüber genagelt, und zu allermeist hing ein Mann mit seinem Halse daran, oder zwei oder drei und kein Mensch wußte, wer es war und wer sie gerichtet hatte, ausgenommen die Bauern in der Runde, und wenn der Wind die Galgenfrüchte hin und her wehte, lachten sie und sagten: „Die Bruchglocken läuten heute aber fein!"

Dieweil der Winter milde war, konnte allerlei Arbeit getan werden. Die Bauern rodeten den Busch auf dem Peerhobsberge, teilten das Land ein und verlosten es, zogen Gräben und Wälle um die Weidekoppeln, holten die großen Steine aus der Haide und brachen den Ort im Brache, damit sie Grundmauern und feste Wände machen konnten.

Als der Hornung zu Ende war, sah es auf dem Peerhobsberge schon anders aus, als im Herbste, zumal es an Nahrung nicht gebrach. Denn Fleisch lieferte das Bruch genug; es war lebendig voll von Hirschen, Fische gab es in der Wietze in Hülle und Fülle, und für Brot sorgte der Wulfsbauer. Er hatte aus dreißig jungen Kerlen eine Schleichtruppe zusammengestellt und einen Kundschafterdienst in die Reihe gebracht. Wurde nun gemeldet: hier kommt ein Proviantzug oder da sind Marketender, so dauerte es nicht lange und es knallte, und dreißig Männer mit schwarzen Gesichtern lachten lauthals los und sagten: „Nun kann Mutter wieder Brot schneiden, ohne daß sie so niepe zusehen braucht."

Viekenludolf aus Rammlingen, Windhund bei allem, was einen roten Rock anhatte, und der wildeste Tänzer beim Erntebier und wo sonst sich eine Fiedel hören ließ, und ein Kerl, der überall gern dabei war, wo man sich umsonst zur Ader lassen konnte, der hatte, als sie Ende März drei Marketenderwagen des kaiserlichen Heeres bei Seite gebracht hatten, im Kruge zu Obbershagen gesagt:

„Wir haben nun ein so schönes Kind aus den Windeln heraus, aber einen Namen, den hat es noch nicht. Unser Hauptmann, der heißt Wulf, und ein richtiger Wolf ist es auch, denn wo er zubeißt, da gibt es dreiunddreißig Löcher. Dennso bin ich der Meinung, daß wir uns die Wehrwölfe nennen und zum Zeichen, wo wir der Niedertracht gewehrt haben, drei Beilhiebe hinterlassen, einen hin, einen her und den dritten in die Quer. Und davor soll keiner was wissen, als wir dreimal elfe, so sich nennen die Wölfe, und wer darüber das Maul aufmacht, der soll zwischen zwei räudigen Hunden mit der Wiede um den Hals so lange hängen, bis man nicht mehr wissen tut, wer am mehrsten stinkt."

„Das ist ein Wort, das hat den Kopf vorne und den Steert achtern, wie es sich gehört", sprach der Hauptmann, „und was unser Wolfsbruder da so hingesagt hat, als wenn das bloß ein Spaß ist, als wie er einem beim Biere aus dem Maule rutscht, es ist Verstand darin und Einsicht. So, wie wir hier sind, dreimal elf Mann, kann uns der leibhaftige Gottseibeiuns selber nicht bange machen, und wenn er jetzt mitten unter uns zu stehen kommt. Denn was will er uns machen, uns ledigen Leuten, von denen keiner Kind und Kegel hat, Viekenludolf vielleicht ausgenommen, der ja Hahn bei allen Hühnern sein soll."

Sie lachten alle, wie die Buchholzer Hengste, bloß Viekenludolf nicht, denn der kratzte sich hinter den Ohren. Als es dann wieder still war, ging Wulf weiter: „So müssen wir uns für die Eheleute und die Witfrauen und die alten Leute und die Waisen aufnehmen. Aber dazu müssen wir unser mehr sein, müssen es auf hundert Mann und darüber bringen, alles Kerle, wie wir, die noch lachen können, wenn ihnen ein Stück Hackblei nicht aus dem Wege gehen will. So soll sich denn ein jeder einen bis zwei oder drei gute Freunde suchen, und die sollen mithelfen, wenn es not tut. Es sollen aber alles Junggesellen sein und kein einer, der einziger Sohn einer Witfrau ist, soll dabei sein, und wenn einer ein Mädchen mit einem Kinde sitzen hat, der soll sich zuvor bedenken, ehe er sich mit uns einläßt. Wenn so einer aber Unglück hat, so soll es unser erstes sein, daß das Frauenmensch und das Kind nicht Not und Mangel leiden. Und an jetzt wollen wir uns verbrüdern auf Not und Tod, Gut und Blut, daß alle für einen stehen, und einer für alle, aber wir alle für alles, was um und im Bruche leben tut und unserer Art ist."

Der Wirtssohn, der einer von den dreimal elfen war, mußte das große Glas holen. Das Bier wurde beiseite geschoben und edler Wein, der auf der Landstraße zwischen Burgdorf und Celle für umsonst gewachsen war, kam auf den Tisch. Sie standen alle auf, hakten die Arme ineinander, daß es einen engen

Kreis gab, und Harm nahm das Glas, trank, gab es Viekenludolf, und so ging es reihum, bis es leer war. Dann sang Grönhagenkrischan aus Hambühren, der stillste von allen, aber ein Mann trotz seiner zwanzig Jahre, den Wehrwolfversvor, der ihm just beigefallen war, und der Hauptmann legte einen weißen Stock auf den Tisch, sein langes Messer und eine Wiede und sprach: „So der Stock bricht, so das Metz sticht, oder die Wiede wird zugericht'!"

Sie wählten darauf Viekenludolf als zweites Haupt, machten. fest, wo und wann sie sich regelmäßig treffen wollten, und auf welche Weise der eine dem anderen Nachricht geben sollte, ohne daß dem Boten alles aufgedeckt zu werden brauchte, und dann gingen sie auseinander. Der Peerhobstler blieb noch eine Weile mit dem Wirtssohn sitzen, denn er hatte eine Botschaft aus Wietze bekommen, daß die Leute, die ersuchte, sich in Ahlden hatten blicken lassen. Er hatte vor Arbeit und Geschäften manchen Tag nicht mehr an sie gedacht; jetzt aber standen sie ihm wieder alle Stunden vor den Augen, und er hatte sich vorgenommen, nicht eher lokker zulassen, bis er ihnen ihren verdienten Lohn bei Heller und Pfennig ausgezahlt hatte.

So ritt er denn, als am anderen Mittag Thedel mit Grieptoo ankam, los. Den Hund hatte er in der letzten Zeit meist immer bei sich, denn er hatte es herausgebracht, daß der eine Hauptnase hatte und zwischen hundert Mann den herausfand, auf dessen Fährte er ihn legte. Ohne Hund hätte er den Zigeuner, der mit sechs Stehldieben die Gegend unsicher machte, nicht in der Erdhöhle im Bissendorfer Holze aufgespürt und zur Warnung aller unehrlichen Leute samt seinen Spießgesellen vor dem Dorfe an die Birkenbäume hängen können, und ohne ihn wäre er einmal beinahe den Mannschaften des Tilly in die Finger gefallen, die hinter ihm her waren, als er ihnen wieder einmal den Brotkorb höher gehängt und den Bierkrug vor dem Maule aus der Hand geschlagen hatte.

Es war einer von den Vorjahrstagen, an denen der Morgennebel sich, so lange er es eben kann, vor die Sonne stellt. So wurde es meist elfe, ehe die Sonne ihn unter die Füße bekam, aber dann wurde es um so schöner, so daß sogar Thedel, der sonst ganz und gar bei der Arbeit war, alles mit Augen sah, was auf dem Boden lebte und in den Lüften webte, und dem Bauern war nicht anders zumute. „Junge", sagte er, „das ist ein Tag, bei dem hat sich unser Herrgott aber mächtig viel Mühe gegeben! Wenn es sich irgend machen läßt, dennso möchte ich heute den Finger nicht gern krumm machen, und ich glaube, du würdest auch lieber sehen, ob du Ehlers Hille nicht im Schummern irgendwo antreffen könntest, wo euch keiner in die Möte kommt."

Thedel ritt vor ihm und hatte die Sonne im Gesichte, und seine Ohren sahen mit einem Male aus als wie zwei Klapprosen. Er sagte nichts, gab aber einen Seufzer von sich, der so lang und so dick wie ein Pferdeschwanz war, so daß Harm herzlich lachen mußte.

„Na“, sagte er, denn er sah, daß der Knecht ein Gesicht machte, wie der Zaunigel, wenn ihn der Hund anbellt, „was nicht ist, kann noch werden. Vorläufig haben wir ja noch andere Arbeit vor, und erst die Arbeit, dann das Vergnügen, sagt Viekenludolf, da schlug er Kassenkrischan drei Zähne in den Hals und ging mit seinem Danzeschatz in den Grasgarten. Aber wenn zwei gewisse Leute das Fliegen gelernt haben, ohne daß sie gerade heilige Engel geworden sind, dann, Niehusthedel, sollst du ein Haus zu eigen haben mit einem großmächtigen Bett und einer glatten Frau drin, wenn du willst, und es soll mich nicht wundern, wenn sie vorne Hille und hinten Ehlers heißt, Arme, wie ein Paar Fuhrenbäume und Haare, wie das Gras da hat, wo die Sonne so aufliegt.“

Erhielt den Schecken an, der mit der Zeit vergessen hatte, daß er ein Rappe sein sollte: „Was hat denn der Hund da? Der steht ja, als wenn da ein Mensch ist, denn für umsonst hält er den Kopf nicht so dumm und stellt sich auf drei Beine! Wollen doch mal zusehen!“ Er ritt langsam hin und sagte dann: „Stimme! Ganz, wie ich es sagte: ein Mensch! Ein Frauenzimmer anscheinend, das barfuß geht, aber kein Taternweibsstück, denn die großen Zehen stehen einwärts. Aber jung ist sie und groß ist sie, und mager, und Angst hat sie gehabt. Sie kann dazu auch krank sein, denn sie hat von dem Birkenbaum bis hierher zweimal umgeknickt, und hier hat sie einmal niedergesessen. Wollen doch mal zusehen, wo sie ist. Weit kann sie nicht sein, denn die Spur steht nagelfrisch im Sande, und kein Tau ist auch nicht drin. Grieptoo, daher! So Thedel, nimm du den Hund an und gib mir Wittkopp, aber halte die Hand am Hahn; der Deubel kann sein Spiel haben!“

Er nahm den Zügel des Blässen in die linke Hand und machte die Pistolen locker, und dieweil Thedel mit dem Hunde am Riemen die Spur hielt, folgte er ihm auf den Hacken nach, scharf Umschau haltend, ob nicht irgendwo ein Dorn im Grase war. Sie waren so bis vor ein altes Steingrab gekommen, das ganz von Machangeln und Hülsen bewachsen war, als der Hund stand. 'Thedel faßte ihn mit der linken Hand unter die Halsung, hielt in der rechten die Pistole und ging sachte Schritt um Schritt vor, und hinter ihm hielt der Wulfsbauer und hatte scharf gemacht.

Ein Zaunigel oder ein Ilk oder eine Adder ist es nicht“, dachte der Bauer, denn Grieptoo wedelte. Aber dann fuhr er zurück, denn so wie Thedel die Büsche beiseite bog, schrie ein Frauenzimmer auf, und so schrecklich schrie sie, daß es Harm durch Mark und Knochen ging. Als er näher ritt, sah er halb unter den Steinen ein Mädchen auf den Knien liegen, das hatte die Hände unter dem Munde gefaltet, machte Augen, als wenn ihr ein Messer am Halse saß, zitterte am ganzen Leibe und schrie: „Ach Gott, ach Gott, ach Gott, tut mir doch nichts, tut mir doch nichts! Meinen lieben Vater haben sie totgemacht, meine gute Mutter haben sie umgebracht, um unseres heiligsten Herrn Jesu Leiden und Sterben willen, tut mir nichts und laßt mich hier sterben!“

Der Knecht riß den Hund zurück und machte ein ganz unglückliches Gesicht, und der Bauer sah hin und her, als ob es ihm selber an das Leben gehen sollte. Dann steckte er die Pistole fort, hob die Schwurhand in die Höhe und rief über den Hals des Schecken dem Mädchen zu: „Wir tun keinem was, so er nicht ein Erzhalunke ist. Wir sind ehrliche und rechtliche Bauern und haben selber genug ausgestanden. Habe man keine Bange!“Erzeigte auf den Hund. „Kiek, wie Grieptoo mit dem Steert wackelt! Bei wem er das tut, der braucht vor uns keine Angsten zu haben. Siehst du, Mädchen, der Hund will dich lecken. So recht, mein Hund, so brav, Grieptoo! Die arme Deern braucht nicht zu schreien. Thedel, laß ihn man los!“

Der Hund ging schweifwedelnd und mit kleinen Ohren auf das Mädchen zu, leckte ihm die Füße und dann das Gesicht und knurrte und fiepte, und mit einem Male nahm ihn das Mädchen in den Arm, drückte ihn an sich, küßte ihn, weinte erbärmlich los und rief, indem sie die beiden Männer ansah: „O Gott Lob und Dank! Ja, ich sehe es euch an den Augen an, ihr seid rechtliche Leute und werdet mir nichts tun.“

Dann fiel sie auf ihr Gesicht und blieb so liegen, und ihr Haar, das so rot war, wie ein trockener Machangelbusch Inder Sonne, fiel lang vor sie hin. Wulf stieg ab und gab Thedel die Pferde zu halten. Er nahm das Mädchen auf und brachte es dahin, wo die Sonne das Haidmoos abgetrocknet hatte, zog seine Jacke aus, drehte sie zusammen und legte sie ihr unter den Hals. Dann bog er einen breiten Machangelbusch nieder, schnitt ihn ab und steckte ihn so ein, daß er seinen Schatten auf das Gesicht der Jungfer warf. Einen Augenblick sah er sie genau an, indem er bei ihr kniete; sie hatte schwarze Höfe unter den Augen, ihre Backen waren eingefallen, am Halse sah man alle Sehnen und Adern, und ihre Lippen waren kreideweiß.

Er schüttelte den Kopf und stand auf. Sie ist vor Hunger halb tot und halb vor Angst." Er machte das Sattelholster auf, holte die Flasche heraus, goß etwas Wein in seine Hand, kniete nieder und, nachdem er dem Mädchen ein bißchen davon auf die Lippen hatte laufen lassen, rieb er ihr mit dem Rest die Nase und die Schläfen. Sie schlug die Augen auf, machte wieder das Gesicht, als wie da, wo sie die Männer zu allererst sah, versuchte dann sich aufzurichten, fiel aber wieder auf die Jacke zurück und sagte: „Mich hungert so; o, wie mich hungert!"

Harm hatte schon das Holster in der Hand. Er setzte sich neben sie, brach ein ganz kleines Stückchen Brot ab, denn er sah, wie ihr das Wasser aus dem Munde lief, als sie das Brot roch, gab es ihr und sagte: „Langsam! Je langsamer, daß du essen tust, desto mehr sollst du haben." Aber sie konnte es nicht herunterkriegen, so viel sie auch schluckte und würgte, und da goß er aus der Flasche ein bißchen von dem spanischen Wein in seine Hand und gab ihr das ein, und als sie das herunter hatte, da seufzte sie tief auf, lächelte dumm und Bibberte mit beiden Händen nach dem Brote hin.

Der Bauer nahm sie in den Arm, als wenn sie ein kleines Kind war, und hielt das Brot so, daß sie jedesmal nicht mehr als ein Stück, wie ein Fingernagel groß, abbeißen konnte, und dazwischen gab er ihr ebenso kleine Stücke Salzfleisch und ab und zu von dem Weine. Es wurde ihm ordentlich leicht um das Herz, als sie immer ruhiger aß und trank und nicht mehr so blau unter den Augen anzusehen war und die Hände stillhalten konnte. Dann legte er ihr auf den Holsterdeckel das Brot und das Fleisch hin, stellte die Flasche daneben und sagte: „So, nun bist du soweit, daß du allein fertig werden kannst und dich nicht krank essen tust", und dabei nahm er seinen Arm von ihren Schultern weg.

Das Mädchen sah ihn so an, daß ihm die Binde um den Hals zu eng wurde und da merkte er, was für ein Bild von Mensch sie war trotz des ungemachten Haares, und obzwar sie im Gesicht schmutzig war und überall geschunden. Und dann merkte er auch, daß sie an sich heruntersah, und heimlich ihr Hemd unter dem Halse zumachen wollte, aber das war kurz und klein gerissen und das Leibchen hing so um sie herum, daß er die drei halb roten, halb schwarzen Schrammen gewahr wurde, die ihr kreuz und quer über die Brust gingen.

„Thedel", rief er, „geh mal nach dem Anberge, wir müssen aufpassen!" Der Knecht tat, wie ihm geheißen war. Wulf band sein Brusttuch ab, Legte es dem Mädchen von hinten über die Schultern und zurück, so daß er es ihr im Kreuz zusammenbinden konnte. „Es ist doch noch immer frisch", meinte er, „du könntest dir was wegholen." Indem zog er auch schon die Schuhe aus, band sich die Kniebänder los, zog die Strümpfe ab und gab sie mit den Worten: „Reichlich weit sind sie ja wohl, aber wenn einer man 'ne Kuh hat, kann er keine Ziegenmilch verkaufen", und dabei lachte er.

Aber er bekam einen Kopf wie ein Legehuhn, und ihm wurde, als wenn er auf einen Ameisenhaufen zu sitzen gekommen war, als sie ihn groß ansah, die Hände faltete, die Augen überlaufen ließ und mit einem Male seine Hand zu fassen kriegte, sich bückte und ihm die Hand küßte, daß sie naß von ihren Tränen wurde. Fast grob stieß er sie zurück und fragte: „Bist du auch satt? Wir haben noch genug und die Katz soll uns den Magen schon nicht hinter die Stachelbeeren schleppen. Aber nun wollen wir zusehen, daß wir irgendwo Wasser zu finden kriegen, denn ein Spiegelglas pflege ich nicht bei mir zu haben, wogegen ich ein Stück Band habe, daß du dir das Haar ein bißchen machen kannst." Er machte einen langen Hals. „Da unten sind Elfern, und wo die sind, ist eine Beeke, und wo eine Beeke ist, pflegt Wasser zu sein. Dennso wollen wir los!"

Er nahm sie auf den Arm und ging mit ihr nach dem Grund. „Wie leicht sie bloß ist!" dachte er und dann wurde ihm sonderbar zu Sinne, denn ihr Atem ging ihm über den Mund und ihr Haar roch, daß ihm die Brust eng wurde, und zudem fühlte er, wie ihr Herz schnell gegen das seine schlug, und das wurde davon angesteckt. So war er heilsfroh, als er sie bei der Beeke absetzen konnte, aber ehe er sie für sich ließ, brach er einen Elternzweig ab, nahm ihr am Fuße Maß und sagte lachend: „Jetzo muß ich mich an das Schustern begeben! Und wenn du wieder in der Reihe bist, dennso kannst du dich ja melden."

Thedel wußte nicht, was er sagen sollte, als der Bauer ihn anwies: „Zieh die Stiefel aus!" Aber er machte ganz krumme Augen, als Wulf das Messer nahm und die Krempen, Thedels größter Stolz, abschnitt, und erst, als er sie aufschnitt und Löcher hineinstach und eine Strippe durchzog, wußte er, was das zu bedeuten hatte, und da sagte er: „Erst wollte ich meist falsch werden, denn ich dachte, du wolltest mir einen Schabernack vor die Tür stellen."

Das Mädchen hätte beinahe gelacht, als Wulf ihr die Strippenschuh gab, aber sie nahm sie gern, denn sie ging in den Strümpfen auf der Haide, wie die Katze über die nasse Deele. „Alles in Ordnung?" fragte der Bauer sie, und als sie nickte, nahm er sie um, hob sie auf den Schecken und setzte sich hinter sie. „Thedel, reite vorweg", rief er, „denn ich kann so meine Augen nicht recht brauchen!"

Der Himmel hatte sich noch mehr aufgehellt; die Dullerchen sangen aus ihm heraus, die Moormännchen stiegen auf, zwitscherten und ließen sich nieder, der Post war am Aufbrechen, und hier und da steckte sich ein Weidenbusch gelb an. Harm ließ den Schecken Schritt gehen. „Denn“, sagte er, „da wir doch einmal Aufenthalt gehabt haben, soll es uns auf die Zeit nun auch nicht mehr ankommen!“

Ihm war leicht um das Herz. Er dachte, es war, weil er ein armseliges Menschenkind geborgen hatte, aber wenn er ihr Haar roch und ihr Herz schlagen. hörte und ihre Backe ansah, so mager., so blaß und doch so schön, und das kleine feine Ohr, das die roten Locken ab und zu frei ließen, und den dünnen weißen Hals, der aus dem roten Tuche herauskam, und ihre Hand, die auf seinem Schenkel lag, und wenn er fühlte, wie ihr linker Arm um seinen Leib war, dann wußte er nicht: ist das nun schön oder ist das scheußlich? Aber im allgemeinen gefiel es ihm so, wie es war, doch ganz gut.

„Siehst du die beiden Hainottern?“ fragte er sie und zeigte mit dem Kopfe an ihrem Gesichte vorbei dahin, wo zwei Waldstörche über einer Wohld in die Runde flogen, daß es nur so blitzte und blinkerte. Das Mädchen nickte. „Da wollen wir hin. Da sollst du dich erst einmal nach Lusten ausschlafen und hinterher wollen wir dafür sorgen, daß du sonst in die Reihe kommst. Und damit du es weißt: ich heiße Harm und war auf dem Wulfshofe zu Ödringen Bauer, bis eines Tages der Teufel seine Knechte auf uns losließ. Und nun leben. wir denn jetzt, wie der Wolf auf der Haide und der Adler über dem Bruche, bloß daß wir keine Hasen fangen tun, denn so sind wir nicht, nämlich wir jagen man bloß auf Füchse und allerhand anderes Beisterzeug. Und das da ist Niehusthedel, dem geht es just so, man er hat mit der Zeit irgendwo sein Herz bei einem Mädchen in der Schürze vergessen, und so hat er es ganz gut, denn wer was will, der hat schon was.“

Er hörte auf, denn er wunderte sich, wie er dazu kam, diesem Mädchen, das er gar nicht kannte, und von dem er nicht wußte, woher sie war, und was mit ihr los war, seine halben Trümpfe zu weisen. Aber dann merkte er, daß seine Zunge von selber Galopp ritt. „Wie heißt du denn?“ fragte er, und als sie sagte: „Johanna“, meinte er: „Und was willst du jetzt anfangen?“ Sie drehte ihm das Gesicht zu und sah ihn an: „Behalte mich bei dir; ich kann allerlei und will gern alle Arbeit tun, die es gibt. Was soll ich bloß anfangen, wenn ich nicht bei dir bleiben darf? Bitte, bitte, behalte mich bei dir! Deine Frau braucht vielleicht eine Magd.“

Hör zu“, sagte er, und seine Stimme hörte sich mit einem Male an, als wenn Asche darauf war, „ich habe keine Frau. Ich bin ein Mann, der wie der Mausaar da in der Luft ist. Aber ich sehe es dir an, daß kein Falsch in dir ist, und wenn es dir bei uns gefallen tut, dennso sollst du gern bei uns bleiben. Also sorgen brauchst du dich nicht. Die nächste Zeit kommen wir freilich nicht nach Hause, weil ich ein Geschäft hier herum habe. Und das ist derart, daß es besser ist, du gehst vorläufig als Mannsbild durch. Auf einem Pferderücken kannst du dich halten, das sehe ich. Weiter brauchst du nichts.“

„Ich will alles tun, was du willst“, antwortete sie, und er mußte wegsehen, denn er hielt die Augen, die sie ihm machte, nicht aus. „Und nun, damit du es weißt, wer ich bin“, sagte sie, „mein Vater war Prediger im Bayrischen. Wir lebten in Frieden, bis der Krieg kam. Da ging das halbe Dorf in Flammen auf und die meisten Leute kamen um. Da suchte Vater sich eine andere Stelle, und so kamen wir bis in diese Gegend, wo die Leute sehr gut zu uns waren, besser, als anderswo. Vater wollte nach Hannover, denn er dachte, daß er vielleicht da wohl ein kleines Amt bekommen könnte, denn er hatte Briefe an Ratsherren und andere Herren von Ansehen mit. Da holten uns die Tillyschen ein, denn ein Taternmädchen, dem ich ein böses Geschwür aufgemacht hatte, sagte ihnen, welche Art Leute wir waren, und da waren sie wie die leibhaftigen Teufel. Ich will dir das ein anderes Mal erzählen; ich darf jetzt daran nicht denken. Ich habe zusehen müssen, wie sie meinen Vater so schlugen, daß ihm das Blut aus dem Munde kam, und als meine Mutter ihnen fluchte, haben sie sie vor meinen leiblichen Augen im Brunnentrog ersäuft. Ich weiß heute noch nicht, wie ich fortgekommen bin. Ich weiß nur, daß sie alle betrunken waren, und dann bin ich immerzu gelaufen und erst wieder zu mir gekommen, als ich im Busche hinfiel. Und dann bin ich wieder gelaufen, was ich konnte und bin wieder hingefallen und habe dagelegen, bis ich wieder bei mir war, und habe Gras gegessen und Wurzeln, und bin allem aus dem Wege gegangen, das Menschenangesicht hatte. Und dann hast du mich aufgefunden.“

Sie warf ihm den anderen Arm um den Hals und legte ihren Kopf an seine Brust: „Du willst mich behalten, sagst du? Du bist gut, du bist so gut!“ Sie weinte, daß die Tränen ihm durch die Hose schlugen, und er ließ sie weinen, was sie wollte, denn er merkte, daß ihr das gut tat. Erst, als sie dicht vor Jeversen waren, sagte er: „So, jetzt müssen wir absteigen. Thedel, sieh zu, wie die Immen fliegen, und ob wir unter oder über dem Winde sind. Wir bleiben derweilen im Busche. Und sieh zu, daß du Mannszeug bekommst und alles, was dazu gehört, das der

Jungfer paßt, aber rede nicht weiter darüber, was bloß die Haide wissen braucht.“

Er legte dem Mädchen seinen Mantel hin, drehte seine Jacke zusammen, machte ihr ein Kopfkissen daraus und sagte: „Leg dich hin und schlaf! Ich will mich ein bißchen waschen. Grieptoo, dahin! Der Hund wird dafür sorgen, daß du geruhig schlafen kannst. Ich bleibe ganz in der Nähe.“ Er wickelte sie in den Mantel und bettete sie zurecht. Sie lächelte ihm zu, wie ein kleines Kind, das zu Bettgebracht wird, seufzte auf und machte die Augen zu. Der Hund setzte sich neben sie, beroch sie, und dann legte er sich auch hin, behielt den Kopf aber hoch.

Harm hatte schon die zweite Pfeife aus, da kam Thedel erst zurück. Er brachte das Zeug mit, und was dazu gehörte, und flüsterte: „Der Wind küselt. Im Kruge sitzen vier Leute, die da nicht hingehören und haben das große Wort. Der Krüger hat ein Gesicht, wie eine Katulle, so haben sie ihn geschlagen, und nun sind sie besoffen und schinden die Frauensleute. Kein einer traut sich an sie ran, denn sie haben damit geprahlt, daß noch mehr von ihren Leuten nachkommen tun.“

Wulf klopfte seine Pfeife aus. „Hm“, meinte er, „hm, weiß Warnekenswibert schon Bescheid und Hilmersheine? Das ist gut; dennso wollen wir uns nicht länger aufhalten und mal sehen, was das für Gäste sind.“ Er nahm das Zeug und ging nach dem Busche. Grieptoo wedelte ihn an, daß sein Schwanz laut auf die Erde schlug, und davon wachte das Mädchen auf. „Hier!“ sagte der Wulfsbauer, „bis eben warst du eine Johanna, jetzt mußt du einen Hans aus dir machen. Ich gehe jetzt solange beizu, bis du dich umgezogen hast; ich und Thedel, wir haben im Dorfe zu tun. Willst du lieber mit dem Hunde bei den Pferden bleiben, oder willst du mit uns? Aber ich sage dir, es gibt tote Männer zu sehen! Also du willst mit? Schön! Ein Mann muß Wehr und Waffen haben, hier ist ein Messer und da nimm die Pistole! Sie ist fertig. Und nun komm! Grieptoo, daß du mir keinen an die Pferde läßt!“

Der Hund ließ die Ohren hängen und sah ihnen so lange nach, bis sie um die Ecke waren. „Also, hör zu, Hans!“ sagte Harm; „es ist wieder Gesindel im Kruge, das die Leute schindet. Das können wir nicht leiden, und darum wollen wir mit dem groben Besen ausfegen. Du hältst dich immer hinter mir, verstehst du, und erst, wenn der Ast an zu knastern fängt, kannst du mir die Hand hinhalten.“ Er sah nach dem Machangelhagen und winkte: „Na, wir haben euch wohl beim Vespern aufgestört?“ meinte er zu den beiden jungen Leuten, die da standen und das Mädchen ansahen. „Das ist ein guter Freund. Und nun wollen wir los! Wer Raben fangen will, darf nicht warten, bis sie flügge sind."

Sie gingen durch einen Eichbusch, stiegen über ein Stegel, gingen quer durch eine Deele, und dann sagte Wulf: „Ihr beide geht nun ein jeder für sich hin und seht zu, daß ihr bei der Halbetür bleiben könnt, und wenn einer aus der großen Tür Wasser gießt, so ist das das Zeichen, daß wir kommen sollen. Die Bleiknüppel habt ihr ja wohl? In einer ordentlichen Wirtschaft muß man saubere Arbeit machen!"

Die beiden Bauernsöhne lachten im Halse und gingen ab; Harm, Thedel und Johanna stiegen über einen Zaun, drückten sich unter den Fenstern des Kruges her, und dann sagte der Bauer: „So, Thedel, dennso mach dein dümmstes Gesicht!"

Hinter einem Stapel Brennholz blieb Wulf stehen, und das Mädchen stand hinter ihm; erfühlte ihren Atem über seiner Halsbinde. Aus dem Kruge kam ein rohes Lachen, dann quietschte ein Frauenzimmer. Harm fühlte, wie das Mädchen hinter ihm am ganzen Leibe flog. Er drehte den Kopf nach ihr. „Hast du Bange!" flüsterte er. „Bange nicht, aber was anderes!" sagte sie, und er nickte ihr zu.

In demselben Augenblicke goß die Wirtin einen Eimer Wasser aus der großen Türe. „Komm!" flüsterte Wulf, pfiff erst das Brummelbeerlied und ging dann laut lachend in das Haus, wo ein Kerl am Feuer saß und die jüngste Tochter, ein Kind von zwölf Jahren, in den Klauen hatte, indes ein anderer die Magd hin und her zog. Die beiden anderen, die schon gehörig einen sitzen hatten, standen da und tranken.

„Na, das geht hier ja mächtig lustig zu!" rief der Ödringer laut; „'n Abend zusammen!" Und indem schlug er den Kerl, der vor dem Feuer saß, mit dem kurzen Bleiknüppel, den er aus dem linken Ärmel holte, über den Kopf, daß der Mensch tot auf die Brandruten fiel, und kaum, daß er dalag, klappte der um, der die Magd im Arme hielt, denn Warnekenswiberthatte ihn gut bedient. Die beiden anderen Reiter machten dumme Gesichter; aber ehe sie recht begriffen hatten, was los war, lagen sie über kreuz da, denn Wulf hatte den einen besorgt und Hilmersheine den anderen.

„So, nun sind wir unter uns, jetzt gebe ich einen aus", lachte der Wulfsbauer, als das Flett sauber war, und dann fragte er das Mädchen leise: „Du hast nun wohl Angst vor uns gekriegt?" Sie sah ihn mit blanken Augen an und schüttelte den Kopf. „Na, denn wollen wir vespern, und darauf werden wir das Schlafen nötig haben, vorzüglich du, wo du dazu in der letzten Zeit nicht gekommen bist. Hast auch Platz für uns drei, Kordeskord?“ Der Wirt nickte. Masse, das heißt, Thedel kann bei unserm Knecht schlafen, und ihr beide nehmt die Gästebutze.“

Als Harm mit dem Mädchen allein war, sagte er: „So, nun leg dich man hin, Hans; ausziehen brauchst du dich nicht viel, denn wir müssen früh los. Du kannst ruhig schlafen, ein ganzes Dorf wacht über uns. Wer wir sind, wirst du ja nun gewahr geworden sein. An unseren Händen ist kein Blut, höchstens an unseren Bleistöcken, aber das ist auch nicht viel mehr wert. Einen Schelm muß man wie einen Schelm begrüßen, und die Wespen kriegt man am besten durch kochliches Wasser aus dem Grasgarten.“

Johanna hatte sich kaum lang gemacht, da schlief sie schon. Der Wulfsbauer konnte anfangs gar nicht schlafen, denn er mochte sich nicht rühren, um das Mädchen nicht aufzuwecken. Allerlei Gedanken gingen ihm durch den Kopf, aber zuletzt fielen ihm die Augen doch zu und er schlief, bis die Wirtin hereinkam und sagte: „Es ist bei fünfe und die Morgenzeit ist fertig.“ Damit ging sie fort und ließ den Krüsel auf dem Schemel stehen.

Harm stand leise auf und leuchtete hinter der Hand in die Butze hinein: „Schade!“ dachte er, sie schläft just so schön!“ Aber da seufzte das Mädchen tief auf, hob die Hände in die Höhe, machte die Augen auf, und als sie den Bauern vor sich sah, flüsterte sie: Ach so, du bist es!“ Und dabei lachte sie ihn an. „Ja, nun mußt du aufstehen“, sagte er. „Bleibe noch einen Augenblick liegen, ich hole dir erst eine Schüssel Suppe und Waschwasser, und unterdessen besorge ich dir ein Pferd, denn wir wollen flott reiten.“

Als es eben hellichter Tag war, waren sie bei einem einstelligen Hofe. „Hier bleiben wir bis Mittag“, sagte Harm. „Sag mal, Hansfreund, du reitest ja wie ein Koppelknecht.“ Johanna lachte. „Pastorenkinder lernen alles, außer Frommsein“, sagte sie, „und schießen kann ich auch nicht schlecht. Aber ich verstehe mich auch auf das Kochen und Strümpfestricken.“ Wolf lachte: „Das muß ich sagen, denn kannst du mehr, als wie ich“, und da lachte sie noch einmal, und er dachte bei sich: „Wenn sie noch öfter so lacht, denn wird die Geschichte sengerig für mich.“

Wodshorn hieß der Hof; der Bauer sprach kaum ein Wort und die Bäuerin auch nicht viel mehr. Sie ließen es aber an nichts fehlen. Um Uhre neune kam ein Bauernsohn an und teilte Wulf etwas unter vier Augen mit, und da sagte

Harm zu Johanna: „Nun müssen wir doch bis morgen bleiben. Das beste ist, du legst dich wieder schlafen; ich will das auch tun. Wer schlau ist, der ißt und schläft heutzutage im voraus. Du kannst mit der Bäuerin ganz offen reden; sie weiß Bescheid. Sie hat ein Herz wie Gold, aber sie hat Schreckliches durchgemacht; deshalb spricht sie nicht und darum hat sie auch das Lachen verlernt."

Es war bei zwölf Uhr, da wachte das Mädchen auf. Die Bäuerin stand vor ihr und sagte: „Wenn du lieber liegen bleiben willst, denn bringe ich dir das Essen in das Bett." Johanna schüttelte den Kopf: „Nein, dann müßt ich mich ja schämen; ich will aufstehen." Die Frau lächelte: „Willst du auch lieber Mädchenzeug anziehen? Es ist was da, das dir passen wird; hier im Hause sind bloß lauter Leute, die nicht mehr reden, als sie sollen. Morgen kannst du wieder als Koppelknecht gehen."

Sie legte ihr den roten Rock, das Leibchen, Strümpfe und Schuhe und alles, was dazu gehörte, hin, und als sie nach einer Weile wieder in die Dönze kam, und das Mädchen fix und fertig stehen sah, nickte sie ihr zu, aber mit eins nahm sie sie in den Arm, küßte sie und weinte an ihrem Halse. „Ich hatte zwei Töchter, gesunde, glatte Mädchen, Zwillinge. Alle beide haben wir vor einem Jahre tot im Busch gefunden. Wenn es dir in Peerhobstel nicht zusagt, komm hierher; du sollst wie eine Tochter gehalten werden." Sie wischte sich die Augen. „Ja, was hilft das Weinen! Und es sind mehr da, denen es so gegangen ist, dem Wulfsbur nicht zum wenigsten. Ich will dir das erzählen, denn einmal mußt du es doch gewahr werden."

Das Mädchen hörte zu und holte kaum Luft, solange die Frau sprach, aber die Tränen liefen ihr über die Backen. „Ja", sagte der Bauer, der auch in die Dönze gekommen war, „den Wulfsbauern hättest du früher sehen sollen! Bei dem war jeden Tag Feiertag. Und jetzt, da ist er wie der Grauhund, der über die Haide läuft und erst zufrieden ist, wenn er Blut lecken kann."

Nach dem Mittagbrot, bei dem kaum ein Wort geredet wurde, half Johanna der Bäuerin im Hause; dann setzten sich beide hinter das Haus auf die Bank und strickten. Die Sonne schien warm, im Rasen blühten die Osterblumen, die gelben Buttervögel flogen, die Elster suchte sich Reisig für ihr Nest, im Holz schlug die Zippe, und über der Wohld flogen zwei Addernadler und riefen laut.

Zwei Tage blieb der Wulfsbauer mit Thedel aus. Als er wiederkam, sah er müde aus, hatte dunkle Augen, und enge Lippen. „Das Geschäft hat sich zerschlagen", sagte er; „heute bin ich zu müde und will erst ausschlafen. Morgen früh wollen wir nach Peerhobstel."

In der Nacht zog ein Gewitter vorüber. Johanna wachte davon auf und verjagte sich; aber als sie neben sich die Bäuerin, und vor der Butze Grieptoo fest und tief atmen hörte, schlief sie gleich wieder ein. Als sie am Morgen das Mannszeug anzog, packte die Frau die Mädchenkleider zusammen, machte ein Bündel daraus und sagte: „So, das soll deins sein, meine Tochter! Und daß du es nicht vergessen tust: auf Wodshorn ist immer eine Butze und ein Platz am Tische für dich da."

Es war ein schöner Morgen geworden; die Moorhühner waren überall zu gange, die Kraniche prahlten, die Kiebitze riefen und die Himmelsziegen meckerten. Überall in den Gründen war der Post ganz rot, und ab und zu stand ein Weidenbusch da, der wie eine helle Flamme aussah. Ein Rudel Hirsche zog über die Haide, blieb stehen, als es drei Reiter ansichtig wurde, und zog dann schneller dem Moore zu.

Als sie vor Fuhrberg über die hohe Haide ritten, heulte hinter ihnen der Wolf. Der Bauer drehte sich um und sagte: „Das sind unsere Leute!" und er gab den Wolfsruf zurück. Bald darauf kamen zwei Reiter aus dem Busehe; es war Viekenludolf und Grönhagenkrischan. „Na, schon so früh auf, Ludolf?" begrüßte ihn Wulf; „bist wohl gar nicht im Bett gewesen?" Der Dollhund griente: „In meinem allerdings nicht. Schade, daß du gestern nicht dabei warst! Wir haben einen guten Zug gemacht. Na, wir kommen da ja vorbei; kannst es dir selber ansehen." Er sah nach Johanna hin. „Ist ein Freund von mir, Hans geheißen", sagte der Ödringer. „Hm", brummte der Rammlinger und wollte grienen, verkniff es sich aber, denn der andere lud ihn dazu nicht ein.

Er ritt mit Wulf voran und flüsterte ihm etwas zu. Harm ließ ihn dann vorausreiten und fragte Johanna: „Hans, kannst du es mit ansehen, wenn ein Birkenbaum faule Äpfel trägt? Es sind ein paar Schandkerle weniger geworden auf der Welt. Ich muß dahin; wenn du willst, kannst du mit Thedel hier so lange warten." Das Mädchen schüttelte den Kopf: „Ich wollte froh sein, wenn alle Birken so reich tragen wollten; dann hätten es alle Menschen, die frommen Herzens sind, besser!" Der Bauer nickte.

Da, wo der Dietweg die Heerstraße schnitt, standen etliche hohe Birken beieinander. Fünf Männer und zwei Frauen hingen daran. Über jedem war eine aufrechtstehende Wolfsangel in die Rinde gehauen, und der älteste Mann, ein

Kerl mit einem schwarzen Bart, hatte ein Brett zwischen die Hände gebunden; mit Rötel waren darauf folgende Worte geschrieben:

Wir sind Unser 3 Mal Elve
und nennen uns die Wölwe
und geben auf jedweden Acht
der Lange finger macht.

8. Die Schnitter

Wulf und seine Begleitung blieben bis zur Ulenflucht auf dem Viekenhofe in Fuhrberg und kamen erst im Dunkeln nach Peerhobstel. Alles machte lange Augen, als es hieß: der Wulfsbauer hat sich eine Magd mitgebracht. Aber weil sie sich nicht sehen ließ und alles, was eben helfen konnte, alle Hände voll zu tun hatte, so kümmerte sich keiner weiter um sie.

Mit der Zeit wurde Johanna mit den Frauensleuten bekannt. Erst mußten sie heimlich über sie lachen, weil sie das rote Haar hatte, hochdeutsch sprach und Hände wie eine Edelfrau hatte. Als aber Wittenmutter zu liegen kam und die Magd vom Wulfshofe ihr in ihrer schweren Stunde auf das beste beistand und auch hinterher jeden Tag dafür sorgte, daß die Zwillinge zu ihrem Rechte kamen, sah man, was man an ihr hatte, zumal sie sonst wie eine Magd arbeitete.

Die Kinder, die erst mit dem Finger im Munde dagestanden hatten, wenn sie ihnen mit der Hand über die Köpfe ging, gewöhnten sich an sie, und bald hatte sie sie alle miteinander jeden Sonntag um sich; dann erzählte sie ihnen allerhand Geschichten und brachte den Mädchen Stricken, Nähen und Stopfen bei.

Das hat uns hier gefehlt, Harm", sagte Ulenvater, der das Mädchen ganz an das Herz genommen hatte; nun haben wir einen Schulmeister, wie es besser keinen gibt, wenn er auch lange Haare hat. Mit Geschichtenerzählen hat es angefangen und jetzt bringt sie ihnen auch das Lesen und Schreiben bei. Weißt du was? Krackenmutter ihr Mieken, das wäre eine Lütjemagd für uns; denn hat die andere mehr Zeit für die Kinder und die Kranken, denn darauf versteht sie sich wie ein gelernter Doktor."

Der Wulfsbauer war das sehr zufrieden. Als er ihr Grieptoo hielt, der sich einen Schlehdorn eingetreten hatte, woraus ein Geschwür geworden war, und sie es aufschnitt und dem Hunde die Pfote verbunden hatte, fragte er sie: „Sag mal, was kannst du eigentlich nicht? Reiten kannst du, schießen kannst du, der Hausarbeit bist du gewachsen, auf das Vieh verstehst du dich auch, kannst mit kranken Leuten umgehen, bist dabei auch Schulmeister und Wehmutter und gärtnerst, daß es eine Freude ist; wo hast du das alles her, Mädchen?"

Sie steckte sich rot an und sagte: „Reiten mußte ich zu Hause lernen, weil ich Vater bei seinen Krankenbesuchen begleitete, und das Schießen hat mir der alte Amtmann, Gott hab ihn selig! beigebracht, denn der sagte: ein Frauenzimmer hat das noch nötiger als ein Mannsmensch, dieweil es mehr zu verlieren hat als bloß das nackigte Leben. Und das andere, das kommt wohl, weil Vater Doktor werden wollte, aber aus sich heraus später einen anderen Ruf bekam, und weil der Lehrer, den wir hatten, besser Hosen flicken konnte, als die Kinder lehren, und da nahm sich Vater ihrer an und ich mußte ihm dabei an die Hand gehen. Und von meiner Mutter habe ich dann das andere gelernt, besonders das Umgehen mit dem Vieh und mit den Blumen, denn darauf verstand sie sich vorzüglich."

Das mußte wohl so gewesen sein, denn sonst hätte es um den neuen Hof nicht so glatt ausgesehen. Thedel hatte einen schönen Zaun um den Garten gemacht, und da es sich gerade so paßte, kam die Pforte zwischen zwei großmächtige Hülsenbüsche zu stehen, die von Johanna so zurechtgeschnitten wurden, daß sie ganz gleich aussahen, unten breit und oben spitz, und vor die kleine Tür setzte Thedel zwei spitze Machangeln. Von allen Blumen und Büschen, die in den wüsten Gärten von Ödringen wachsen, schleppte der Knecht so viel heran als nötig war, und wenn er mit dem Bauern über Land mußte, sah er nach, wo schöne Blumen in den Gärten waren oder in Töpfen gezogen wurden, und davon ließ er sich Ableger geben, so daß er bald allgemein nicht mehr anders hieß als der Blumenthedel.

Es war aber auch eine Pracht, wie in dem Garten alles gedieh; zwar für die Schneeglöckchen, die Maiblumen und Osterblumen und die Kaiserkronen und Pfingstrosen und Tulpen war es in dem Jahre schon zu spät, aber die Schlüsselblumen hatten schön geblüht und im Juni hingen alle Zaunecken voll von wilden Rosen. Am ganzen Hause kletterten die Efeuranken hoch, der Hollerbusch beim Backhause war über und über weiß und die Goldlackbüsche waren in der Sonne anzusehen wie kupferne Kannen. Wenn dann Johanna an den Büschen sich mit dem Messer zu schaffen machte und die Sonne schien ihr auf das Haar und die bloßen Arme, von denen die weißen Ärmel weit zurückgingen, und der rote Rock wippte, wenn sie sich bückte, um ein Unkraut auszureißen, dann sagte der alte Ul: „Ein Staatsfrauensmensch ist es“, und stieß Harm in die Rippen und blinkte ihm zu: „wenn ich halb so alt wäre, dennso wußte ich, was ich zu tun hätte. Oder soll sie dir ein anderer wegschnappen? Denn daß sie dir in die Augen sticht, das habe ich all lange spitz, und eine bessere Frau kriegst du so bald nicht wieder.“

Der Ansicht war der Bauer auch, und mehr als einmal hatte er sich einen Stoß gegeben, um dahin zu kommen, wohin er wollte; aber immer war es ihm, als wenn ein Graben zwischen ihnen war. Denn was war er? Nicht daß er sich minder vorkam, weil sie mehr gelernt hatte, aber er traute sich nicht an sie heran, und das um so weniger, je mehr er mit ihr zusammen war. Früher war er mit Leib und Seele dabei gewesen, wenn es galt, der Haide die Flöhe aus dem Pelze zu klopfen; wenn er jetzt aber im Moore lauerte oder im Busche lag, dachte er immer an ein Gesicht, um das das Haar so rot war wie die Abendsonne auf den Fuhrenstämmen, und an zwei runde Arme, die aus weißen Ärmeln herauskamen. Denn mit Freuden sah er, daß Johanna Fleisch und Farbe bekommen hatte; das Leibchen saß ihr prall und der rote Rock hing ihr nicht mehr so lose um die Lenden.

Am Johannistage war Ulenvater mit Thedel nach Obbershagen gefahren, wo sein Vetter einen Hof hatte. Harm und Johanna waren allein, denn Mieken war auf einige Tage zu Hause, weil Krackenmutter nicht ganz munter war. Es war den ganzen Tag glühheiß gewesen und gegen Abend kühlte es sich keineswegs ab, so daß der Bauer, der mit Johanna im Garten auf der Bank saß, meinte: „Wir werden wohl ein Wetter kriegen“, denn über dem Halloberge standen dicke Wettertürme. Es wetterleuchtete dann auch immer mehr, und Wulf sah, daß jedesmal, wenn die Wolke auseinanderriß, das Mädchen mit der Hand nach dem Mieder faßte.

„Hast du Bange?“ fragte er. Sie schüttelte den Kopf: „Nein, es steckt mir bloß so in den Gliedern; ich bin ganz alle.“ Sie sah auch blasser als sonst aus und hatte wieder einen Blick in den Augen wie damals, als Grieptoo sie aufgespürt hatte. Harm kam es in den Sinn, wie er sie damals im Arme gehalten und wie ein Kind gefüttert hatte, und wie nachher, als sie vor ihm auf dem Schecken saß, ihr Haar so gerochen hatte, daß ihm ganz sonderbar wurde. Er sah ihre Hände an, die auf ihrer Schürze lagen. Sie waren braun geworden und die Arme gleichfalls, aber fein und vornehm waren sie deshalb doch geblieben, obzwar sie vor keiner Arbeit zurückgingen. „Sie ist und bleibt ein feines Fräulein“, dachte er und seufzte so tief auf, daß sie ihn anlachte.

„Das hört sich ja ganz gefährlich an!“ meinte sie; „hast du was auf dem Herzen, was dich drückt?“ Wie sie ihn so lustig von der Seite ansah, da dachte er: „Jetzt oder nie!“ Aber es blieb beim Denken, denn er wußte nicht: „Geht das wohl, daß du sie einfach um den Leib fassen tust, oder ist es wohl anständiger, daß du ihr sagst, wie dir zumute ist?“

Da kam ein Kind angelaufen, das sich einen Splitter eingerissen hatte, und nun hatte er es wieder verpaßt. Er aß abends wenig, wußte meist nicht, wo er mit seinen Augen bleiben sollte, kam sich überhaupt ganz unglücklich in seiner Haut vor und war froh, als es Zeit zum Schlafen war, denn das Wetter war zurückgegangen.

Er konnte lange Zeit nicht einschlafen. Er ärgerte sich über sich selber, wußte aber keinen Weg, der ihn zum Busche herausbrachte. Zudem hatte er Angst, er könnte es mit dem Mädchen verderben, und so lief er mit seinen Gedanken immer in die Runde. Zuletzt mußte er doch wohl eingeschlafen sein, denn mit einem Male sah er einen blauen Schein und hörte einen harten Schlag; das Wetter war wieder zurückgekommen.

Die Pferde schlugen gegen die Wand, die Kühe rissen an den Ketten. Er stand auf, hing sich den Mantel um und ging auf die Deele. Da lief er Johanna in die Möte, die ebenfalls im Mantel aus der Dötize kam. Der Blitz zeigte ihm, daß sie kreideweiß war. „Ist dir schlecht?“ fragte er. Sie schüttelte den Kopf. „Es ist bloß das Wetter; im Bett war es mir zu stickig.“ Aber als der nächste Blitz und hinterher ein gewaltiger Donnerschlag da war, schrie sie auf, faßte sich nach der Brust und fiel gegen die Wand. Er sprang schnell zu, faßte sie um und führte sie in die große Dönze, ließ sie sich auf die Ofenbank setzen und rückte an sie heran.

Blitz und Donner kamen auf einen Schlag. Das Mädchen wollte sich zusammennehmen, aber ihr Mund behielt den Schrei nicht, und da nahm er sie in die Arme, legte ihren Kopf an seine Brust und deckte ihr seinen Mantelkragen über das Gesicht; so hielt er sie, ihr ab und zu, wenn es wieder blitzte und krachte, die Schultern klopfend und ihr zuredend wie einem jungen

Pferde, das vor einem Machangel scheuen will. Sie lag ganz still und zitterte keinmal mehr, und bloß, wenn das Wetter es gar zu gut meinte, fühlte er, daß ihre Hände flogen.

Nach einer kleinen halben Stunde hörte das Blitzen und Donnern auf. Es goß wie mit Mollen und es wurde kühl in der Dönze. Er nahm ihr den Mantel von dem Gesicht und da merkte er, wie sie ihn fest in den Arm nahm, und er fühlte, daß zwischen ihnen kein Wall und kein Graben mehr war, daß sie zusammengehörten in Freud und Leid, und er nahm sich, was ihm zukam.

Das war eine schlimme Nacht!“ rief Ulenvater, als er am anderen Mittag in die große Dönze trat. Er war das letzte Ende zu Fuß gegangen, denn Thedel wollte noch etwas Tannhecke zum Streuen holen, und weil der Alte einen leisen Schritt hatte, so konnte Johanna nicht so schnell von Harms Schoß herunter, wie sie wohl wollte. So stand sie da, hatte die Augen auf dem Estrich und Backen wie Pfingstrosen so rot, strich an ihrer Schürze herum und platzte schließlich heraus: „Bloß anfangs.“ Dann schlug sie aber die Hände vor das Gesicht und lachte und auch Harm lachte und Ul erst recht, denn er merkte bald, wo es eingeschlagen hatte.

Er sah von einem zum anderen und schließlich sagte er: „Na, dennso wünsche ich euch alles Gute, meine Kinder! denn das seid ihr mir beide geworden.“ Aber dann schlug er auf den Tisch: „Das ist mir ja ein dröges Löft! Nicht einmal ein Glas Wein und ein Stück Kuchen kriegt man vorgesetzt? I, das ist doch sonst keine Weise hierzulande!“

Die junge Frau lief, was sie konnte, und bald stand eine irdene Flasche mit Wein auf dem Tisch, über den sie ein reines Tuch gelegt hatte, und ein bunter Teller mit Kuchen und ein noch bunterer Krug mit einem noch viel bunteren Blumenstrauß, und drei hohe Gläser von der feinsten Art, aus denen die spanischen Offiziere von der. Kaiserlichen eigentlich trinken wollten, kamen auf den Tisch, und der Wein, der auch für andere Leute bestimmt gewesen war, schmeckte denen, die ihn tranken, darum doch nicht schlechter, wenn auch Johanna bloß ein halbes Glas trank und dann schon sagte, daß die Dönze mit ihr in die Runde ginge.

„Harm“, sagte der Alte, als Johanna aufwusch, „eins will ich dir aber sagen: der erste Pastor, den ich auftreibe, muß her und die Sache richtig machen. Es sind jetzt wilde Zeiten und der Teufel kann sein Spiel haben. Deine Frau steht ganz allein da; gibt es ein Unglück, dann kann sie am weißen Stocke über Land gehen, denn es wird manche da sein, die ihr den Platz hier nicht gönnt und ihr allerhand anhängen wird. Es sind jetzt die Zeiten nicht, daß wir eine regelrechte Hochzeit abhalten, denn der Himmel bezieht sich immer mehr. Der Tilly, der papistische Hund, jagt die Dänemärkschen hin und her, und die Pestilenz ist auch wieder da. Laßt euch einsegnen und damit holla! Die Hauptsache ist die, daß du dich des Nachts nun nicht mehr so zu graulen brauchst!“

So wurde es denn auch gemacht, und es war auch gut, daß der Bauer sich mit der Trauung beeilt hatte, dennso konnte er mit mehr Ruhe an Preehobstel zurückdenken, wenn er wieder den Wolf auf der Haide spielen mußte.

Das war jetzt nicht ganz selten der Fall. Tilly und die Dänen zogen sich um die festen Plätze wie die Hunde um die Knochen, und wo man hinhörte, gab es Not und Tod und Menschenschinderei. Wo die Kriegsvölker geerntet hatten, da zogen die Marodebrüder mit der Hungerharke hinterher und man vernahm alle Tage gräßliche Geschichten von totgequälten und hingemetzelten Frauen, denn was den Unmenschen in die Hände fiel, ob ein siecher Greis oder ein Brustkind, es mußte des Todes sein.

Die Wehrwölfe hatten darum alle Hände voll zu tun. Es waren jetzt ihrer hundertelf Nachtboten geworden, wozu noch an die zweihundert Tagboten kamen. So ging die Arbeit flott vonstatten, und manche Bäume an den Straßen trugen Früchte, die selbst der happigste Junge liebendgern hängen ließ. Dabei sahen sich aber die Wehrwölfe ihre Leute genau an und behandelten jedermann, wie es seine Stellung mit sich brachte; was eine Feldbinde am Arm hatte, bekam die Kugel und kam unter die Erde, das andere Pack aber wurde mit der Wiede geehrt und die Krähen und Wölfe mußten das Weitere besorgen.

Es war ein grauer Märzentag, da hatte der Wulfsbauer auf dem Amte zu tun. Irgendeine Spürnase hatte es herausgebracht, daß die Ödringer jetzt Peerhobstler hießen und noch nicht so verhungert waren, als daß man ihnen nicht die Schatzung zumuten könnte. Das stand ihnen aber gar nicht an und Harm Wulf als Vorsteher wollte ihnen das vom Halse schaffen. Als er den Herren vom Amte sagte: „Solange ihr uns nicht schützt, wird von uns nicht geschatzt", wurde er ein ausverschämter Kerl geheißen; aber er hielt die Nase hoch und sagte: „Ich will doch mal sehen, ob unser Herr Herzog Christian nicht eine andere Meinung von der Sache hat; ansonsten stecken wir lieber unsere Häuser an und leben vom Betteln und Stehlen, bis man uns ein Amt gibt, damit wir auch Leute schinden können, die sich in Bruch und Busch bergen müssen."

Als er aus der Tür ging, stand Thedel da; er war ganz weiß um die Nase, hatte Augen wie ein Buschkater im Dunkeln und sagte: „Der Säugling und das Heilige Kreuz sitzen halb besoffen im Kruge und Viekenludolf macht sie noch besoffener." Der Bauer riß die Augen auf: „Wahr und gewiß?" Der Knecht nickte: „Ich stand hinter dem rotbärtigen Hund und hatte schon die Hand am hetz; aber da dachte ich noch zum Glücke daran, daß das nicht in deinem Sinne ist. Heute kommen sie uns nicht mehr aus dem Sack, Bauer, wie seinerzeit in Ahlden. Ich bin schon in Heeßel gewesen und in Schillerslage, und von da ist an alle gerechten Leute Meldung gemacht; dennso sollen sie diesmal wohl daran glauben müssen!"

Indem Wulf mit Thedel nach dem Kruge ging, bedünkte es ihn, als wenn ihm gar nicht so froh zu Sinne war, wie es eigentlich sein mußte. Er dachte mehr an Peerhobstel und an seine Frau, als an die Galgenklöppel, aber darum ging er zuerst doch schnell, bis er sich selber „Prr!" zurief und so langweilig die Straße hinaufging, als hätte er so viel Zeit wie ein Knecht, der den Stall ausmisten soll. Er fragte auch noch die Krügerin, die vor der Türe stand, nach ihren Kindern, aber mit eins konnte er nicht mehr zuhören, denn er hatte eine Stimme gehört, eine Mannsstimme, aber so hell, als ob ein Hengstfohlen loslegt, eine Stimme, die er noch keinmal gehört hatte und dis er doch kannte; denn wenn er allein im Busche lauerte oder über die Halde ritt, hatte er sie oft vernommen. Er dachte an den Nachmittag auf dem Hingstberge und daran, wie er mit Henneckenklaus durch das Torfmoos geritten war und Brandluft in die Nase bekommen hatte, und an all das andere. Seine Rose stand vor ihm, Hermke an der Schürze und auf dem Arme die kleine Maria, und er biß die Zähne aufeinander, daß es krachte, so daß die Krügerin sich ordentlich verjagte.

Aber dann ging er in die Bauernstube, ohne hinzusehen, wer dasaß, stellte sich an die Tonbank und ließ sich Bier einschenken, hörte, was der Krüger ihm vorschnackte, mit einem Ohre an, stellte dann seinen Krug auf den Tisch, der neben der Türe stand, holte sein Brot und seinen Speck aus der Tasche, zog sein Messer und aß so langsam und bedachtsam wie allezeit, bis Viekenludolf aufsah, seine rechte Hand auf den Tisch legte, erst den Daumen, dann den Zeigefinger und dann den Mittelfinger aus der Faust springen ließ, gleich als wollte er die Zeche nachrechnen, und dann das Heilige Kreuz anschrie: „Noch so ein Stück, du altes Saufloch! dann gebe ich noch einen aus; denn lachen tu ich vor mein Leben gern."

Der Peerhobstler sah sich jetzt die Leute genauer an, und ihm war auf einen Augenblicks als wenn sie die Hälse schon lang und die Zunge vor dem Munde hatten; denn bei ihnen saß noch Wulf genannt Schütte aus Wennebostel, Harms Halbbruder, der da in einen Hof geheiratet hatte, Münstermanns Dettmer und Grönhagenkrischan; am Ofen stand Duwenhinrich und Flebbendiedrich, und Aschenkurt spielte mit der Katze, die unter der Bank saß und nach seinen Fingern hakte; und da saßen die beiden Unholde, hielten die Augen mit Mühe offen und freuten sich wie die Schneekönige, wenn ihre Zotenreden und Greuelsgeschichten die Männer zum Lachen brachten.

„Bist du all schon in Schillerslage gewesen, Säugling?“ fragte Viekenludolf; „da ist eine lustige Wirtschaft. Der Wirt hat dir da ein Mädchen, da werden die alten Kerle noch nach verrückt, sage ich dir. Aber das Mädchen ist als wie eine Nessel. Ich möchte den sehen, der der den Kranz abnimmt. Unter uns ist keiner, der das kann.“

Harm lachte im Halse, denn erstens hatte der Wirt bloß eine alte Magd, und das war ein liederliches Stück, und die sah noch dazu so aus als wie eine tote Katze, die acht Tage im Regen gelegen hat. Der Säugling aber schlug sich auf seine klapprige Brust: „Wenn einer, dann bin ich es, denn ich habe ein ausverschämtes Glück bei die Menscher!“ Sein Lumpenbruder stimmte ihm bei: „Ja, das hat er; alles was recht ist, das ist ein Aast uff der Fiedel; das heißt“, fuhr er fort, und er sah dabei halb frech, halb bange aus, „wenn es nicht anders geht, dann macht er nicht viel Faxen und dreht ihnen den Schluck ab.“

Der Säugling, der gerade einen großen Krug Honigbier durch seinen langen Hals hatte rutschen lassen, lachte wie eine Kuckuckin: „Verdammig, das tu ich! Wozu sind denn die Menscher da? Und überhaupt und so, was ein forscher Kerl ist, der Kurasche hat, der wird nicht erst acht Tage herumpiepen wie ein Lüning. So 'n bißchen Zureden das hilft schon“, sagte er und klappte seine Hand auf und zu, wie ein Stoßhabicht die Krallen.

Unter der Tür stand Thedel und sah ihm in den Nacken. Dem Wulfsbauern lief es kalt über den Rücken, als er den Blick sah, den sein Knecht nach dem Halunken hinschmiß; ihm war, als prahlte da kein lebendiger Mann mehr, sondern ein toter Leichnam. Und nun fing der Kerl noch an zu singen, und er lachte dabei, als er quiekte: „O Galgen, du hohes Haus, du siehst so gräsig aus, so gräsig aus; ich seh dich gar nicht an, denn ich weiß, ich komme dran, ja, ich komme dran.“

Der Bauer ging in den Hof, denn Viekenludolf hatte mit der Zunge geklappt. „Bald ist der Haber reif zum Schneiden“, sagte der Rammlinger; „er läßt den Kopp schon hängen.“ Er sah nach dem Himmel. „Es klärt sich auf; noch eine Lage Met und sie laufen hinter uns her wie die Hennen hinter dem Hahn.“ Er klopfte seine Pfeife aus: „Morgen früh um sieben Uhr sind wir auf der Haide ober dem zweiten Dorfe.“ Er stopfte die Pfeife und ließ sich von Harm ein Krümel Feuer geben. „Schweres Stück Arbeit, solche Sauflöcher um den Verstand zu bringen, kann ich dir sagen!"

Der Wulfsbauer machte seine Zeche glatt und ging gegenüber zum Juden, wo er so lange auf eine Brustnadel handelte, bis Flebbendiedrich und der Wennebosteler Wulf und Duwenhinrich fortritten, und dann ritten Viekenludolf und Aschenkurt fort und hatten die beiden Männer zwischen sich, die nicht merkten, daß hinter einem jeden von ihnen sein leibhaftiger Tod aufgesessen war, denn sie juchten und bölkten das Lied vom Butzemann, der im Deutschen Reiche umgeht.

Als sie schon um die Ecke waren, hörte der Peerhobstlersie noch kriejöhlen: „Der Kaiser schlägt die Trumm mit Händen und mit Füßen", und daß die Kinder ihnen nachschrien: „Duhnedier, Duhnedier!"

Dann brach erden Handel ab, bezahlte, was der Jude angeschlagen hatte, wofür dieser ein Mal über das andere Mal den Rücken krumm machte, und da kam der Knecht auch schon mit dem Schecken aus der Einfahrt.

Der Bauer stieg steif in den Sattel und ritt, als wenn er zum ersten Male einen Pferderücken zwischen den Beinen hatte, aber so wie er das Torgeld los war, setzte er sich in Trab und war bald hinter den Reitern. Im Schillersläger Kruge verhielt er sich ganz ruhig, aber als er auf seiner Strohschütte lag, konnte er nicht viel schlafen, denn er hatte alle seine Gedanken da, wo seine Frau war.

So war er schon bei fünfe in den Stiefeln. Thedel saß vor der Türe des Stalles, in dem die beiden Halsabschneider schliefen. Er grieflachte: „Der eine ist schon eine Weile munter und vernüchtert hat er sich auch, und wenn er nicht einen alten Scheuerlappen im Maule hätte, würde er eine schöne Schande machen, dieweil ich ihm die Ärmel vor den Händen zugebunden habe, und vom Estrich kann er auch nicht, weil da ein Ring auf der Kellerklappe ist und da ist ein Strick an, und den hat er um den Leib." Er spuckte seinen Priem aus: „Der andere hat gestern noch so viel Honigbier gesoffen, daß er überhaupt nichts von sich weiß, und ich glaube, vor heute abend ist er nicht so weit, daß wir uns mit ihm befassen können."

Der Wulfsbauer ließ sich Suppe und Brot geben, rauchte zwei Pfeifen aus und schickte bei sechse Thedel voran. Um halbig sieben kamen etliche Bauern angeritten, klappten mit den Peitschen, bis der Wirt herauskam, taten so, als sähen sie den Peerhobstler nicht, tranken ihr Warmbier im Sattel und ritten weiter. Dann knarrte ein Wagen, der Knecht knallte dreimal schnell hintereinander und viermal in Abständen und pfiff: „Zieh Schimmel, zieh, im Dreck bis an die Knie." Aus dem Hause rief Viekenludolf : „Jochen, kannst mich ein Ende mitnehmen; ich habe kleine Füße von eurem Bier gekriegt!" Da stand auch Harm auf: „Mir geht es nicht anders; nimm mich auch mit; auf eine Handvoll Tabak soll es mir nicht ankommen." Er setzte sich auf das Schütt und sah vor sich hin in das Wagenstroh, das ab und zu hin und her flog, und aus dem mitunter ein Ton kam, als wenn ein Schwein darunter lag.

Noch saß der Nebel in der Haide. „Das wird ein schöner Tag", sagte der Knecht; „die Wettmarer Musiker blasen", denn man hörte die Kraniche vom Moore her lauthals prahlen. Eine Anbauerfrau sah den Wagen kommen, nickte und sagte: „Na, denn sieh man zu, Jochen, daß du deine Schweine gut los wirst!" Ein Rauk rief aus dem Nebel; das Wagenstroh ging hin und her. „Hast den schwarzen Bruder gehört?" fragte der Rammfinger den Knecht; „die Raben kriegen es heute gut!" Aus dem Stroh kam ein Grunzen. Ein Reiter trabte vorbei, noch einer und hinterher ein dritter. „Nach 'm Schweinemarkt?" riefen sie dem Knecht zu. Der nickte und griente.

Alle hundertundelf Wehrwölfe und meist ebenso viele Boten standen um den Haidberg. Als der Wagen angefahren kam, ging ein Gemurmel reihum. Der Nebel teilte sich und fing zu tanzen an, und da wurden zwei Fuhrenbäume sichtbar, denen die Kronen abgehauen waren und die oben ein Querholz hatten, das sie zusammenhielt; daran hing links ein toter Hund und rechts ein verrecktes Schwein, und dazwischen waren zwei Stricke, die bis auf den Erdboden reichten. Um beide Bäume war ein Kranz von Steinen gemacht, der vorne offen war, und in jedem Stamm war die Wolfsangel aufrecht eingehauen, so daß sie offenbar zu sehen war.

Der Knecht nickte den Männern zu, schrie „Prrr!", band die Zügel an, stieg ab, spuckte aus, ging langsam hinter den Wagen, zog das Schütt fort, winkte zwei Männern zu und dann zog er einen Sack unter dem Stroh weg, der sich bewegte, und die Männer halfen ihm, ihn auf den Boden zu legen, und bei dem anderen auch. Der Wulfsbauer und Viekenludolf waren abgestiegen und dahin gegangen, wo Meine Drewes stand; er hatte zwei abgeschälte Weidenstöcke in der Hand. Er winkte und es war so still, wie in einer leeren Kirche.

Alle die zweihundert Männer sahen dorthin, wo die Knechte die Säcke aufbanden, die beiden Männer herauszogen und ihnen die Fußkoppeln abbanden, sie auf die Beine stellten und bis vor den Oberobmann brachten, nachdem sie ihnen die Lappen aus dem Munde genommen hatten. Kein einer ließ einen Laut hören, sogar Niehusthedel nicht, der mit dem Wulfsbauern voran stand und ein Gesicht machte wie ein Untier. Vierhundert Augen sahen kalt auf die beiden Erzhalunken, die dastanden und vor Todesangst und Katzenjammer wie Espenlaub beberten, aber keinen Ton herausbrachten.

Der Oberobmann sah ihnen in die Gesichter und fing an: „Als Obmann der Wehrwölfe habe ich euch entboten zu einem offenen und gerechten Ding auf roher Haide und gemeinem Lande, weil wir das Recht sprechen wollen ober diese beiden Männer. Wer hat wider sie etwas vorzubringen?"

Der Wulfsbauer stellte sich vornehm: „Ich verklage sie auf den Feuertod meiner Ehefrau Rose gebürtigen Ul aus Ödringen und derer und meiner unmündigen Kinder Hermke und Maria Wulf, und wegen Brandstiftung, Raub und Diebstahl an totem und lebendigem Gut."

Er ging zurück und Thedel stellte sich an seinen Platz und rief: „Ich verklage sie auf den Feuertod meiner Schwester Albeid Niehus aus dringen, eines Waisenkindes, noch nicht fünfzehn Maien alt!"

Erging zurück und machte Viekenludolf Platz, und der schrie: „Ich verklage sie im Namen von ehrbaren Jungfrauen, Witfrauen, Schwangeren und Wöchnerinnen, unschuldigen Mädchen und unmündigen Kindern, Kranken und Schwachen, an denen sie sich vergriffen haben. Ich schreie Hallo über sie und abermals Hallo und zum dritten Male Hallo und Hallo und Hallo und Hallo, und will es mit sieben Eiden beschwören, daß sie siebenmal und siebzig den Tod verdient haben nach dem, was sie mir gestern mit ihren eigenen Mäulern im Kruge zu Burgdorf in ihrer dummen Besoffenheit verzählt haben."

Der Obmann sah sich um. „Ist einer da, der noch etwas vorzubringen hat gegen diese Männer oder der für sie ein Wort einlegen will? Hier darf ein jeder frei reden, ohne daß es ihm nachgetragen wird."

Es wurde ganz still in der Runde. Die Sonne kam heraus und beschien die zweihundert Gesichter der Männer; sie waren alle wie aus Stein. Eine Krähe flog vorbei und quarrte, und in den krausen Fuhren lockten lustig die Meisen.

Die dreimal elf Unterobmänner sonderten sich ab und murmelten durcheinander; dann ging einer von ihnen zu dem Oberobmann hin und sagte ihm etwas.

„Dennso haben wir befunden“, sprach der Richter, „daß sie beide um ihre Hälse eine Wiede haben sollen und aufgehängt werden sollen sieben Schuh höher, denn ein gemeiner Schandkerl, und zwischen den Äsern von einem verreckten Köter und einer gefallenen Sau bis sie tot sind, und es soll sich keiner getrauen und sie abnehmen und bestatten, wenn es ihn nicht gelüstet, an ihre Stelle zu kommen!“

Er brach den einen Stock und warf ihn hinter sich und den anderen und gab die Wieden hin, und da fiel der Säugling auf die Knie und schrie: „Erbarmen“, denn weiter kam er nicht, weil er die Wiede schon über dem Adamsapfel hatte, und das Heilige Kreuz hatte knapp gewimmert: „Noch einen Augenblick, mir ist so schlecht!“ da stand er schon mit der weidenen Krause um die Strosse zwischen den dreimal elf Männern unter der Feldglocke; ehe die Krähe dreimal geschrien hatte, schwenkte der Wind sie hin und her, und dazu das Brett, das ihnen zwischen die Hände gebunden war und auf dem zu lesen stand: „Wir Sind di Wölwe i Hundert und Elwe. Dis sind 2 Hunde und 2 Schweine. Sie Sind ganz Obereine.“

Der Steinkreis wurde geschlossen. Die Männer gingen weg. Der Wulfsbauer hatte das Kinn auf der Brust. Thedel sah noch einmal zurück und Viekenludolf sagte, indem er nach dem Galgen hinwies: „Kiek, Thedel, deine Hochzeitsglocken läuten!“ Aber Thedel antwortete nicht und ging hinter Wulf her.

Als sie beide durch die Fuhren ritten, sagte der Bauer: „So, und nun wollen wir da nicht mehr dran denken, Thedel! Wannehr willst du freien? Am liebsten wohl gleich heute? Na, von mir aus kann es losgehen; bringe man alles in die Reihe! Oder hast du das all?“ Er sah sich um und lachte, denn der Knecht hatte die Sonne im Nacken und deswegen waren seine Ohren so rot anzusehen, wie an dem Morgen in der Jeverser Haide, als Grieptoo das Mädchen fand.

„Und jetzt, Galopp, Buntscheck!“ rief Harm seinem Pferde zu, und sie flitzten dahin, daß die Plaggen nur so flogen und die Tüten hinter ihnen herschimpften. Der Bauer dachte an seine Johanna und der Knecht an seine Hille, und eine Stunde später standen die Pferde vor den Krippen.

Am anderen Tage hatte der Bauer blanke Augen und sein Knecht erst recht. Sie fuhren nach der Wüste, denn sie wollten da junge Obstbäume, und was da noch zu gebrauchen war für den Garten, ausgraben. Als Wulf sich über Mittag hinter einem Busche die Augen wärmte, stöberte Thedel in dem Schutt herum.

Er fand allerlei Geschirr, das noch gut zu gebrauchen war, desgleichen Äxte und anderes Gerät, und als er die schwarzen Balken fortzog, auf denen schon allerlei Moos wuchs, schlug er mit der Hacke auf Eisen. Er hatte den Kesselhaken des Wulfshofes gefunden, ein Prachtstück, wie es weit und breit kein zweites gab, auf dem oben am Kopfe die Wolfsangel, die Hausmarke der Wulfsbauern, eingehauen war; darunter aber stand zu lesen: Ao 1111 Do.

„Das ist mehr wert, als wenn du hundert Taler in Gold gefunden hast, Thedel“,sagte der Bauer, „und dafür will ich dir ein Haus hinstellen mit allem, was dazu gehört. Denn ich will dir etwas sagen: Knecht bist du jetzt lange genug bei mir gewesen. Wenn du mir in der Folge in der hillen Zeit mit deiner Frau helfen willst gegen den üblichen Lohn, so bin ich das sehr zufrieden. Ich habe mir das aber nämlich lange überdacht: geradeso, wie ich nicht der Lehnsmann des Edelherrn sein will, sollst du auch nicht mein Hausmann sein. Du bist mir mehr als ein getreuer Knecht gewesen diese schlimmen Jahre über, und es ist nicht mehr als recht, daß du jetzt dein eigener Herr wirst, vorausgesetzt, daß du vor deiner Hille die Hosen zu wahren weißt.“

Thedel brummte etwas vor sich hin, als wenn ihm der Bauer das Bett vor den Hof gestellt hätte, aber als er ausgespannt hatte, konnte er gar nicht schnell genug nach seinem Mädchen kommen, und als er zurückkam, da flötete er wie unklug. Dann setzte er sich hin und scheuerte mit Wasser und Asche den alten Kesselhaken ab und hatte nicht eher Ruhe, als bis er da hing, wo er hingehörte.

Dann aber griff er die Arbeit an, wie der Fuchs den Hasen, und obzwar der Bauer nicht wußte, wo der Knecht die Zeit zum Essen und Schlafen hernahm, so wurde Thedel mit jeder Woche runder im Gesichte und der Bart wuchs ihm zusehends. Seine Hille ging aber auch nicht schlecht auseinander, so daß der Bauer sagte: „Mädchen, wenn du so bei bleibst, dennso brauchst du das doppelte Zeug für den Rock und wirst deinem Thedel eine teuere Frau.“ Hille aber lachte und grub darauf los, als wenn der Boden die reine Butter war.

Wie ihr und Thedel, so ging es aber meist allen Leuten auf dem Peerhobsberge. Sogar die Kinder halfen beim Roden und Umgraben, und was früher für eine Schandnot angesehen war, wenn nämlich ein Frauensmensch sich in den Pflug spannte, jetzt galt das als ein Vergnügen. Es gab keine Bauern und keine Knechte und keine Bäuerin und keine Mägde in Peerhobstel, es war eine Gemeindefleißiger Leute, von denen jeder für sich und alle für das Gesamt schanzten, so daß es auf den Dörfern um das Bruch hieß: „Einig wie die

Peerhobstler!" Ödland war genug da, Holz und Weide wuchs allen zu, und wem es an Saatkorn mangelte oder an Geräten, dem wurde ausgeholfen, ehe er darum gebeten hatte.

Der neue Boden trug nicht so schlecht, als man gedacht hatte, zumal der Sand, denn eine Mergelbank stand nicht allzu weit an, der Schmorboden in der Ellernriede war fett wie eine Hochzeitssuppe, und wo das Moor gebrannt und mit Sand gemengt wurde, lohnte es die Mühe schon. Wenn es auch an Unkraut nicht gebrach, es stand doch alles besser, als man gehofft hatte, und als die Hauptarbeit getan war, sagte der Wolfsbauer zu den Dreiunddreißig: „Und jetzt wollen wir unserem Bruder Thedel sein Unterkriech bauen! denn ich glaube, es wird Zeit."

Dieweil viele Hände mithalfen, stand das Haus bald da, und Thedel wußte nicht, was er sagen sollte, als Bettzeug und Geschirr und was sonst dazu gehörte, wenn der Mensch zu selbstzweien hausen geht, ganz von selber ankam, denn die Hundertelfe machten sich ein Vergnügen daraus, ihm zu helfen, wo sie konnten, ohne daß sie hinterher ankamen und ihr Teil wieder abaßen.

Es war überhaupt kaum einer von den geschworenen Wehrwölfen bei der Hochzeit. Am Abend vorher war nämlich wieder einmal der bunte Stock von Dorf zu Dorf gegangen und zwar mit einem roten Bande darum, und so mußten sämtliche Hundertelfe und alle Tag- und Nachtboten am Platze sein, weil zwei Haufen von Marodebrüdern bestätigt waren. Der eine davon verschwand im Meitzer Busche, und die Raben und Füchse wußten allein die Stelle anzugeben, wo das Gesindel unter den Tannen lag, der andere aber kam bei Thönse unter die Räder, und es blieb nichts davon übrig, als der Anführer, und der hing da, wo der Dietweg sich zwillte, so lange an einer Birke, bis es ihm da zu langweilig wurde.

Drei Tage darauf machte Viekenludolf einen Hauptstreich. Er gab mit zweien von den Dreiunddreißig einigen Pappenheimern, die auf den Dörfern Pferde zum Kriegspreise gekauft hatten, das Ehrengeleit. Im Burgwedeler Holze machten die Reiter Halt, tränkten die Pferde und dann sich selber, aber nicht mit Wasser, und so lange, bis sie die Halde für ein Federbett ansahen. Da schlich sich Viekenludolf hin, dümpte die Wache, bis sie an kein Luftholm mehr dachte, und schnitt schnell allen Pferden die Fußfesseln durch. Mittlerweile war Konrad, sein Knecht, nach dem Dorfe geritten und hatte sich eine rossige Stute und ein Dutzend Leute geholt, die gerade weiter nichts zu tun hatten. Dann ritt

Viekenludolf mit der Stute über dem Winde an dem Lagerplatz vorbei und zockelte die ganzen Pferde hinter sich her, und die jungen Leute aus Burgwedel sorgten dafür, daß die Reiter sich keine Blasen liefen. So behielt mancher Bauer sein Pferd im Stall und brauchte nicht mit der letzten Kuh zu pflügen.

Denn die Not war stellenweise schon groß. Dänen und Kaiserliche zogen durch die Haide, und wo sie gewesen waren, wurden die Suppen länger. Am besten hatten es noch die Leute auf dem Peerhobsberge, denn zu ihnen fand das Kriegsvolk nicht hin und das übrige Ungeziefer ließ sich im Bruche nicht blicken.

So konnten die Bruchbauern ihren Hafer in Ruhe bergen und brauchten sich nicht immer dabei umzusehen. Es fehlte die Erntekrone nicht und auch das Erntefeuer war da und es schlug hellwege auf, als nach altem Brauch die Opfergarbe hineingeworfen wurde. Dann zogen die Knechte und Mädchen ab; Mertenshinrich schwenkte eine lange Fuhrenstange, die ganz bunt abgeschält war, und daran war oben der Kopf von einem Hahn und darum die Ährenhalme aus der letzten Feldecke und bunte Bänder, die der Wind bewegte, und lustig war es anzuhören, als das junge Volk sang:

Wode, Wode, Wode,
wi halt dinen Peere Fode;
in düssem Jahr Dissel un Dorn,
anner Jahr beeter Korn!

9. Die Kirchenleute

Besseres Korn gab es im nächsten Jahre wohl, aber auch reichlich Disteln und Dornen, denn der Krieg wollte und wollte nicht aufhören. Tilly und die Dänen zogen sich immer noch hin und her, und wo sie sich kabbelten, war alles zertreten.

Herzog Christian, der nicht wußte, auf welche Seite er sich schlagen sollte, mußte es mit ansehen, wie das Land verwüstet und die Leute ausgeraubt wurden, aber alle Einnahmen konnte er auch nicht schießen lassen, und so kam auf dem Landtage wieder eine dreifache Schatzung heraus.

Als der Peerhobstler Vorsteher davon Meldung bekam, sattelte er den Schecken und ritt mit Thedel nach Gelle. Ihm wurde schlecht zumute auf dem Wege; man merkte es, daß überall der Hunger an dem Herdfeuer saß, und daß die Pest in die Fenster sah. Unter den Mauern von Celle waren erbärmliche Hütten und Schuppen aufgebaut; darin fristeten die Bauern aus den ausgeraubten Dörfern ihr Leben durch Betteln und Stehlen und auch durch Raub und Mord.

Als die beiden Peerhobstler, zu denen unterwegs noch sechs von den Dreiunddreißig gestoßen waren, damit der Unterobmann sicherer reisen konnte, vor dem Kruge einen Schnaps tranken, sahen sie eine Frau, die auf dem Anger ihr Kind begraben hatte und dabei ein ganz zufriedenes Gesicht machte. Als Wulf sich darüber verwunderte, meinte sie: „Ja, so wie es heutigen Tages zugeht, muß man weinen, wenn eins kommt, und Gott loben, wenn es wieder geht!"

Just kam ein Kerl aus dem Kruge, ging auf die Frau zu, faßte sie um, obzwar die Frau nicht danach aussah, als ob sie einem Manne gefallen konnte, denn sie hatte kaum ein Lot Fleisch im Gesicht. Sie wehrte sich, aber der Kerl lachte und wollte sie vor sich herstoßen. Da ritt der Wulfsbauer hin, langte den Mann am Hosenbund hoch und setzte ihn so unsacht in einen Schlehbusch, daß der Lümmel für das erste darin blieb.

„Das war mannhaft getan!" rief es hinter dem Bauern, und aus einem herrschaftlichen Wagen nickte ihm eine Edeldame zu, als er sich umdrehte. „Wie heißt er?" fragte sie, und als er seinen Namen offenbarte, sagte sie: „Wenn er einmal eine Hilfe nötig hat, die Gräfin Trutta von Meereshoffen kann ihm vielleicht die Tür aufmachen lassen." Der Bauer zog den Hut: „Dann bin ich so frei, gnädigste Gräfin, auf dem Fleck darum zu bitten. Ich habe den großen Wunsch, unserem allergnädigsten Landesherrn eine Gemeindeangelegenheit vorzutragen, und ohne Fürsprache ist es wohl ein schweres Ding für einen einfachen Bauersmann, als wie ich bin, an ihn ranzukommen." Die Gräfin lachte: „Melde er sich nur um elf Uhr; er kommt schon ran." Sie nickte ihm zu, lachte noch einmal und fuhr weiter. Schlagelfe war der Bauer im Schlosse. Ein Lakai fragte ihn: „Was will er?" Wulf sah den kleinen Mann von oben an: „Für ihn bin ich ein ihr und keiner", gab er ihm auf den Kopf; „ich bin bei dem allergnädigsten Herrn Herzog angemeldet!" Der Mann machte ein dummes Gesicht, ging fort, und bald darauf kam ein anderer Diener, der den Peerhobstler in ein Zimmer führte, in dem ein Offizier Wache stand; einige andere herrschaftliche Personen lauerten da auch schon. Alle sahen den Bauern an, der zwischen ihnen aussah, wie ein Eichbaum über lauter Machangelbüschen. Erst wurde ein kleiner alter

Herr abgerufen, der gleich wiederkam und einem anderen zuflüsterte: „Schön Wetter heute!“ Dann winkte der Offizier dem Bauern.

Dem war anfangs erst etwas benaud zumute, aber als der Herzog ihm die Hand gab und ihn fragte: „Na, wo drücken ihn denn die Krähenaugen?“ da erzählte er kurz, womit er hergekommen war. Der Herzog sah ihn ernst an: „Geht nicht, geht schlecht; könnten alle kommen. Schatzung muß bezahlt werden! Wovon Wege erhalten, für Ordnung sorgen?“ Er kniff sich die Stirn: will ihm was sagen, aber behalte er es für sich: will in Anbetracht der besonderen Umstände Steuer aus meiner Tasche hinlegen auf fünf Jahre. Dann müßt ihr aber schauen, wie die anderen alle. Übrigens aller Ehren wert, daß Kopf hochgehalten und Maul nicht hängen gelassen wie Leithund. Habe schon von ihm gehört, das und“, er sah ihn scharf, aber nicht ungut an, jauch noch etwas anderes. Immer vorsichtig sein, sich nicht auf mich berufen, wenn es sich nicht um augenscheinliche Räuber und Mörder handelt. Verstanden?“ Der Bauer nickte.

Der Herzog besann sich einen Augenblick, fragte nach der Ernte und ob im Bruche die Pest auch schon Quartier genommen hatte, und dann schmiß er Wulf das Wort zwischen die Beine: „Wer sind die Wehrwölfe? „

Der Peerhobstler hob die Hand: „Darüber steht mir keine Rede zu!“Der Herzog machte eine krause Stirn: „Auch gegen mir über nicht?“ Und als er wieder keine andere Antwort bekam, fragte er: „Gehört wohl selber dazu?“ Dann aber lachte er und sagte: „Na, vielleicht besser so! Darf nicht alles wissen; sonst am Ende aufkommen dafür. So schon Sorge genug! Schlimme Zeit, Gott sei's geklagt! Hoffen, bald anders wird! Halter sich wacker!“

Als Wulf die Türe im Rücken hatte, sah er lauter runde Augen um sich, und auf der Treppe zeigte ihm der Diener, der ihn heraufgebracht hatte, einen Rücken, so krumm, als wie ein Rotbrüstchen ihn zu machen pflegt, und er wollte ihn ausfragen; der Bauer aber stellte sich dumm und machte, daß er nach der Goldenen Sonne kam, hielt sich aber auch da nicht lange auf, sondern aß nur einen Happen zu seinem Schoppen und ging wieder los.

Am Torkruge traf er die anderen Wehrwölfe, die zu zweien und zu dreien vor und in dem Kruge standen oder saßen und so taten, als ob der eine Teil den anderen nicht kannte. Es waren noch einige andere Männer da, auch der Kerl, der vorhin die Frau umgefaßt hatte, und jetzt kannte Wulf ihn, es war der Mensch, der sich damals in der Goldenen Sonne so verdächtig um sein Pferd angestellt hatte.

Er hatte gehörig einen sitzen und prahlte wie ein Markwart und, als der Bauer an den Tresen ging, schrie er: „Kannst du nicht die Tageszeit bieten, wenn du her einkommen tust, wie sich das gehören tut, du Flegel?“ Der Bauer ging auf ihn zu: „Ich will dich beflegeln“, sagte er, und damit schlug er ihm mit dem Handrücken gegen das Gesicht, daß der Kerl mit einem Male die Stiefel da hatte, wo eben der Hut gewesen war. Sofort sprang er wieder auf: „Hund“, brüllte er, „Hund von einem Dreckbauern, du mußt sterben!“ Er zog das Messer heraus, aber da warf ihm Gödeckengustel einen Stuhl gegen die Schienbeine, daß der Kerl den Estrich unter sich verlor, und Scheelenludchen und Meineckenfritze langten ihn sich, nahmen ihm die Pistolen ab, walkten ihn, bis er so weich wie Quark war, und schmissen ihn vor die Türe, daß es man so mulmte. Er hinkte nach dem Stalle und holte sein Pferd. Als er aufsteigen wollte, legte ihm Wulf die Hand auf den Arm: „Wahre dich, Stehldieb, wahre dich! Es wachsen Birkenbäume und reden die Masse in der Haide. Du bist mir das zweite Mal in die Möte gekommen. Beim dritten Male ist Schluß und du kommst unter die Wolfsangel zu hängen.“ Er hatte es ganz leise gesagt, aber Jasper Hahnebut verlor alle Farbe und zitterte so, daß er kaum auf das Pferd kommen konnte.

Scheele lachte: „Hätten ihm lieber gleich heute das Fliegen umsonst beibringen sollen!“ Der Obmann schüttelte den Kopf: „Unter dem Stadtbann? das wollen wir lieber bleiben lassen!“ Und als Meinecke meinte: „Na, wenigstens war es ein kleiner Spaß!“ da machte der Wulfsbauer eine krause Stirn und sagte: „Ich habe diese Späße dicke; es vergeht ja meist kein Tag, daß man seine Faust, oder was man gerade drin hat, nicht gebrauchen muß. Und gerade heute wäre ich meinen Weg liebendgern in Frieden gegangen. „

Es sollte aber noch besser kommen; als die Bauern eine Stunde geritten waren und an einem Fuhrenbusche vorbeikamen, knallte es; Gödeckes Rappe stieg in die Höhe und stürzte zusammen. „Deckung nehmen!“ schrie der Wulfsbauer und hob Gödecke, der heil geblieben war, hinter sich; es knallte noch dreimal, aber die Kugeln fanden nicht zu den Reitern hin. „Umsonst nehmen wir nichts!“ sagte Wulf; „reitet sofort los und holt soviel Leute, wie ihr kriegen könnt, und dann wollen wir die Füchse ausräuchern, die hinterhältschen Hunde, denn dies geht mir doch über den Spaß. Ich passe derweilen auf, wo sie bleiben.“

Er band sein Pferd an einer Fuhre an und schlich sich mit Gödecke von der Rückseite so nah an den Busch, als es eben ging. Beide standen bis an die Lenden in einem alten Torfstiche und sahen hinter den Birkenbüschen dahin, wo die Wegelagerer saßen. Es war ein Dutzend Tillyscher Soldaten, die sich unter dem

Winde ein Feuer gemacht hatten, über dem sie einen Bratspieß hin und her drehten. Ab und zu stand einer auf, holte trockenes Holz und warf es in das Feuer.

Es mochte eine Stunde vergangen sein, da flüsterte der Wulfsbauer: „Paß auf, Gustel, gleich geht es los!" Damit hing er sich den Bleiknüppel über das Handgelenk und spannte die Pistolen. Gödecke nickte und machte gleichfalls scharf, denn mit eins sprangen die Soldaten auf, sahen sich wild um, und man konnte ordentlich sehen, daß ihnen nicht sauber zumute war, denn sie liefen hin und her, bückten sich und sahen sich um wie Schafe im neuen Stall. Da hörte Harm Wulf hinter sich ein Rotkehlchen ticken, und als er sich umsah, stand Thedel da, griente über das ganze Gesicht und flüsterte: „Wir haben sie im Kessel, alle miteinander!" Dann drückte er sich linkerhand in einen Busch.

Kaum war er fort, da hörte man ein Schreien: „Heiliges Marrija!" und hinterher kam es: „Hundsblutt verdammtiges, nidderträchtiges!" Der Wulfsbauer lachte im Halse: „Ja, ja, Blut um Blut", flüsterte er und sah mit blanken Augen dahin, wo die Soldaten hin und her liefen. Dann knallte es jenseits des Busches, und dann noch einmal und es roch nach Rauch, und dann wurde es heiß und mit einem Male brannte der Busch von unten bis oben und der Rauch schlug hin und her und da schrie es.

Hörst du, wie sie piepen, Gustel?" flüsterte Wulf mit blänkrigen Augen. Dann nahm er die Pistole hoch, strich an dem Baume an und Schoß; sowie der Schuß fiel, hörte Gustel einen Schrei und sah einen Mann, der lichterloh brennend aus dem Busche kam, in den Abstich fallen, daß es quatschte.

In demselben Augenblicke fiel hinter dem Busehe wieder ein Schuß und gleich darauf noch einer, und dann rechts einer und links einer, und dann hörte man einen Schrei: „Erbarmung!" schrie es, aber bloß einmal. Vor Gödecke kroch etwas Brennendes aus dem Busehe heraus, schleppte sich bis an den Graben und sprang hinein, blieb einen Augenblick in dem nassen Moose liegen, drehte sich dort wimmernd hin und her und versuchte dann herauszuklettern, aber der Bauer ließ es dazu nicht kommen; er schlug mit dem Bleistock danach hin und es wurde still vor ihm.

„Ich glaube, das war der letzte", meinte Wulf und Gödecke nickte. Da rief es auch schon hinter ihnen. Hermenharm, Ottenchristoph und Plessenotte kamen von der einen Seite an und von der anderen Hohlstönnes, Hassenphilipp und Hornbostelwillem. Die sieben Fuhrberger Bauernsöhne waren naß wie die

Katzen und hatten Gesichter und Hände wie die Kohlenbrenner, aber sie lachten unbändig.

„Die schießen nicht wieder auf ehrliche Leute“, sagte Gödeckengustel. Hermenharm schüttelte den Kopf: „Sicher nicht, und alte Weiber schlagen sie auch nicht mehr bis auf den Tod. Lüdeckenmutter haben sie ein Schaf weggenommen und sie geschlagen, als sie kein Geld hatte, daß sie nun daliegt und Blut spuckt. Lumpenzeug! Aber nun braucht der Wolf und der Fuchs kein Messer; sie werden alle so schon mürbe genug sein! Alle haben sie daran glauben müssen, alle mitsamt. Schade, daß es nicht mehr waren. Und nun wollen wir löschen!“

Die Arbeit war bald getan, denn über den Moorgraben konnte das Feuer nicht, rechts lag ein Sandfeld und links war eine Torfkuhle neben der anderen, und hinter dem Busehe ein nasses Flatt. Hätten sie sich vorher gut umgesehen“, meinte Ottenchristoph, „dennso wäre manch einer uns wohl noch fortgekommen. Aber sie waren ja so unklug wie die Schafe, wenn es brennt, und wo der eine hinlief, wußte der andere auch hin.“

Sie lachten alle, nur der Ödringer Burgvogt machte ein böses Gesicht. „Wenn es so beibleibt, kommen wir heute nicht mehr nach Hause, Thedel“, brummte er. „Daß man noch nicht einmal in Moor und Bruch seines Lebens sicher ist! Überall treibt sich das Beistervolk jetzt rum, wo man es nicht vermutet. Beim besten Willen kann man jetzt nicht über Land reiten, ohne sich die Hände rot zu machen.“

So war es in der Tat. Als sie das Feuer gedümpt hatten und die Fuhrberger nach Hause geritten waren und Wulf und Thedel, und die drei anderen auf der Höhe von Ödringen waren, heulte hinter ihnen der Wolf; Thedel gab Antwort, und da kamen zwei Bauern angeritten, daß das Feuer aus dem Kies schlug. Viekenludolf und Schütte waren es.

Auf Tornhop war Danzefest“, schrie der Rammfinger, „und Schlachtefest dabei! Na, es ist noch halbwege gut gegangen; wir kriegten früh genug Wind in die Nase und haben den Leuten gezeigt, was Landesbrauch in der Haide ist.“ Mit einem Male machte er ein anderes Gesicht: „Den schönen Hof hat das Gesindel natürlich angesteckt, und Steers Wieschen, die da als Magd diente, wußte ihnen gerade in die Möte gelaufen sein, denn die fanden wir tot im Busche liegen; die anderen haben sich aber alle bergen können!“

Harms Halbbruder knurrte durch die Zähne und wurde rot und blau unter den Augen. „Es wird wohl nicht anders kommen, als daß wir alle unsere Dörfer anstecken und uns im Bruche bergen müssen. Ich bin gestern zwei Pferde und das ganze Federvieh losgeworden. Was soll man machen, wenn dreißig, vierzig solche Kerle auf einmal ankommen? Vor dem, was einzeln in der Haide herumläuft, braucht man ja keine Bange zuhaben. Drei von dem Ungeziefer haben wir vorgestern im Mastbruche angetroffen. Nun bitte ich einen Menschen, was tun die da mitten in der Wildnis?" Er lachte. „Na, wenn es euch hier so gut gefällt, sollt ihr da auch bleiben, sagte unser Krischan und machte den Finger krumm, und ich auch."

Der Wulfsbauer hatte seine gute Laune schon lange verloren und machte ein Gesicht wie ein Kattule, und Thedel sah aus wie ein Zaunigel. „Immer und immer kommt einem was dazwischen", spuckte er, und Harm wußte wohl, was er meinte, denn Thedel hatte noch Gras schneiden wollen, wenn er früh genug nach Hause kam, und jetzt war es meist Abend.

Inder Schweineriede brüllte ein Moorochs, die Enten flogen um und von der Wohld hörte man den Uhu rufen. Der Fuchs braute in den Gründen und über dem Halloberge war der Himmel so rot wie ein Mädchenrock.

Sie ritten langsam, und als sie vor dem Auskiek waren, machte Thedel den Wolf. „Kannst man stille sein, Thedel", rief es vor ihnen, und Bollenkrischan kam hinter einem Machangel vor. „Na, du wirst dich wundern, wenn du auf den Hof kommen wirst, Kurvogt", lachte er dann; „es ist Besuch bei dir angekommen."

Der Bauer riß die Augen auf: „Besuch?" Der andere nickte: „Jawoll, Mensch, feiner Besuch, Besuch aus dem Seebenspring!"

„Krischan!" schrie der Bauer und bückte sich ganz tief, „Krischan, ist das wahr? Und was denn, ein Junge oder eine Deern?"

Bolle zog seinen Mund ganz breit: „Ein Junge und eine Deern, Wulfsbauer! Um Uhre viere der Junge und eine Stunde hinterher das Mädchen. Und was die Bäuerin ist, der geht es soweit gut, und den beiden Lütjen auch."

Wulf machte ein Gesicht wie ein Pfingstmorgen. „Thedel", rief er, „hast du gehört, Thedel? Zwei auf einmal! Junge, nun bin ich dir aber doch über! Fixer warst du ja; na, dafür hast du ja auch 'ne Frau, die Hille heißt."

„Du bist ja auch ein großer Bauer", sagte Thedel und lachte, „und ich habe man eine kleine Stelle und muß es auch darin langsam angehen lassen."

Wenn Harm hätte sagen sollen, wie er auf den Hof gekommen war, er hätte das nicht gekonnt. „Deubel, Mädchen“, sagte Thedel, als er bei seiner Frau saß und zusah, wie die ihren Jungen stillte, „Deubel, ist der Bauer geritten! Ich mußte man in einem fort rufen: wahr dich! denn es war mir meist so, als kümmerte er sich den Kuckuck um die Wolfskuhlen.“

Als er das erzählte, saß der Bauer vor der Butze, hatte seinen einen Arm unter dem Nacken seiner Frau und ihre Hände in seiner linken Hand. „Meine Johanna!“ sagte er, „meine gute Frau! Ist das ein Glück und ein Segen!“ Er sah dahin, wo zwei, drei, vier Kinderhände auf der Bettdecke zugange waren, schüttelte den Kopf, lachte und gab seiner Frau einen Kuß auf den Mund, aber bloß so sachte hin, denn er sah, daß ihr die Augen wieder zufallen wollten, und als Duwenmut ter ihm zuwinkte, ging er aus der Dönze und stellte sich vor die große Türe.

Ihm war ganz dumm im Kopf. Nun hatte er wieder zwei Kinder! Und eine Frau, so schön und so klug und so gut! Er sah über das Bruch nach den Haidbergen, über denen der Himmel immer noch hell war. In den Ehern schlug eine Nachtigall, die Frösche waren am Prahlen, der Ziegenmelker pfiff und klappte mit den Flügeln und die Luft brachte den Geruch von allerlei Blumen her.

Er ging in das Haus zurück und aß, aber hinterher ging er noch einmal um den Hof, denn er hatte Grieptoo und Holwiß knurren hören, aber das taten sie wohl bloß, weil hinten in der Halde ein Wolf heulte. Dem Bauern war sonderbar zumute geworden; als er sich umdrehte, sah er, daß der Himmel über dem Halloberge immer heller wurde, aber nicht so, als ob da ein Feuer war, sondern mehr, als wenn die Sonne schon wieder in die Höhe kommen wollte. Ganz rot wurde es da, und immer heller, und lange blaue Striche waren darin zu sehen.

Er schüttelte den Kopf. „Was das nun wieder für ein Unsinn ist?“ dachte er; ist das jetzt ein gutes Wahrzeichen oder ein schlimmer Vorspuk?“ Dann war es ihm, als ob in dem roten Schein, und gewiß und wahrhaftig, er konnte es ganz deutlich sehen, daß eine große, schwarze Wolfsangel sich am Himmel bildete, die dort lange stehen blieb, bis sie auseinanderging, und der rote Schein allein noch über dem Berge war schön anzusehen.

Er nahm das für kein schlechtes Zeichen. Eine Weile noch würde die Wolfsangel in Kraft bleiben müssen und die Wehrwölfe hatten das Bruch zu hüten, aber dann würde es sich aufklären, Friede würde es sein auf Erden und statt Heulens und Zähneklapperns würde Jubel und Frohlocken auf den Gefilden sein. So dachte er, als er im Einschlafen war.

Vorläufig aber wurde es damit noch nichts. Oft genug noch heulte der Wolf in der Halde, mehr als einmal jagten die Tagboten hin und her und die Dreiunddreißig hatten mehr Arbeit, als ihnen recht war, und die Hundertelfe kamen nicht viel zur Ruhe. Sie waren es alle reichlich leid, das Landhüten und das Schandwehren; manch einer von ihnen kam nicht mehr redet zum Lachen, außer Viekenludolf, aber bei dem kam es auch nicht so recht aus dem Herzen, denn den einen Abend hatte er noch ein hübsches Mädchen im Arm gehabt und am anderen mußte er dabeistehen und zusehen, wie sie begraben wurde, und es war ihm ein schlechter Trost, daß anderthalb Dutzend Dänen, die den Hof überfallen, steif und kalt unter der Erde lagen.

Es wurde schlimmer als je vordem. Als es sich herumsprach, daß der Tilly den Dänenkönig bei Lutter geschlagen hatte und hinter ihm her war, war die Angst vor ihm groß im Lande, aber die Dänen trieben es eher ärger als die Kaiserlichen; wo sie hinliefen, hinterließen sie Asche, Schutt und Not, und waren sie vorbei, dann kamen die Waldsteirischen und wüteten wie die Besessenen. Zwar hieß es, daß es Frieden geben sollte, denn Tilly war in Celle und verhandelte mit dem Herzoge, aber es kam nur noch schlimmer; so schlimm wurde es, daß Viekenludolf ein ganz anderes Lachen bekam.

„Drewes“, sagte er und schlug mit der Faust auf den Tisch, daß der Hund an zu bellen fing; „bislang war das ja mehr ein Spaß, wenn es auch manch einem nicht so vorkam, dem wir das Luftholen abgewöhnten; jetzt aber hört sich die Gemütlichkeit auf; Wehrwölfe waren wir; jetzt müssen wir Beißwölfe werden. Der Wulfsbauer denkt genau so, Drewes! Wer heute nicht zubeißt, der wird gebissen. Man kommt ja nicht mehr zu seiner Ruhe, und es ist wahrhaftig bald eine Woche her, daß ich in einem ordentlichen Bette war. Und wie sieht es im Lande aus! Hunger und Pest und Pest und Hunger, wohin man sehen tut. Wer nicht umgebracht wird, der hängt sich auf oder springt in das Wasser. Ein Donnerwetter soll da reinschlagen!“

Er sorgte dafür, daß es oft genug einschlug, denn seitdem der Wulfsbauer befreit war, hatte er das Leit in die Hand nehmen müssen, und das hatte er gern getan, denn das Ackern hatte doch keinen Zweck mehr. Kaum war der Hafer unter Dach und Fach, so fraßen ihn fremde Pferde, und wer Brot backte, der tat es für andere Leute. So lag denn Viekenludolf mit seinen Leuten meist in Busch und Haide herum und die anderen Obmänner auch, und wenn sie zusammenkamen, dann hieß es: „Na, wer hat nun die meisten Läuse geknickt?" Und der bester Mann war, der mußte einen ausgeben.

Wie die Wölfe, so wurden sie alle miteinander, die Männer. Wehe dem, den sie fingen. Hatten sie Zeit genug, dann war ihnen das Blei zu schade und die Wiede zu milde, und gräßliche Dinge trugen sich in Wohld und Haide zu. Als Wulf an einem mächtig kalten Wintertage mit Schewenkasper, seinem neuen Knechte, durch die Haide ritt, sahen sie über einem Fuhrenhorst etliche Raben umschichtig auf und niedergehen, und als sie hinkamen, fanden sie vier splitterfasernackte Männer, die zwischen die Bäume gebunden waren. Drei davon waren schon totgefroren, der eine jappte noch.

Schewenkasper war Knecht auf dem Tornhope gewesen, der von den dänischen Mordhunden niedergebrannt war, und Steers Wieschen, die da als Magd gedient hatte und ihr Leben lassen mußte, weil sie dem Schandvolke gerade in den Weg gelaufen war, das war sein Schatz gewesen. Kasper hatte früher schon nicht viel gesagt und bloß gelacht, wenn es gar nicht anders gehen wollte, aber jetzt sprach er kaum mehr und das Lachen hatte er ganz verlernt, außer wenn er den Hoferben oder das kleine Mädchen wartete, das Rose hieß.

„Du hättest man auch gleich ein Frauensmensch werden sollen", pflegte Mietren zu sagen, wenn er sich mit den Kindern abgab; „was ist das für ein Werk? Schleppst dich da in einem fort mit den Kröten ab und andere Leute hüten das Land!" Kasper aber sagte nichts und ließ vor Bartolds und Roses Nasen einen Hampelmann tanzen, daß es klingelte und klapperte, denn er hatte ihn von oben bis unten mit Perlen und bunten Steinen behängt, die er bei einem Waldsteiner Hauptmann im Hosensack gefunden hatte.

„Dumme Trine!" dachte er, als er Mietrens roten Rock nicht mehr sah, „dumme Trine!" Und während er den Hampelmann tanzen ließ, dachte er an den Abend, als er mit Gödeckengustel und Scheelenludjen und Bollesbernd an der Heerstraße auf Anstand gewesen war. „Alle Tage ist Jagdtag, aber nicht alle Tage ist Fangtag", hatte Ludjen gesagt, als es schon an zu schummern fing. Aber dann hatte er das Ohr auf die Erde gelegt. „Die Hirsche ziehen!" flüsterte er und umachte sich fertig. Vier Reiter kamen in hellem Galopp an.

Da riß Bernd an einer Schnur, die auf der Straße lag, ein weißer Lappen flog vor den Pferden auf, daß sie scheuten, und dann knallte es dreimal und darin noch einmal, und Kasper machte ein ganz dummes Gesicht, als auf sein Teil fünf blanke Dukaten, ein Paar neue Stiefel und noch allerlei Kram kam, so die bunte Kette, die der Hauptmann in der Tasche hatte.

„Ja, jetzt, wo es zu spät ist, dreschen", dachte er, „da haben wir das Geld! Was soll ich jetzt mit dem Schiet?" Er gab es dem Bauern zum Aufheben, denn er brauchte nichts als Essen und Kleider, und die waren billig, denn es wuchs davon genug in der Haide, wenn man sich darauf verstand. Und Schewenkasper verstand sich darauf. Es war ihm wahrhaftig nicht um die Beute zu tun, aber wenn er mit den anderen mal wieder ein paar Dänen oder Kaiserliche, oder was es sonst war, beiseite gebracht hatte, dann dachte er: „So, ihr bringt anderer Leute Mädchen nicht mehr um!" Wenn er dann mit den Kindern spielte, dann sah er aus, als hätte er nie einen Finger krumm gemacht.

Viel machte er sich auch nicht daraus, aber Arbeit ist Arbeit", dachte er, wenn er wieder einmal heranmußte. Viel lieber war es ihm schon, wenn er rechtschaffen arbeiten konnte oder Wolfsfallen bauen mußte, denn die Wölfe nahmen ganz gefährlich zu und auch die Luchse spürten sich wieder mehr, weil keiner ihnen wehrte, da schlimmere Biester, die wie Menschen aussahen, aber die reinen Teufel waren, sich mehr als nötig blicken ließen. Schneller als sonst bekamen die Bauern Falten um den Mund, und mancher Sohn war schon mit vierzig Jahren so grau, wie sein Vater es kaum mit sechzig war.

Harm Wulf war noch immer ein junger Kerl, aber als sein Hof abgebrannt war, war ihm Asche auf den Kopf geflogen und Ruß in die Augen gekommen und Rauch in den Mund. Wenn er seine schöne Frau und seine beiden gesunden Kinder ansah, wurden seine Augen wieder hell und seine Lippen gingen auseinander; sein Haar aber war und blieb an den Seiten grau, und nicht oft mehr flötete er das Brummelbeerlied.

An einem Juliabend aber hörte die Bäuerin, wie er flötete, als er dem Knechte den Fuchs gab. Er ging auf sie zu, faßte sie um und sagte: „Freue dich, Johanna, es wird Frieden! Die Dänen ziehen ab. Ich habe es in Burgdorf als fest und sicher vernommen." Die Frau machte ihr glücklichstes Gesicht, aber dann faßte sie sich mit der Hand nach der Brust und verlor alles Blut aus den Backen; gleich darauf aber lachte sie wieder und sagte: „Es war die große Freude, Harm, Frieden! Ja, den wünscht sich ein jeder. Gott sei Lob und Dank!"

Es war ein schöner Abend. Der Himmel über dem Haidberge war rot, die Rosen rochen stark und in dem Risch an der Beeke sang ein Vogel ganz wunderschön. Der Bauer und die Bäuerin saßen auf der Gartenbank und sahen in den Abend.

Ab und zu rief eine Eule in der Wohld, oder eine Ente schnatterte an der Beeke und unter dem Dache piepten die jungen Schwalben. Die Bäuerin hatte ihren Kopf an die Schulter ihres Mannes gelegt und hatte ein Gesicht wie ein Kirchenengel. „Frieden, Frieden!“ flüsterte sie und bekam nasse Augen.

Aber so schnell vertrugen sich die hohen Herren nicht. Zwar die Dänen zogen ab, aber die anderen blieben, und noch manches Mal war der Himmel rot von etwas anderem als von der Abendsonne, und die Wehrwölfe mußten mitten in der Ernte die Sensen liegen lassen und die Kugelbüchsen hinter dem Schapp herkriegen, denn allzusehr drückten die Kaiserlichen das Land, obzwar der Herzog treu zu dem Kaiser stand, soviel ihm das auch verdacht wurde. Der Hunger und die Not wurden so groß im Lande, daß die rechtlichsten Bauern nicht mehr anders leben konnten, als wenn sie auf Mord und Raub ausgingen. Das war dann das Allerschlimmste, wenn die Wehrgenossenschaft Hand an Leute legen mußte, die vordem kein anderes Blut vergossen hatten als das von Vieh und Geflügel.

Es war an einem Aprilabend, als der Wulfsbauer abgerufen wurde. Von Meilendorf her war eine Bande von Räubern gemeldet, die den Weg auf das Bruch zu nehmen sollte. Bauern aus dem Kalenbergischen, der Neustädter Gegend und aus dem Stifte Hildesheim waren es, die längst kein Dach mehr hatten, unter dem sie schlafen konnten. „Dieses Stück will mir nicht gefallen“, sagte Drewes zu Wulf; „fremde Völker, wenn es die noch wären, da kommt es auf ein paar mehr oder weniger nicht an! Aber diese Leute da, die bloß der Hunger soweit gebracht hat, das ist, als wenn man seinen besten Hund an den Kopp schießen muß, wenn er die Dollwut hat. Es sind doch Menschen wie unsereins!“

Der Peerhobstler nickte. „Weißt du“, sagte er, „das beste ist, wir geben ihnen auf, daß sie einen anderen Weg nehmen; vielleicht, daß sie Verstand annehmen. Ich will ihnen das sagen. Ich glaube kaum, daß einer von ihnen ein Schießgewehr hat, und wenn schon, so fällt er um, wenn er Dampf macht. Da ist keiner bei, der noch ein Kalb festhalten kann, wenn es weg will. Am Dietberge habe ich sie dicht an mir vorbeiziehen sehen; ordentlich elend ist mir dabei geworden!“

Der Engenser schüttelte den Kopf: „Es ist besser, ich mache das. Stößt mir etwas zu, dann ist das weiter nicht schlimm; meine Kinder sind groß genug, um sich selber zu helfen; deine aber nicht. Zudem kommt mir das als Oberobmann auch mehr zu.“

Der Junge, den er bei sich hatte, kroch hinter den krausen Fuhren her und sagte den Wölfen Bescheid. „Der reinste Duffsinn ist das nun wieder“, knurrte Viekenludolf; „Drewes wird alt und bei kleinem taugt er nicht mehr zum Obmann. Mich soll bloß wundern, was dabei herauskommt; was Gutes bestimmt nicht!“

Er sollte recht behalten. Kaum war Drewes hinter dem Busehe heraus und hatte eben gerufen: „Leute, ich rate euch zum Guten; bleibt hier weg, die Welt ist groß genug!“ da zog ein langer Kerl, der einen roten Frauenrock als Mantel umgehängt hatte, eine Pistole heraus, schrie: „Dennso mach uns Platz!“ und schoß den Engenser über den Haufen.

Er und sechs andere lagen beinahe in demselben Augenblicke da und färbten den Sand rot, und eine Viertelstunde später liefen zwei Drittel der Bande den Weg zurück, den sie gekommen waren, ohne sich nach denen umzusehen, die in der Haide liegen blieben; aber davon wurde Drewes nicht besser; er lag mit dem Rükken gegen einen Machangelbusch, stöhnte und hielt sich den Unterleib, denn da hatte er den Schuß hinbekommen.

Der Wulfsbauer untersuchte den Einschuß. „Weißt du was, Drewes“, meinte er, „was das beste ist? Wir tragen dich zu mir. Einmal ist es bis dahin der ebenste Weg und dann liegst du da am ruhigsten, und hast außerdem die beste Pflege, denn was meine Frau ist, die versteht sich auf sowas vorzüglich.“

Drewes war das zufrieden, vorausgesetzt, daß anderen Tags sein Wieschen kam, denn die könne er um sich nicht missen, sagte er. Sie kam auch. Der Wulfsbauer machte große Augen, als er sie sah, denn er hatte sie lange nicht gesehen, wenn er auch oft genug auf dem Dreweshofe gewesen war. „Ein Bild von einem Mädchen ist das ja geworden!“ dachte er, als sie vor ihm stand und ein um das andere Mal weiß und rot aussehend wurde. „Was hat sie bloß?“ dachte er, als er das sah, aber dann kümmerte er sich weiter nicht um sie.

Mit ihrem Vater stand es besser, als es zuerst aussah. Die Wulfsbäuerin hatte die Kugel gleich gefunden und herausgenommen, aber dem Engenser gesagt, unter zwei Wochen dürfe er nicht aus dem Bette. „Na, Langeweile sollst du nicht haben“, meinte sie, „erstens hast du ja Wieschen, und wenn ich Zeit habe, will ich dir immer etwas vorlesen.“

Das war Drewes sehr zufrieden, denn in der letzten Zeit war er immer frömmer geworden. „Wieschen, kannst da auch sitzen gehen!“ rief er, wenn die Bäuerin mit der Bibel kam; „das tut dir auch keinen Schaden, wenn du zuhörst.“ Aber meistens hatte Wieschen dies oder das zu tun, und wenn sie endlich kam, dann wurde sie umschichtig weiß und rot, wenn die Frau sie ansah, so daß sie aus ihr nicht klug werden konnte, zumal das Mädchen beim Essen kein eines Mal aufsehen mochte und an jedem Bissen herumwürgte.

Den einen Vormittag stand die Bäuerin in der Dönze und sah Wieschen zu, die im Garten mit den Kindern spielte, denn das tat sie, sobald es eben anging. Da kam der Bauer und nickte dem Mädchen freundlich zu, und die Frau sah, daß ihr die Brust auf und ab ging und daß sie erst ganz weiß im Gesichte wurde und sich dann rot ansteckte. Der Bauer lachte, als er sie so dasitzen sah: „Mußt sehen, daß du auch bald zu welchen kommst“, rief er lustig, „mich wundert überhaupt, daß du noch immer unbeschrieben bist. Die Engenser Jungens müssen wohl alle keine Augen haben!“ Damit ging er um die Hausecke.

Da ging der Bäuerin mit einem Male ein Licht auf, denn das Mädchen sah hinter dem Bauern her, gleich als hätte er ihr ein großes Unrecht angetan, küßte den Jungen, den sie auf dem Schoße hatte und der seinem Vater wie aus dem Gesichte geschnitten war, wie unklug, und dann hielt sie die Hand vor die Augen und weinte, daß es sie schüttelte.

Die Frau faßte mit der Hand nach ihrem Mieder, trat vom Fenster zurück und setzte sich in den Ohrenstuhl; sie holte tief Luft und griff sich ein über das andere Mal nach der Brust. Aber dann stand sie auf, ging in den Garten, nahm dem Mädchen die Hand von den Augen weg und sagte: „Du bangst dich wohl nach eurem Hofe? In drei, vier Tagen, denke ich, kann dein Vater wieder hin.“ Und dabei strich sie ihr über die Backe.

Nach dem Mittag war sie mit ihr allein im Hause, Drewes schlief, der Bauer war mit Ul und dem Knecht nach den Koppeln gegangen und Mietren war in den Busch nach Feuerholz geschickt.

„So“, sagte die Frau und zog das Mädchen neben sich auf die Bank, „nun wollen wir beiden großen Frauensleute es uns aber einmal gemütlich machen. Die Kinder schlafen wie die Ilke.“

Das Mädchen wurde weiß und rot und konnte der Frau nicht in die Augen sehen. Die nahm sie bei der Hand: „Das ist mir doch verwunderlich, daß ein Mädchen als wie du noch keinen an der Hand hat. Machst du dir aus den Mannsleuten nichts? Denn daß sie sich aus dir nichts machen sollten, das redet mir doch keiner ein!“

Dem Mädchen ging die Brust auf und ab; sie wusste nicht, wo sie mit den Augen bleiben sollte und würgte, als ob ihr etwas im Halse steckte. „Wieschen", sagte die Frau und legte ihr den Arm um die Schulter, ich weiß mehr als du dir denkst. Bleib ruhig sitzen, wir müssen einmal ganz offen reden."

Sie nahm die Hand des Mädchens und legte sie an ihr Mieder: „Fühlst du, wie mein Herz arbeitet?" Sie zog den Kopf des Mädchens an ihre Brust: „Jetzt kannst du es ganz genau hören." Wieschen fuhr in die Höhe und sah die Frau ganz erschrocken an.

„Ja, Mädchen", sagte sie dann, „jetzt arbeitet es wie wild, und zuzeiten ist es, als ob ich überhaupt keins habe. Bei meinem Zwillingsbruder war es just so; mitten im hellen Lachen fiel er um und blieb uns weg. Und so wird es mit mir auch gehen. Seitdem ich so Schreckliches mit ansehen mußte, ist es ganz schlimm damit geworden. Wenn ich mich bloß ein ganz bißchen verjage, oder wenn ich mich sehr freuen muß, dann bleibt mir das Herz stehen und hinterher ist es, als wenn es mir aus dem Halse heraus will."

Sie seufzte tief auf: „So, jetzt ist es wieder besser damit. Aber das kann heute sein oder morgen, denn lange dauert es nicht mehr, und ich schlage um und dann", sie nahm das Mädchen fest in den Arm, „dann haben meine Kinder keine Mutter, die für sie sorgt. Und nun", sagte sie und trocknete sich die Augen aus,

weiß ich ein Mädchen, ein treues und gutes Mädchen, das meine Kinder von Herzen gern hat, und ihren Vater auch, und deswegen ist sie bis heute noch ledig geblieben, obzwar sie rundum die schönste von allen ist."

Wieschen schnappte erst nach Luft, und mit einem Male fiel sie der Bäuerin um den Hals und weinte. „Ja, aber dafür kann ich doch nichts, und es ist schlecht von mir, daß ich ihn dir nicht gegönnt habe, wo du doch dreimal besser für ihn bist, als wie ich!" Sie versuchte zu lächeln: „Aber so schlimm wird es doch mit dir nicht sein. Ich will meine Gedanken zu Bette bringen, denn, denn", sie barg ihren Kopf von neuem an der Brust der Frau, „du bist so gut und aus mir macht er sich doch kein bißchen!"

Die Bäuerin lächelte: „Wieschen, glaubst du, eine Frau als wie ich, die so viel durchgemacht hat, macht in solchen Dingen Spaß? Ich habe mein Teil gehabt, Elend und Not genug und hinterher mehr Glück und Segen, als eine Frau in diesen Zeiten verlangen kann, und wenn ich weiß, daß du einmal für die Kinder sorgen wirst, dann wird mir meine letzte Stunde nicht so sauer werden.

Versprichst du mir das?“ Das Mädchen nickte, ohne ein Wort zu sagen, und die Tränen liefen ihr über die Backen.

Als der Bauer zurückkam, sah er seine Frau und dann das Mädchen an und sagte: „Ihr seht ja beide aus, als wenn ihr das Abendmahl genommen habt!“ Die Bäuerin lächelte ihm zu, aber Wieschen ging schnell in das Flett.

Am Morgen des Tages, an dem Drewes wieder nach Engensen fahren sollte, setzte sich die Bäuerin zu ihm. „Drewes“, sagte sie und nahm ihn bei der Hand, und seine Augen, die lange nicht mehr so waren wie ehedem, bekamen ordentlich Feuer, als sie ihn ansah. „Drewes, jetzt will ich dir einmal etwas sagen, aber du darfst mir da nicht zwischenreden. Also höre zu! Du hast mir selber gesagt, du wirst aus Wieschen nicht klug, weil sie sich um die Mannsleute nicht kümmert. Seit letzten Friggetag weiß ich, warum das so ist; sie hat all lange einen, aber einen, der Frau und Kinder hat und der an ihr vorbeisieht.“

Sie drohte dem Bauer mit dem Finger, denn der machte seine bösesten Augen: „Erst abwarten und dann krumme Augen machen! Die Frau, von der ich rede, weiß das und sie ist von Herzen froh darüber, denn sie ist sich bewußt, daß sie heute oder morgen sterben kann, weil sie ein schwaches Herz hat; und nun kann sie sich für ihre Kinder keine bessere Zweitmutter wünschen und für ihren Mann“, hier liefen ihr die Augen an, keine bessere Frau als dein Wieschen, denn die Frau, das bin ich, Drewsbur!“

Sie faßte sich nach der Brust, holte tief auf und sah ihn freundlich an: „So, nun weißt du es, und ich denke, der Wulfsbur wird dir als Eidam wohl paßlich sein. Und mit Wieschen habe ich auch schon geredet. Natürlich kommt sie sich nun etwas dumm vor, aber sie kann mir jetzt mitten in die Augen sehen, denn sie weiß, wie ich ihr zugetan bin.“

Drewes schüttelte den Kopf; er wußte nicht, was er dazu sagen sollte. Dann nickte er: „Darin kannst du recht haben, Wulfsbäuerin, darin hast du sicher recht, daß das Mädchen ihre Gedanken da hat, wo du meinst; nun wird mir allerlei klar, wo mir bis zur Stunde Busch und Kraut vor war. Aber das andere, das schlage dir man aus dem Kopf! Du siehst aus als wie das ewige Leben, und wenn ich dreißig Jahre jünger wäre und du ein lediges Mädchen, dennso solltest du mal sehen, wer sich am meisten um dich kümmern täte!“

Er lachte lustig, wenigstens tat er so, aber sogleich schrie er: „Wieschen, Wieschen, Mieken, Mietren!“ denn die Bäuerin war vorn übergeschlagen und lag mit dem Gesichte auf seinem Schoße, und als Wieschen hereinkam, sah sie zum ersten Male in ihrem Leben, daß ihr Vater auch Angst haben konnte, richtige Angst, denn er hatte ein paar ganz unglückliche Augen im Kopfe.

Die Bäuerin kam bei kleinem wieder zu sich und sah beim Essen so .frisch und gesund aus wie immer, aber bevor Drewes in den Wagen stieg, nahm er sie bei der Hand und sagte: „Ich komme bald wieder, halte dich gesund!" und dann drehte er sich um, denn daß ihm die Augen naß wurden, das brauchte kein einer zu sehen. Wieschen aber nahm die Bäuerin um den Hals und weinte hellwege los, so daß Harm hinterher den Kopf schüttelte und sagte: „Ein putzwunderliches Mädchen, diese Wieschen; erst dachte ich, sie kann dich vor den Tod nicht ausstehen, und jetzt hat sie sich, als wenn sie dich vor Gernhaben auffressen will!" Dann stieg er auf den Rappen und ritt mit Thedel hinter dem Wagen her. Von Wieschen bekam er aber kein vernünftiges Wort heraus, und er wußte nicht, was er von ihr halten sollte.

Es war überhaupt ein putzwunderlicher Tag; denn als Wulf gegen Abend mit Thedel zurückritt, hörten sie etwas singen, und als sie sich in die Bügel stellten, sahen sie einen Mann hinter einem Machangel sitzen, der ein

Knie zwischen den Händen hielt und lauthals sang: .Umgürte die, o Gott, mit Kräften in ihrem Amt, Beruf und Stand, die zu des Predigtamts Geschäften dein gnadenvoller Ruf gesandt."

Die beiden Bauern sahen sich an und schüttelten die Köpfe; aber als der Vers zu Ende war, ritten sie dicht heran, denn daß sie diesem Manne gegenüber nicht scharf zu machen brauchten, das war so klar wie eine Brandhaide. „Guten Abend", rief der Bauer, „na, was machst du denn hier?"

Der junge Mensch nickte, stand dann langsam auf und sagte: „Ich wünsche ihm dasselbe, und was ich hier mache? Ich warte, was der Herr mir schickt. Doch gestatte er mir: da ich ein Prediger bin, wenn auch ohne Amtes seit einiger Zeit, dürfte mir wohl die Anrede Ihr und Herr zukommen."

Niehus griente und der Bauer lachte: „Nichts für ungut, Euer Ehren, aber daß Ihr ein geistlicher Herr seid, konnte ich Euch von der Nase nicht ablesen. Aber wo kommt Ihr her und wohin des Weges? Nehmt meine Neubegier nicht krumm, doch es geht jetzt nicht gerade sauber auf der Welt her, und wer sich bei uns blicken läßt, der muß uns schon Rede und Antwort stehen."

Der Fremde sah ihn mit klaren Augen an: „So wisse er denn, ich bin der Kaplan Jakobus Jeremias Josephus Puttfarkenius. Seitdem der Herr den Jebusitern

Macht über die Gerechten gegeben hat und als Strafe für unsere Sünden ihnen die Zuchtruten des Restitutionsediktes verlieh, ward ich meiner Kapellanstelle ledig und bin wie ein Blatt, das der Wind vor sich herweht."

Der Bauer lachte: „Viel anders seht Ihr auch nicht aus. Aber da wir doch gerade vespern wollen, und mehr bei uns haben, als wir brauchen, und Ihr nicht so aussehet, als hättet Ihr heute schon satt gekriegt, so könnt Ihr mittun, wenn Ihr dazu Lusten habt."

Der junge Geistliche sah gegen den Himmel: „Herr", rief er, „deine Güte währet ewiglich!" Er gab dem Bauern die Hand. „Es war gestern morgen indem Dorfe Fuhrbergen, als ich das letzte Stück Brotes aß. Seitdem ist die Rinde der Birkenbäume meine Nahrung gewesen, doch bin ich dieser Speise nicht gewöhnt und wollte fast verzagen, wenn ich mich nicht mit dem Spruche getröstet hätte: der, der die jungen Raben speist, wird auch meiner nicht vergessen."

Er aß wie ein Drescher und hinterher sah er gleich ganz anders aus, und die Hose hing ihm nicht mehr so bummelig vor dem Leibe. Dankbar sah er den Bauern an und fragte dann: „In Fuhrberg habe ich die Bekanntschaft eines Bauern gemacht, der Ludolf Vieken heißt und zu Rammlingen gebürtig ist. Zu diesem Manne faßte ich ein Zutrauen, obzwar er mir nicht auf dem Wege des Herrn zu wandeln schien, dieweil er Flüche und unnütze Schwüre aus seinem Munde herausgehen ließ. Aber der Herr wird ihn schon erleuchten, denn er hat mich aus den Händen der Heiden errettet, so man Tatern nennt, und unaufgefordert sein Brot mit mir geteilt, und sein Bier, als er hörte, daß ich nüchtern war wie ein Kindlein, das zum ersten Male die Wand beschreit.

Ersah den Bauern mit seinen großen hellen Augen an: „Kennt er hier in der Gegend einen Mann namens Harm Wulf? An den hat mich der Rammfinger gewiesen, denn er sagte mir, derselbe könnte in seinem Dorf, dessen Name mir entfiel, vielleicht einen Prediger gebrauchen. Und die Ehefrau dieses Mannes soll, wie mir gesagt wurde, eines ausgetriebenen Predigers Tochter sein?

Der Bauer lächelte: „Hat Viekenludolf Euch kein Zeichen mitgegeben?" Der andere nickte: „Das wohl, doch scheint es mir dürftig zu sein und fast hätte ich es von mir getan. Seht her!" Er zog einen Lappen aus der Tasche und wickelte eine Rabenfeder aus, die zweimal geknickt und deren Enden auf geheime Art ineinandergedreht waren.

„Dennso ist das recht", sagte der Bauer; „ich bin der Burvogt Harm Wulf aus Peerhobstel, und es kann sein, daß Ihr bei uns eine Stätte finden könnt, denn wir Männer können uns in diesen Zeiten kaum noch nach der Kirche trauen und die Frauensleute schon gar nicht. Ich sehe es Euch an, daß Ihr ein rechtlicher Mann seid. Es ist eine böse Zeit; landfremden Leuten trauen wir gemeiniglich nicht über den Weg, und deshalb müßt Ihr mir in die Hand versprechen an Eides Statt: nichts zu verraten, was Ihr hört und seht, ob Ihr nun bei uns bleibet oder nicht."

Puttfarken sah ihn ernst an: „Ich habe eine Probe davon belebt, welcher Art er zu sein scheint; die drei Tatern, die mich auf der Straße hinwarfen, um mich auszurauben, hängen an drei Birkenbäumen. Hätten die Toren gewußt, daß ich nur das mein eigen nenne, was ich auf dem Leibe trage, und das wohl kaum ein Jude anders als geschenkt nimmt, sie lebten vielleicht noch. Ich habe viel Greuel gesehen auf meinen Wegen, und ich glaube, wer dem Übel wehrt, der handelt nicht wider des Herrn Gebot. Und so will ich denn geloben, was er von mir fordert."

Der Bauer wartete, bis es schummerte, und derweilen fragte er aus dem Prediger heraus, was er heraushaben wollte. Der Mann gefiel ihm und Thedel auch, und Grieptoo nicht minder, und somit durfte er vor Niehus aufsitzen und bis vor die Wohld reiten.

„Mädchen", sagte Thedel nachher zu seiner Hille, die schon wieder so aussah, als ob es bald noch einen kleinen Niehus geben sollte, „da haben wir dir einen Kerl auf der Haide aufgegabelt, eine ganz putzige Kruke! Sitzt da im Sand und singt nach der Schwierigkeit ein geistliches Lied, hat nicht Messer noch Schießgewehr bei sich und macht ein Gesicht, als wenn es lauter Engel auf der Welt gibt, und dabei haben ihn gestern erst die Tatern unter sich gehabt. Es ist meist so, als ob er zu dumm ist, als daß er Bange hat; nicht einmal hat er sich verjagt, als wir von den Wachen angerufen wurden."

Thedel hatte recht; Furcht hatte Ehren Puttfarken nicht, zum mindesten keine Menschenfurcht. Das mußte Viekenludolf spüren, als er nach vier Wochen auf den neuen Hof geritten kam und auf der Deele Mietren zu fassen kriegte: „Deubel auch, Deern!" rief er und drückte sie, daß ihr die Rippen knasterten; „du machst dich ja mächtig heraus!"

Aber was machte er für runde Augen, als der Prediger aus der Dönze trat und ihm sagte: „Der Herr segne seinen Eingang, Viekenbur! Aber sage er mal: ist es notwendig, den Teufel zum Zeugen anzurufen, weil Gott diese Jungfrau blühen und gedeihen läßt? Und schickt es sich in einem ehrbaren Bauernhause, und paßt es sich für einen rechtlichen Bauern, einer ordentlichen Witfrau Tochter zu behandeln wie ein liederliches Weibsstück?"

Viekenludolf machte so verbiesterte Augen wie ein Hund, den eine Adder anprustet; aber dann lachte er: „Ist das der Dank, daß ich Euch vor den Tatern bewahrt habe?"

Der Prediger nickte: „Jawohl, das ist der Dank. Er hat mich vor Tatern und Heiden bewahrt und ich will seine Seele vor dem Höllenfeuer bewahren. Und nun trete er ein und nehme Platz, bis die Bäuerin kommt; die Magd soll sie rufen."

Von dem Tage an hatte er zwei dicke Freunde; der eine war Schewenkasper, denn er sagte nachher zu Thedel: „Er hat es dem Viekenbur aber gehörig gegeben, sage ich dir. Ist das aber auch eine Art, sich aufzuführen, wie der es tut? Kein eines Mädchen kann sich ja vor ihm bergen!" Der andere aber war Viekenludolf selber, denn als er nachher wieder ein Donnerwetter aus dem Munde ließ, wusch ihm der Prediger den Kopf noch einmal, und das gefiel dem Dausenddeubel, denn es war ihm etwas Neues. „Du", sagte er zu dem Wulfsbauern, „den behaltet man; der ist gut!"

So dachten die Peerhobstler auch, denn nachdem Puttfarken von der Bäuerin ordentlich herausgefüttert war, sah er wie ein rechtschaffener Prediger aus, und obzwar er noch reichlich jung war, so war er doch ein guter Prediger und trotz seiner Redensarten ein Mann, der in die Welt paßte.

Er scheute sich vor keiner Arbeit, soweit sie sich für ihn schickte, und mehr als einmal sagte der Wulfsbauer zu ihm: „Wie ein Knecht braucht Ihr nun gerade nicht zu arbeiten." Aber dann bekam er jedesmal zu hören: „Glaubt er, Wulfsbauer, daß mir das bei den Leuten nicht nützt, wenn ich grabe und rode wie sie selber? Und außerdem: es macht mir Freude; bin ich doch auch eines Bauern Sohn."

Er saß so gut zu Pferde wie die Peerhobstler selber, und mit der Zeit lernte er auch mit dem Schießgewehr umzugehen wie ein gelernter Jäger, und manchen Braten brachte er aus dem Busche mit. Auch Aalkörbe konnte er machen, Netze stricken und Setzangeln stellen, denn sein väterlicher Hof, den die Mansfelder samt allem, was darauf war, niedergebrannt hatten, hatte da unten an der Weser gelegen.

Der Wulfsbauer fand, daß er kein schlechtes Geschäft gemacht hatte, als er diesen Mann auf der Haide aufsammelte, allein schon, weil die Bäuerin immer einen von ihrer Art bei der Hand hatte, wenn Wulf über Land mußte, was immer öfter der Fall war; denn das mit dem Frieden, das war wie der Raubfrost auf der Haide gewesen und lange vergessen, und es wurde schlimmer denn je. Die Schweden waren gekommen, und der Herzog, dem es längst nicht mehr gepaßt hatte, die Geschäfte der Papisten zu besorgen, war zu ihnen übergegangen, und nun sengten und brannten die Pappenheimer in seinem Lande.

Öfter als sonst kam der Bauer mit krauser Stirn nach Hause, und dann war es ihm ein Trost, wenn der Prediger ihm mit mutigen Worten und einem geistlichen Liede über die Sorgen weghalf, denn Puttfarken hatte Abendandachten auf dem Hofe zugange gebracht, zu denen ein jeder kommen durfte, der dazu Lusten hatte. Besonders den alten Leuten, die seit Jahren keine Kirche mehr gesehen hatten, war es ein großer Trost, konnten sie einmal wieder gemeinsam Gott mit Gebet und Gesang ehren.

Es war von jeher ordentlich und sinnig auf dem neuen Hofe zugegangen, aber seitdem der Prediger da war, waren die Abende noch gemütlicher als sonst, denn der junge Mann hatte allerlei Kenntnisse und konnte erzählen wie ein Buch von dem, wie es in der Welt zugegangen war von Adam an bis auf die letzten Zeiten; da nun der Bauer in den ganzen Jahren jedes Buch, das ihm bei den Wehrfahrten in die Hände gefallen war, mitgebracht hatte, weil er wußte, daß seine Frau daran ihre Freude hatte, so las der Prediger ihnen an den langen Winterabenden daraus das Beste vor und wußte alles so zu erklären, daß selbst Schewenkasper in dem einen Winter mehr lernte, als in seinem ganzen Leben.

Seitdem die Bäuerin eigene Kinder hatte, konnte sie sich der anderen nicht mehr so viel annehmen wie anfangs, und so machte es sich ganz von selber, daß der Prediger Schule abhielt, zuerst für die Kinder und dann auch für die Knechte und Mägde, und dazu kamen auch die Bauern gern, denn alles, was ihre Gedanken von der schlimmen Zeit abhielt, wurde ihnen zum Trost und zur Erquickung.

Ging es doch immer schrecklicher in der Welt her. So abgelegen das Dorf auch war, es sprach sich genug bis zu ihm hin und die Bauern bekamen es mit der kalten Angst, als Grönhagenkrischan ein fliegendes Blatt mitbrachte, auf dem gedruckt stand, was der Tilly und der Pappenheimer mit Magdeburg angestellt hatten.

Am nächsten Sonntage war Predigt auf dem neuen Hofe. Schewenkasper und Thedel hatten aus Klötzen und Stangen Sitzreihen vor dem Hause aufgeschlagen und vor der großen Tür eine Art Kanzel gebaut, die von der Bäuerin und Mieken mit Tannhecke und Maien zurechtgemacht war, und ein weißes Tuch mit einem roten Kreuze war darüber gesteckt.

Bei halbig zehne waren die Peerhobstler auf dem Hofe; alle waren da außer den Brustkindern und den Wachen. Es war ein Morgen, wie er nicht schöner sein konnte; die Sonne stand hell am Himmel, die Buchfinken schlugen, die Schwalben spielten in der Luft und auf allen Misten waren die Hähne am Krähen.

Alle waren sie in ihrem besten Zeuge da, die Männer und die Frauen, und alle hatten ihre Kinder herausgeputzt, so gut es ging. Sie stießen sich an und zeigten auf die Kanzel und flüsterten leise miteinander, und die Altmutter Horst mann bekam nasse Augen, als sie das rote Kreuz auf dem weißen Laken sah.

Der Wulfsbauer stimmte das Lied an: „Allein Gott in der Höh sei Ehr und Dank für seine Gnade“, und alle fielen mit ein. Währenddem stieg der Prediger auf die Kanzel und betete vor sich hin. Er hatte einen schwarzen Gehrock an, den die Bäuerin gemacht hatte, und er kam den Bauern anders vor als bislang, w o er in Blaulinnen und Beiderwand gegangen war.

Es war kirchenstill auf dem Hofe, als der Vers zu Ende gesungen war und die Leute aufgestanden waren, nur daß man die jungen Schwalben piepen hörte. „Die Gnade unseres Herrn Jesu Christi und die Liebe Gottes und die Gemeinschaft des Heiligen Geistes sei mit uns allen“, begann der Prediger und fuhr fort: „Vernehmet in Andacht das Wort der Heiligen Schrift, das geschrieben steht Psalm einhundertsiebenunddreißig: An den Wassern zu Babel saßen wir und weinten, wenn wir an Zion gedachten.“ Er schlug sein Buch zu und fing an zu sprechen.

Die Leute horchten auf, denn eine solche Predigt hatten sie noch keinmal vernommen. Das war, als wenn sie selber zueinander redeten, so klar und doch so ganz anders. Er sprach, wie es vordem war um das Bruch, und wie es nun aussah. Er ließ Ödringen wieder aufleben und ließ es in Rauch und Asche aufgehen, erinnerte an Tod und Not und an alles andere, was die Jahre gebracht hatten an Leid und Elend. Alle Frauen weinten in ihre Schürzen und die Männer sahen vor sich hin.

Ruhig und eben hatte der Prediger gesprochen, aber dann ließ er Blitz und Donner aus seinem Munde kommen. Mit einer Stimme, die sich wie ein

Ungewitter anhörte, las er das fliegende Blatt vor und hing Worte daran, die herunterkamen wie die Axt auf den Baum. „Des Herrn Hand wird sie treffen, die Bluthunde, die der Kindlein in der Wiege nicht schonten und kein Erbarmen hatten mit unschuldigem Blute“, rief er; „zermalmen wird er sie in seinem Grimme und hinstreuen, daß ihre Feinde sie mit Füßen treten, und wenn sie dann rufen: ›Herr, o Herr, ach ach!‹ so wird er seine Ohren verschließen, denn nicht zu tilgen ist ihre Schandtat, und ihre Greuel bleiben ewiglich bestehen.“

Da hörten die Frauen zu weinen auf und die Männer sahen ihn mit blanken Augen an; alle Gesichter wurden klar, als er tröstliche Worte und Sprüche fand, die Herzen zu erquicken und die Seelen zu laben mit Hoffnung auf bessere Zeiten und Zuversicht auf die Güte des barmherzigen Gottes, und es war keiner da, der sich nicht gelobte, treu auszuharren in der Furcht des Herrn, möge kommen, was da wolle.

Wie ein Wetterrollen hörte es sich an, als die Gemeinde ihrem Prediger das Glaubensbekenntnis nachsprach, und bis zum Himmel schallte es, als sie sang:

Das Wort sie sollen lassen stahn
und kein Dank dazu haben;
er ist bei uns wohl auf dem Plan
mit seinem Geist und Gaben;
nehmen sie uns den Leib,
Ehre, Kind und Weib,
laß fahren dahin,
sie haben 's kein Gewinn:
das Reich muß uns doch bleiben!

10. Die Hochzeiter

Der Prediger sollte recht behalten. Anderthalb Jahre später, zu der Zeit, als in Peerhobstel der Hafer geschnitten wurde, kam das Tillysche Heer unter die Sense des Schwedenkönigs.

Es dauerte nicht lange und die Botschaft davon kam bis in das Bruch. Der Wulfsbauer hatte sie in Burgdorf vernommen, wo er zu tun hatte. „Junge“, sagte Thedel zu Bollenatze, „heute sind wir aber geritten, als ob der böse Feind hinter uns war, so ging das!“

Drei Tage darauf war Erntedankfest auf dem neuen Hofe. Noch keinmal war die Kanzel so schön mit Haidkränzen und Blumen ausgeschmückt gewesen, und noch niemals hatten die Leute so helle Augen gehabt, seitdem sie im Bruche leben mußten, und es war ihnen, als ob der Himmel noch nicht einmal so blank gewesen war.

Aber eine solche Predigt, wie sie an dem Tage zu hören bekamen, hatten sie noch nie belebt. Die Bauern rissen die Augen auf: das war doch etwas anderes, als ihnen der alte Pastor in Wettmar bieten konnte, das war wie die Posaune des jüngsten Gerichtes, und dann auch wieder, als wenn ein Engel Gottes zu ihnen redete, und wenn ihnen eins an der Predigt nicht gefiel, so war es, daß sie sie unter freiem Himmel anhören mußten.

„Tja“, sagte der alte Horstmann, „eine Kirche, die müssen wir haben, das steht bei mir fest. 'Und wenn auch kein Turm daran ist, und sie auch man aus Balken und Ortstein ist, es ist doch etwas anderes, als wenn die Hähne mitsingen und die Hunde mitten in die Predigt blaffen. Das ist meine Meinung und dabei bleibe ich!“

Die anderen dachten nicht anders, und so trugen sie dem Prediger das vor. „Meine lieben Kinder“, sagte er, und kein einer griente, als der junge Mann so zu ihnen sprach, „das war schon immer mein herzlichster Wunsch, doch wollte ich euch die Last nicht zumuten. Aber da ihr selber damit ankommt, so sage ich nur: Der Herr lohne euch und euren Kindern und Kindeskindern die Freude, die ihr mir damit gemacht habt!“

Es ging nicht so ganz schnell mit dem Bau, denn die Feldarbeit durfte darüber nicht liegen bleiben, und zudem mußten die jungen Leute mehr als einmal aufsitzen und über die Haide reiten, wenn das Horn rief oder der bunte Stock umging. Es wurde auch keine stolze Kirche, sondern mehr eine Kapelle, aber fest genug waren die Ortsteinwände und dicht genug das Dach aus Eichenbalken, und in dem hölzernen Glockenturm, der dabeistand, hing zwar bloß eine ganz kleine Glocke; denn viel weiter, als daß man sie auf jedem Hofe hören konnte, sollte sie nicht zu vernehmen sein.

Denn es wurde schlimmer und schlimmer von Tag zu Tag. Seitdem der Herzog schwedisch geworden war, schickte der Kaiser ihm einen Bullenbeißer nach dem anderen in das Land, und es war kein Ende der Not. Bislang waren die schwersten Wetter immer an dem Dorfe vorbeigezogen, aber bald schlug es dicht dabei ein: die Pappenheimer stürmten Burgdorf; ein halbes Tausend

Bürger kam dabei um, und die anderen waren zu Bettlern geworden, denn was nicht geraubt wurde an Geld und Gut, das fraß das Feuer. Kaum war das vorüber, so kamen die Waldsteinschen Bluthunde, und die Burgdorfer mußten Haus und Hof Im Stiche lassen und zusehen, wie sie in dem wilden Walde ihr Leben fristeten.

Greulich ging es jetzt im Lande her, so schlimm, daß die Leute am Leben verzagten und alle Zucht und Sitte aufhörte. Die Wehrwölfe bedachten sich nicht mehr lange, wenn ganze Haufen von fremden, halbverhungerten Bauern angezogen kamen, sondern machten schnell die Finger krumm. Dreißig Marodebrüder fingen sie auf der Magethaide auf einmal und hingen sie an einem einzigen Galgen quer über den Dietweg, und der Anführer bekam ein Brett vor den Leib, und darauf stand geschrieben: „Wir sind die Wölve drei mal einhundert und Elwe, wahret Euch, wir bellen nicht, sondern beißen sogleich." Davor verjagte sich eine Bande von hundert Mann, die unter dem grünen Johann des Weges kam, so sehr, daß sie unbesonnen umdrehte.

Ihr Anführer wurde so geschimpft, weil er vom Kopf bis zu den Füßen grün gekleidet war. An seinen Händen backte mehr Blut, als an denen aller Männer, die hinter ihm herzogen, und von denen ein jeder es doch reichlich wert war, von unten herauf lebendig gerädert zu werden.

Er pflegte zu fluchen: „So wahr mir der Teufel, mein lieber Freund, helfe!" Das tat er auch, als er mit seiner Bande an dem Tage vor einem Tannenbusche lag und eine gräßliche Schande machte. „Schöne Lumpenkerle seid ihr mir!" schimpfte er; „vor Männern wegzulaufen, die an ihren Hälsen hängen! Der Teufel, mein guter Freund, soll euch lotweise holen!"

Die Pfeife fiel ihm aus der Hand, denn eine Stimme, von der keiner wußte, ist sie hier oder ist sie da, war zu hören: „Er steht hinter dir und holt dich, ehe daß die Sonne untergeht!" rief sie und dann kam ein Lachen hinterher, daß die Weibsleute schrien, wie die Schweine, und Hals über Kopf sprangen die Männer auf und wankten durch die Haide.

Der Wulfsbauer und Thedel mußten sich das Lachen verbeißen. Das waren nun an die sechzig Kerle und an die vierzig Weiber, und ein einziger alter Mann jug sie hin, wo er sie hinhaben wollte. „Ja, ich kann es noch zur Genüge", sagte Ulenvater, „und ich bin heilsfroh, daß ich die Kunst diesem verrückten Thesel von Rabitze seinerzeit abgelernt habe, womit er in Helmstedt in der Schenke den Leuten die Haare in die Höhe stellte." Er hob den Finger hoch: „Sie blasen all!

Na, denn bis nachher! Ich alter Kröppel kann euch dabei doch nicht weiter helfen."

Der Oberobmann und Thedel drückten sich vorne in den Busch. An vier, fünf Stellen wurde geblasen, dann fiel ein Schuß. Die Weibsbilder schrien, und dann knallte es überall und Wulf und Thedel sprangen von einem Machangel zum anderen, schossen, luden wieder, sprangen weiter und warteten, bis einer von der Bande herankam, zielten dann lange, und wenn es knallte, schlug er ein Rad. Wie die Hasen im Kessel wurden sie zusammengeschossen, ganz gleich, ob sie Hosen oder Röcke anhatten.

„Damit sie nicht hecken, die Betzen", sagte Grönhagen, als er eine große Frau mit schwarzen Haaren, die sich hinter dem grünen Johann bergen wollte, durch den Kopf schoß. Dann sprang er von hinten zu und riß den Mann an seinem Barte zu Boden, drehte ihm die Arme auf den Rücken, und Gödediengustel band ihm die Daumen übereinander. Dann stellten sie ihn an eine Fuhre und er mußte zusehen, wie seine Mordgesellen unter die Erde kamen, und als das vorbei war, wurde er aufgehängt, ehe daß die Sonne unterging.

Wenn nun auch derartige Begebenheiten mehr als nötig dazwischen kamen, die Kapelle wurde fertig bis auf den Schlußstein über der großen Türe, und darin war ein Kreuz eingehauen, das aus zwei übereinanderliegenden Wolfsangeln gebildet war. Auch die Kirchhofsmauer wurde fertig; hoch und fest war sie, denn es lagen genug große Steine in der Haide herum, und hinter die Mauer wurde ein Zaun aus spitzen Pfählen gemacht und Weißdornbüsche dazwischen gepflanzt, und um die Mauer ein Graben gezogen, so tief, bis daß das Grundwasser herauskam, damit in der höchsten Not die Kapelle den Bauern als letzte Rettung dienen konnte.

Am achtzehnten Nebelung des Jahres 1632 wurde das erste Grab auf dem Kirchhofe gemacht, und als der Prediger die Leichenrede hielt, waren alle Augen naß, auch die der Männer, denn die Wulfsbäuerin war es, die sie begruben. Sie hatte wohl ab und zu einen ihrer Anfälle gehabt, sah aber immer so frisch und rot aus, als fehlte ihr nichts, und bloß der Prediger wußte, wie es um sie stand, denn dem hatte sie sich anvertraut.

Er sah blaß und elend aus, als er am Abend in seiner Dönze bei der kleinen eisernen Allampe saß, denn sein Herz, das sich bis dahin noch keinem Weibe zugewandt hatte, hatte immer schnell geschlagen, wenn er die Frau nur von weitem sah. Aber mix keinem Blicke, geschweige denn mit einem Worte, hatte er sie merken lassen, wie es um ihn stand. Als Mieken kam und sagte: „Die Frau ist uns eben weggeblieben", da war er wohl so weiß, wie eine Wand, als er in die Dönze kam, und seine Hände heberten, als er ihr die Augen zudrückte, aber keiner sah es ihm an, wie ihm zumute war.

Als er aber am Abend nach der Beerdigung das Kirchenbuch auf den Tisch legte und die Gänsefeder in das schwere silberne Tintenfaß steckte, das einer von der Bande des grünen Johann im Zwerchsack gehabt hatte, da fielen zwei Tränen auf das grobe Papier, auf das er mit seiner schönen großen Schrift die Worte hinsetzte: „Ao. Dnj. 1632 den 18. Novembris wurde die Wulfsbäuerin und Ehefrau des Burvogtes Harm Wulf Johanna Maria Elissabeth bürtigke Beugebauerin des ausgetriebenen bayerischen Praedicatoris Bartoldi Neugebaueri /Ehren /eheliche Tochter / allhier bestattet. Selbige war eine Leuchte voor allen Weibern. HERR! gieb ihr die ewige Ruhe und das ewige Licht leuchte ihr!" Als er einen Monat später darunter schrieb: „Sie starb desselbigen Tages, da der Schwedische König Gustavus Adolfus / GOTT habe ihn selig! / bei der Statt Lützen zu Tote gekommen ist", da fielen noch einmal zwei Tränen auf das Blatt.

Biber diesem Buche saß der Prediger manchen lieben Abend, denn er hatte aus den Bauern alles herausgefragt, was sich in dringen und hinterher in Peerhobstel an wichtigen Dingen begeben hatte, und das hatte er sich auf allerlei Zettel geschrieben. Von einem Wehrzuge hatte dann Renneckenklaus außer einem silbernen Kreuze und einem goldenen Altarkelche das Buch mitgebracht, das die Marodebrüder mit sich geschleppt hatten, weil es in teueres Leder gebunden war und drei silbervergoldete Schlösser hatte, und nun saß der Prediger, so oft er Zeit hatte, darüber und schrieb alles das hinein, was er erfahren hatte.

Auf der ersten Seite war ein schwarzes Kreuz gemalt, das aus einem roten Herzen kam; darunter war zu lesen: „Vnser Anfang Vnd Vnser Ende steht im Namen des HERRN, der Himmel Vnd Erde gemachet hat." Auf der zweiten Seite aber stand: „Historia Peerhobstelliana Oedringensique / das ist: Gründlicher Wahrhaftiger Vnd Bestendiger bericht Von dem anfetzt wüsten Dorfe Oedringen vnd der Nothkirche vnd Gemeinde Peerhobstel / sowohl, was sich unter seinen Zeiten begeben als waß ehr Veber di früheren heraußbekomen / der posteritet Vnd nachkommen zu gut Vnd besten / durch J. J. Josefum Puxtfarkenium, Praedicatorem Ao. Dnj. 1632."

Schon im nächsten Monat mußte der Prediger wieder einen Todesfall eintragen, und wenn ihm dabei auch keine Tränen aus den Augen liefen, so ruhig, wie sonst, schrieb er doch nicht, denn wieder war ihm jemand genommen, dem er mehr zugetan war, als irgendeinem anderen aus der Gemeinde. Der alte Ul war es; schon längere Zeit hatte er es auf der Brust gehabt, und als die Wulfsbäuerin ihm unter den Händen wegblieb und nicht wieder zu sich kam, da wurde er wie ein Schatten an der Wand, denn wer es nicht wußte, wie es war, der hätte die beiden für Vater und Tochter gehalten, wenn er sie zusammen sah. Bevor er ganz von sich kam, hatte er noch gesagt: „Ich komme zu meinen Töchtern Rose und Johanna."

Ein Vierteljahr darauf, als die erste Dullerche über der Haide sang und die Räuke über der Wohld riefen, ritt der Prediger mit Schewenkasper, der ihm neben der Arbeit auf dem neuen Hofe um den Gotteslohn als Küster diente, und mit Mertensgerd, der auch einer von den Stillen um ihn war, die keine starken Getränke und kein unchristliches Wort in den Mund nahmen, nach Engensen. Die Wulfsbäuerin hatte ihm alles anvertraut, was zwischen ihr, Wieschen und Drewesvater abgemacht war, denn ihrem Mann wollte sie keine Unruhe machen. Der Prediger hatte ihr in die Hand versprechen müssen, daß er dafür sorgen wolle, daß das Mädchen als Bäuerin auf den neuen Hof käme.

„So also sieht der berühmte Oberobmann Meine Drewes aus!" dachte der Prediger, als er dem Burvogt die Hand gab. So alt und mit so weißen Haaren und so vielen Falten um den Mund und bei den Augen hatte er ihn sich nicht vorgestellt. Wenn der Mann auch noch wie eine Eiche dastand, der Wurm saß in ihm und unter der Borke war er morsch und olmig.

Er wußte wohl, was den Mann drückte, der eines Tages gesagt hatte: „Ehe daß ich mir und meinen Leuten auch nur einen Finger ritzen lasse, will ich lieber bis über die Enkel im Blute gehen." Aber wem ging es nicht so von den Männern, die sich auf ihren Höfen gehalten hatten?

Als er dann mit dem Bauern über Wieschen und den Wulfsbauern gesprochen hatte und mit ihm allein war, denn das Mädchen war mit der Magd melken gegangen, und der alte Mann ihm offenbarte, was er auf dem Herzen hatte, tröstete er ihn, so gut er konnte.

Wer sich und die Seinen gegen Schandtat und Greuel wehrt und Witfrauen und Waisen beschützt, Drewsbur", sagte er, „den wird unser Herrgott willkommen heißen, und wenn seine Hände auch über und über rot sind." Da hatte der alte Mann tief aufgeseufzt und gesagt: „Dennso will ich mir darüber keine Gedanken mehr machen, Euer Ehren."

Hinterher sprach der Prediger dann mit Wieschen. Das Mädchen wurde immer stiller, je mehr er sprach, und schließlich sagte sie: „Ich habe gedacht, daß ich darüber weg bin, aber dem ist nicht so. Mein Wort halte ich, und ich würde es halten, wenn ich auch in der Zeit gelernt hätte, einen anderen gern zu haben. Das ist nun nicht so, jedennoch: der Wulfsbauer denkt in keiner Weise an mich, und es wäre mir schrecklich, zu denken, wenn er glaubte, ich hätte auf den Tod seiner Frau gelauert. Ich bin kein eines Mal in der Kirche gewesen, ohne Gott zu bitten, daß er ihr ein langes Leben geben soll, denn seit dem Tage, daß sie sich mit mir ausgesprochen hat, ist sie mir so lieb gewesen, als wie eine Schwester. Und wenn er eine andere findet, die ihm lieber ist, und die ist gut zu den Kindern, keine sollte das mehr freuen, als mich, denn um alles in der Welt möchte ich nicht, daß er denkt, ich wollte ihn zwingen, weil seine selige Frau einmal diesen Wunsch hatte."

Der Prediger gab ihr die Hand: „Eine solche Antwort, die paßt sich für eine christliche Jungfrau. Verlasse sie sich ganz auf mich! Mein lieber Freund soll nichts von Ihr denken, was Ihr nicht angenehm ist. Und nun will ich gern, wie es Ihr Vater wünscht, eine kurze Abendandacht halten, denn bei kleinem wird es Zeit, daß wir uns zum Aufbruch rüsten."

Während der Andacht sah er neben der Haustochter ein Mädchen knien, die ein Gesicht hatte, das ihn an seine selige Mutter erinnerte. Sie sah aus, als hätte sie viel Böses ausgestanden; aber als sie einmal nach ihm hinsah, merkte er, daß ihr Herz rein und gut geblieben war. Er sah hinterher, daß es die Magd war; er wußte nicht, warum er nach ihr hinsehen mußte, als sie die Stühle beiseite stellte, und er hätte gern gewußt, was es mit ihr für ein Bewenden habe, aber er fragte darum doch nicht danach.

Es schummerte schon, als er mit den anderen durch die Haide ritt. In den Gründen stieg der Nebel auf, die Frösche knurrten in den Pümpen, von der Wohld heulten die Wölfe den Mond an und im Moore waren die Kraniche am Prahlen. In der Richtung nach Meilendorf zu war der Himmel rot; da brannte ein Hof oder ein Dorf. „Errette sie, Herr", betete der Prediger in sich hinein, „vor den bösen Menschen; behüte sie vor den frevelhaften Leuten!"

Sie waren meist am Brehloh, da polterten lauthals schreiend ein paar Krähen aus den Tannen. „Prrr!" rief Mertensgerd und riß sein Pferd zurück, und die anderen taten das auch und nahmen die Pistolen zur Hand. In demselben Augenblick kam ein roter Schein aus dem Busche und eine Kugel flog über den

Prediger hin, aber sogleich schoß der auch und hörte einen Mann aufschreien, und da sah er, daß ein anderer auf den Küster anlegte; er ritt ihn über den Haufen, und als er kehrt machte, hörte er einen Schuß und der Kerl, der sich gerade wieder aufrappeln wollte, fiel um; Mertensgerd hatte ihn geschossen.

Als sie in der blanken Haide waren, hielt der Prediger an: „Lasset uns dem Herrn danken für seine Güte", sagte er, indem er die Kappe abnahm; „lasset uns beten: „Herr, Herr, meine starke Hilfe, du beschirmst mein Haupt zur Zeit des Streites." Als er sich wieder bedeckt hatte, sagte er: „Es steht geschrieben: Wer Menschenblut vergießt, dessen Blut soll wieder vergossen werden. Auf uns trifft das nicht zu; wer seinem Bruder aus dem Hinterhalte nach dem Leben trachtet, der ist wie der Wolf; sein Blut beflecket den nicht, der ihn erschlägt. Unsere Hände sind rein vor dem Herrn."

Am anderen Tage suchten Thedel, Renneckenklaus und Mertensgerd das Brehloh ab. Die Wölfe hatten saubere Arbeit gemacht; eine Handvoll Taler hatten sie aber liegen lassen, und ein paar gute Pistolen. „Das muß ich sagen", meinte Thedel zu dem Wulfsbauern, „das ist ein Prediger, wie er zu uns paßt. Ich dachte: der kann bloß mit der Schrift schießen; aber was denkt man nicht alles von einem Menschen, ehe man nicht drei Scheffel Salz mit ihm gegessen hat. Ich sage man bloß: unser Prediger! So einen soll man erst wieder suchen. Wer hätte das gedacht, als er den Tag hinter dem Machangelbusch saß und lauthals singen tat!"

Seit diesem Tage stand Puttfarken noch anders da als zuvor, und als er sich von selber anbot, auf Wache zuziehen, und das so oft tat, wie die Reihe an ihm war, da brauchte er nicht erst darum zu bitten, und es wurde ihm der Kapelle gegenüber ein Haus gebaut, wie es sich schickte, und was darein gehörte, kam alles von selber an. „Nun fehlt Euch bloß noch eine glatte Frau", meinte der Burvogt; „dann habt ihr alles in der Reihe." Aber Puttfarken schlug die Augen unter sich und sagte: „Damit hat es noch Zeit, Wulfsbur." Als er aber abends über seinem Buche saß, mußte er an die Magd vom Dreweshofe denken.

Am anderen Tage, als er den Bauern beim Grabenmachen antraf und mit ihm vesperte, fing er an: „Burvogt, gestern hat er mir gesagt, daß in meinem Hause eine Frau fehlt, und ich sagte, daß es damit noch Zeit habe. Aber jetzt will ich ihm etwas sagen: in seinem Hause, da fehlt eine Frau. Laß er mich erst zu Ende reden! Das sage ich nicht, weil ich denke, er kann jetzt schon seine selige Frau vergessen haben und seine Augen auf eine andere schmeißen, dazu kenne ich ihn viel zu gut; aber es ist einmal der Kinder wegen und dann auch, weil, was er nicht weiß, ein Mädchen da ist, das ihn vom ersten Tage gern hat, an dem es ihn gesehen hat, und das seinen Kindern die beste Zweitmutter sein wird, die man sich denken kann."

Der Bauer schüttelte erst den Kopf, als der Prediger so sprach, aber als der ihm verklarte, daß die Bäuerin ihm aufgetragen hatte, dafür zu sorgen, daß Wieschen ihr Versprechen hielt, da meinte er bloß noch: „Die junge glatte Deern ist viel zu schade für mich. Seht her!" und dabei nahm er den Hut ab; „halbig grau bin ich schon, denn ich habe doch allerlei aufhucken müssen in diesen Jahren, und das Beste, was ich zu bieten hatte, zur Hälfte liegt es in Ödringen unter der Asche und zur Hälfte bei der Kirche unter dem Rasen. Das Mädchen verdient einen Mann, der ihr mehr zu bieten hat, als wie ich."

Für den Tag schwieg der Prediger von der Sache; aber nachdem er einmal wieder in Engensen gewesen war, kam er ab und zu darauf zurück und ließ nicht eher nach, als bis der Bauer sagte: „Wenn das Jahr sich gewendet hat, seitdem meine Johanna fort mußte, und Wieschen noch ebenso denkt, als wie sie zu Euch gesagt hat, dennso soll es so werden, wie sie es mit meiner seligen Frau abgemacht hat. Der Kinder wegen wäre es mir schon am liebsten, sie kommt schon morgen, aber das wäre einmal gegen jede Art und außerdem: ehe das Jahr nicht hinter mir ist, fasse ich keine Frau an. Daß ich das beim ersten Male getan habe, hat mich oft genug gedauert, wenn es auch nicht anders ging."

Eine Woche später war Wieschen da. Sie kam aber nicht allein, denn ihr Vater war bei ihr. Der Prediger hatte ihnen klar gemacht, daß die beiden Kinder je eher, je besser unter die Hand kämen, die sie fernerhin hüten sollte, und da hatte der alte Mann gesagt: „Und ich? an mich denkt wohl kein Mensch! Was bin ich denn, wenn Wieschen weg ist? Lieschen, die hat ihren Mann und ihre Kinder, die hat keine Zeit für mich. Wenn ihr mich mit in den Kauf nehmt, schlage ich ein; sonst kann aus dem Handel nichts werden."

Er hatte aber seine Hintergedanken, als er das sagte; denn wenn er auch seine Tochter nicht missen mochte, in der Hauptsache war es, daß er bei dem Prediger sein wollte; denn wenn er dem in die Augen sah, dann vergaß er die dummen Gedanken, die er jetzt so oft hatte, und sah nicht die vielen weißen Gesichter mit den roten Löchern in der Stirn, bangte sich nicht vor den Männern, die mit einer Wiede um den Hals vor einer Birke hin und her gingen und an die er jedesmal denken mußte, wenn er einen Birkenbaum sah oder den Pendel in der Kastenuhr.

„Das ist mir gerade recht“, sagte der Prediger, der es wohl merkte, wo hinaus der alte Mann wollte; „und paßt es sich für ihn auf dem neuen Hofe nicht, so ist er mir herzlich willkommen, denn in meinem Hause bin ich doch so allein, wie der Dachs in seinem Loche, und jedweden geschlagenen Abend kann ich unmöglich bei dem Wulfsbauern sitzen.“

Aber damit war dieser nun nicht zufrieden; er räumte Drewes und Wieschen die große Schlafdönze ein. Sie lebten nun so hin wie Bruder und Schwester, der Bauer und das Mädchen, und erst im Julmond kam es in Engensen zur Löft und Ehestiftung; aber obzwar sie damit schon vor der ganzen Freundschaft nach dem alten Brauche als Eheleute galten, die Ehedönze beschritten sie erst, als der Prediger sie zusammengegeben, denn das hatte er sich als Kuppelpelz ausbedungen.

„Wisse“, sagte er zu dem Bauern, „ich bin selber Bauernsohn und weiß wohl, daß die Löft als volle Ehe galt, ehe daß die kirchliche Trauung aufkam. Da wir diese aber nun einmal haben, so soll es so sein, daß erst mit ihr eine christliche Ehe beginnt, vorzüglich in seinem Falle, wo er schon einen Hoferben hat, und dann auch, weil der Burvogt auch in diesen Dingen dem Dorfe ein Beispiel sein soll, und schließlich, weil er kein Junggeselle ist, der die Zeit nicht abwarten kann.“ Er war sehr zufrieden gewesen, als der Bauer sofort einschlug und sagte: „Das ist ganz meine Meinung.“

Es war bloß eine stille Hochzeit, denn dem Bräutigam war nicht nach Tanzen und Trinken zumute und der Braut erst recht nicht, und zudem war Landestrauer, da kurz zuvor Herzog Christian mit Tode abgegangen war, und am letzten Ende waren die Zeiten nicht danach. Aber es war eine schöne Traurede, die der Prediger hielt, und es war manch einer im Dorfe, der da sagte: „In einer Weise ist eine Brutlacht wie diese doch anständiger, als wenn in einem Ende hin gesoffen und gefressen wird.“

Die Braut war sehr still gewesen die ganzen Tage vorher, und unter der Trauung sah sie aus wie der Kalk an der Kirchenwand, denn sie hatte zuviel Bange, daß der Bauer sie bloß gezwungen nahm. Am anderen Tage aber sah sie schon wieder aus wie immer, denn als sie mit ihrem Manne allein war, hatte er sie an der Hand genommen und ihr gesagt: „Ich habe in der Zeit, die du hier warst, doch herausgefunden, daß ich innerlich noch nicht alt und kalt bin, und daß ich es dir nicht gezeigt habe, wie gern ich dich habe, das tat ich, weil ich bis auf den heutigen Tag gelobt habe, dich nicht anzufassen. Aber jetzt, Wieschen", und dabei faßte er sie um und gab ihr einen Kuß, „bist du meine Frau, und so weit es an mir liegt, soll es dich nicht gereuen, daß du es geworden bist." Da hatte die junge Frau erst so geweint, daß ihm ganz ängstlich zumute wurde; aber als er ihr die Hände vom Gesichte machte, sah er, daß das Sonnenregen war, und seine Frau lachte und warf ihm die Arme um den Hals.

Es war gut gewesen, daß es auf der Hochzeit des Wulfsbauern bloß einen Tischtrunk gegeben hatte, denn am anderen Morgen wurde die halbe Jungmannschaft vom Peerhobsberge abgerufen; lose Haufen von Schweden ließen sich in der Umgegend blicken und hausten schlimmer als das Vieh. Seitdem ihr König gefallen war, kannten sie keine Zucht mehr, und Frauenschänden und Kinderschinden, das war ihnen weiter nichts als ein kleiner Spaß. Aber der eine Haufen, der durch das Bruch ziehen wollte, lernte bald, daß es da auch wintertags Gnitten gab. Als sie mit ihren Gäulen mühselig durch Schnee und Morast zogen, fingen die bleiernen Gnitten an zu beißen, daß das Blut danach kam. „Tja", sagte Viekenludolf; „wer nicht weiß, was Landesbrauch ist, der läuft oft dumm an."

Am Sonntag Dreikönige hatten die Peerhobstler wieder gesungen: „Und wenn die Welt voll Teufel wär!" Es war an dem: was sie zu Ohren bekamen, war Mord und Brand. Wenn einmal eine Woche kein roter Schein am Himmel stand, nachdem die Sonne untergegangen war, dann vermißten die Leute beinahe etwas, und nach einer Leiche am Straßenbord wurde nicht mehr hingesehen, als vordem nach einer verreckten Katze. Der Prediger hatte einen schweren Stand, daß er seine Gemeinde bei Christi Wort und Lehre hielt, denn wie an der Pest die Leiber, so siechten an der greulichen Zeit die Seelen hin.

Das Herz wollte ihm im Leibe stehen bleiben, wenn er erzählen hörte, in welcher Weise die Bauern an ihren Peinigern Rache nahmen, und er verjagte sich, als Schewenkasper ihm in aller Seelenruhe erzählte: „In Brelingen hat ein einstelliger Bauer, der im Busche wohnt, seit einem halben Jahre einen von den Pappenheimern an der Kette im Stalle liegen, so daß er aus dem Troge fressen muß. Der Mann hat ganz recht; die Hunde haben ihm seine Frau zuschanden gemacht, und wer sich als Hund ausgibt, muß es wie ein Hund haben."

Heute die Kaiserlichen, morgen die Schweden; das ging immer umschichtig. Den einen Tag hieß es: „Wienhausen ist ausgeraubt", und hinterher: „In

Altencelle ist der Pastor zu Tode geschlagen worden.“ Je länger es dauerte, um so schlimmer wurde es. Das platte Land wimmelte von Freibeutern und Bärenhäutern. „Wenn es so beibleibt“, knurrte Schütte, „dann werden uns die Wie den knapp und wir müssen nachpflanzen“, und Viekenludolf lachte: „Soviel Mühe machen wir uns schon lange nicht mehr, denn sonst hängen am Ende schon alle Birken voll und auf die Dauer ist das wirklich kein schöner Anblick. Mit dem Bleibengel geht es sowieso schneller.“

Ganz schlimm wurde es aber erst, als Herzog Georg, der Bruder des Landesherrn, wieder zu dem Kaiser überging, weil die Schweden ihn für einen Bauern kaufen wollten. Es war, als wenn die Hölle alle ihre Teufel auf einmal von sich gegeben hätte, und der Prediger sagte nichts mehr, wenn erhörte, wie die Bauern Gleiches mit Gleichem vergalten. Die Feldbestellung hatte meist ganz aufgehört; die Ställe standen leer; die Menschen gruben nach wilden Wurzeln und fraßen Mäuse und Ratten, Schnecken und Frösche, Hunde und Katzen, und manches Stück Fleisch, das in den Topf oder auf den Rost kam, war nicht von einem Stück Vieh, und Wildbret war es auch nicht. Mancher, der bloß hundert Schritte von seinem Dorfe wegging, kam wohl wieder zurück, aber in Stücken, die unter dem Mantel getragen wurden, und die Eltern maßten aufpassen, wenn sie ihre Kinder behalten wollten.

Der Prediger war noch keine dreißig Jahre alt, da hatte er schon graue Haare über den Ohren, und die Falten, die er um den Mund hatte, waren so tief wie bei einem alten Manne. Dabei war es auf dem Peerhobsberge noch auszuhalten. War auch die Ernte schlecht gewesen, maßte auch in jedem Hause Baumrinde in das Brot gebacken werden oder Eichelschrot, satt wurden sie doch immer, denn es wuchs allerlei in der Wohld, das sich essen ließ, und an Wildbret und Fischen mangelte es niemals. Aber das schlimmste für die Leute war, daß sie ewig Angst haben maßten, eines Tages könne ein so starker Haufen Kriegsvolk nach dem Dorfe hinfinden, daß sie sich seiner nicht erwehren konnten.

Auch dem Prediger wurde es oft schlecht unter dem Brusttuche. Um sich selber bangte er sich nicht. Doch seitdem in Engensen Kroaten ziemlich schlimm gehaust hatten, aber schleunigst abziehen maßten, weil die Wehrwölfe dreimal so stark waren als sie, so daß keiner von dem Takelvolk mehr den Weg zurückfand, konnte er keine Nacht mehr ruhig schlafen, denn er maßte immer und immer daran denken, wie es Thormanns Grete, die als Magd auf dem Dreweshofe diente, bei einer solchen Gelegenheit gehen konnte.

Er hatte es dem Mädchen gleich angesehen, daß sie etwas Schweres hinter sich hatte, und er hatte es von dem alten Drewes herausgefragt, was das war. Sie war die jüngste Tochter vom Tornhofe, aus dem ihre Eltern wegliefen, als ein Trupp Raubgesindel darauf loszog und wobei Steers Wieschen, Schewenkaspers Schatz, elendiglich zu Tode kam. Der Hof ging in Flammen auf, und da zogen Thormanns auf einen anderen Hof vor Wettmar, der ihnen auch gehörte und den sie verpachtet hatten; jedoch acht Wochen darauf lebte keiner von der ganzen Familie mehr außer Grete, und die bloß deshalb, weil sie sich bei den jungen Drewes verdingt hatte, wo sie wie eine Tochter gehalten wurde, denn Witte, der Drewesbur, war Vetter zu ihr.

„Ich möchte bloß wissen, was unser Prediger immer und immer in Engensen zu tun hat", sagte Thedel zu seiner Hille, die mittlerweile schon das vierte Kind an der Brust hatte, aber dabei immer völliger wurde; „es geht kaum eine Woche hin, daß er da nicht hinreitet." Seine Frau lachte: „Er wird da wohl ein Geschäft mit jemand haben, der einen roten Rock anhat und das Haar in einem Dutten trägt", meinte sie. „Der? der denkt an alles andere als an die Weibsleute", sagte Thedel; „nee, Mädchen; dieses Mal bist du vom Wege abgekommen."

Es war aber doch so; ehe ein Monat hin war, zog Grete Thormann mit allem, was sie hatte, und das war nicht viel, auf den neuen Hof, und von da ab war der Prediger mehr da als in seinem eigenen Hause, und am nächsten Sonntag schmiß er sich und Grete von der Kanzel, und zwei Wochen später traute sie der Pastor in Wettmar in aller Stille. Seit der Zeit sah der Prediger nicht mehr so düster vor sich hin, und seine Frau bekam auch ein anderes Gesicht, besonders zehn Monate später, als sie noch etwas anderes zu tun bekam, als Brot zu backen und die Kuh zu melken; nach zwei Monaten stand ihr der rote Rock hinten ein ganzes Ende von den Hacken ab, so rund war sie geworden, und auch der Prediger setzte an wie eine Gans, die von der Stoppel in den Stall kommt.

Am besten aber bekam das Freien Schewenkasper. Die ganze Zeit hatte er sich mit Mietren herumgekabbelt. Der eine stand dem anderen im Wege. Alle Augenblicke hörte man Mietrens Stimme: „Oller Stoffel! dötscher Hammel!" oder so etwas Ähnliches, und hinter ihr her brummte es dann: „Dumme Trine! olle Gaffelzange!" Schließlich wurde es der Bäuerin zu dumm damit, und als sich die beiden im Stall mal wieder anbellten, schlug sie die Türe zu, hakte das Holzschloß ein und rief: „So, nun kommt ihr erst wieder heraus, wenn ihr gut Freund geworden seid!"

Nun war die Rückwand des Stalles aber aus Flachtenwerk, und da schlich sich die Bäuerin hin und horchte. „Harm", sagte sie abends und lachte, daß das Bett knackte, „ein Schade, daß du das nicht auch gehört hast! Erst war alles still. Dann fing Mietren an: ›Vertragen? mit so 'm ollen Pottekel? Denke nicht dran! So 'n faulmäulscher Hund! Was ich da wohl nach frage, wie der sich zu mir stellen tut! Nicht so viel, wie der Hahn auf 'm Schwanz tragen kann! Lieber such 'ch mir 'n anderen Dienst! Das fehlte noch grade! Wer war denn eher da? Soll hingehen, wo er hergekommen ist.‹ Und dann auf einmal: ›Davor hab 'ch 'm immer die Fußlappen genäht und Strümpfe hab 'ch 'm auch gestrickt und die Büxen geflickt und das ist der Dank!‹ Und dann heulte sie lauthals los. Na und denn hörte ich Kasper brummen als so 'n Tachs, und denn war alles stille. Na, als ich sie denn rausließ, da hatte Mietren die Augen unter sich und Kasper griente als wie ein Honigkuchenpferd und sagte: ›Du sollst auch vielmal bedankt sein, Bäuerin, und in vier Wochen, da wollen wir freien."

Das taten sie denn auch und über acht Monate war ein kleiner Kasper und ein Lütjes Mieken da, und Schewenkasper konnte auf einmal das Maul aufmachen und das Lachen lernte er auch noch. „Ich weiß gar nicht, Euer Ehren, was das jetzt ist", sagte der Wulfsbauer; „es ist ja wie die reine Verabredung: wohin man hört, überall regnet es Zwillinge, wenn es nicht gar Drillinge sind. Wenn das so beibleibt, dennso können sich unsere Kinder eine Kirche bauen, die fünfmal so groß ist, und mehr Land müssen sie auch unter den Pflug nehmen als wie heute. Mein Wieschen bringt mir zu dem einen Paar noch eins, eure liebe Frau will darin auch nicht zurückstehen, bei Bolles sind in zwei Jahren vier Kinder angekommen, Schewenkasper läßt sich auch nicht lumpen; das war doch früher nicht so! Na, wenn ich mal den bunten Stock und das große Horn abgebe, dann kriegt der, der nach mir kommt, die doppelte Arbeit."

So war es aber nicht nur auf dem Peerhobsberge; es war, als wenn das Volk durch doppelte und dreifache Geburten die Löcher wieder anfüllen wollte, die Krieg, Pest und Hunger gerissen hatten und immer mehr rissen. Ganze Dörfer waren wüst, andere hatten kaum noch ein Viertel der Einwohner; was nicht tot war, trieb sich im Lande herum oder lag halb verhungert unter den Mauern von Celle, wo die Kanonen wenigstens etwas Schutz vor den Mordbanden boten, die heute der Kaiser, morgen der Schwede auf das Land hetzte, und mit denen es gar kein Ende nehmen wollte. Zehn Jahre und mehr spielten sie schon Schindluder damit, und wenn die Kinder, die in dieser Zeit aufgewachsen waren, zu hören bekamen, daß es einmal eine Zeit gab, in der man sich jeden Tag Sattessen konnte, dann lachten sie und sagten: „Kann der aber lügen!“ So schrecklich wurde es, daß man Pestleichen fraß und daß Eltern ihre Kinder tot machten, weil sie ihnen keinen Bissen Brot mehr geben konnten.

Der Wulfsbauer erzählte dem Prediger gräsige Sachen von dem, was er unterwegs belebt hatte, als er in Celle zu tun gehabt hatte. Die Ständeversammlung hatte dem Herzog August die Mittel bewilligt, daß sein Bruder Georg Eisenhand Krieg gegen alles führen sollte, was dem Lande das Blut absaugte. Schatzung auf Schatzung wurde ausgeschrieben und Knecht und Magd mußten ihren letzten Groschen hergeben. Da war der Wulfsbauer nach der Hauptstadt geritten. Die Gräfin Meereshoffen, die schon graue Haare bekommen hatte, denn ihre drei Brüder hatte der Krieg gefressen und ihre Schwester war unter den Toren von Lüneburg mit ihrer Dienerschaft auf gräßliche Weise umgebracht, gab ihm einen Brief, und so wurde er bei dem Minister vorgelassen.

Der behielt den Bauern eine Stunde bei sich und fuhr mit ihm nachher zum Herzog, und da erzählte Wulf, wie er und die anderen sich geholfen hatten, denn der Minister wußte die Hälfte doch schon. Der Herzog, der etwas ängstlicher Art war, wurde ganz weiß im Gesicht, als der Bauer sagte: „Auergnädigster Herr, gezählt haben wir sie nicht, aber es kann wohl bis auf einige Tausend hinlangen, denen wir das Genick länger gemacht haben.“ Der Minister aber sagte: „Wenn sie alle so wären, wenn sie alle so wären! Dann stände es besser um unser armes Land.“ Er sprach eine Weile vertraulich mit dem Herzog und dann sagte er zu Wulf: „Der auergnädigste Herr erläßt Peerhobstel jede Schatzung, solange der Krieg anhält, dafür, daß ihr euch als wackere Männer und treue Untertanen bewiesen habt.“

Zwei Tage später war der Bauer mit zwölf von den dreiunddreißig Unterobmännern wieder in Celle und legte dem Minister einen Beutel mit tausend Talern in Gold als freiwilliges Geschenk auf den Tisch. „Das ist mir beim Wehren so in den Fingern hängen geblieben“, sagte er, „und ich denke, unser Herr Herzog hat wohl Verwendung dafür.“ Der Minister schlug ihn auf die Schulter und schüttelte ihm die Hand. „Er ist ein ganzer Kerl, Burvogt, wollte Gott, daß wir mehr von seiner Art hätten! Wie lange bleibt er noch in Celle und wo ist er eingekehrt?“ Als der Bauer ihm das gesagt hatte, sagte er: › In zwei Stunden schicke ich ihm etwas.“

Es war noch nicht anderthalb Stunden hin, da fuhr ein herzoglicher Wagen vor der goldenen Sonne vor und ein Kammerherr mit einem Diener stieg aus. Sie gingen in das herrschaftliche Zimmer und gleich darauf kam der Wirt und winkte dem Bauern: „Du sollst mal rüberkommen!“

Der Kammerherr rollte ein Papier auf und las vor, was darin stand, und dem Bauern wurde es dunkel vor den Augen, denn das war mehr, als er erwartet hatte Schatzfreiheit für Peerhobstel so lange der Krieg anhielt, amtliche Anerkennung der Kirchengemeinde Peerhobstel unter Belassung des Pfarrers Puttfarken, Befreiung des neuen Hofes von allen Lasten für ewige Zeiten mit Ausnahme der Stellung eines Reiters zu Pferde für jeden Kriegsfall.

„Das ist zuviel, Euer Gnaden“, sagte der Bauer, „das ist zuviel.“ Der Kammerherr aber lächelte und nahm dem Diener den Kasten ab, den der in der Hand trug, machte ihn auf und sagte, indem er auf ein kleines Bild im goldenen Rahmen wies, auf dem der Herzog war, wie er leibte und lebte: „Das schickt ihm unser allergnädigster Herr und einen schönen Dank dazu und er läßt sagen: wenn er wieder einmal eine Bitte hat, soll er man dreiste kommen.“

Am meisten freute sich der Prediger, als der Burvogt noch an demselben Abend den bunten Stock rundgehen ließ und Bauernmal ansagte; er konnte nicht anders, er mußte erst nach Hause laufen und seiner Frau zurufen: „Der Herzog hat die Gemeinde anerkannt, Margarete! Und mich auch! Und so bleiben wir hier, bis der Herr uns zu sich ruft!“ Dabei liefen ihm die Tränen über das Gesicht und er mußte sich hinsetzen, so schwach wurde es ihm in den Beinen.

Er hatte aber die Freude auch bitter nötig, denn immer mehr drückte es ihn, wie der Krieg auch über Peerhobstel seine Schatten schmiß und die Leute hart und kalt machte. Nun aber hatte er einen Text für den nächsten Sonntag. Er machte der Gemeinde offenbar, wie gut sie es hätte gegen das, was andere Leute auszustehen hätten, und also sollten sie nicht klagen und verzagen, sondern in der Furcht des Herrn leben und die Köpfe hochhalten.

Die Leute schudderten zusammen, als sie vernahmen, wie es anderswo zuging, und dankten Gott, daß es bei ihnen nicht so war, wie in der Gegend, von der das fliegende Blatt meldete, das der Burvogt aus Celle mitgebracht hatte und das der Prediger ihnen vorlas, denn am Schlusse hieß es darin:

> Aus Hunger nach dem Brot
> in Wäldern viel erfroren,

von Haus und Hof verjagt:
zwei Kinder man fund mit Schmerzen
die von ihrer Mutter Herzen
aus Hungersnot genagt.

11. Die Kaiserlichen

Es wurde ein harter Winter und der Schnee blieb liegen. Die Peerhobstler hatten Angst, daß ihre Fußspuren Feinde in das Dorf ziehen würden, und so mußten sie sich nach jedem Neuschnee daran geben und an dem Dorfe vorbei falsche Fährten durch die Haide machen.

So hatten sie wenigstens etwas zu tun und verfielen nicht vor Langerweile in Trübsinn. Damit die Arbeit nicht abriß, so ging der Wulfsbauer dabei, wenn die Kälte einmal nachließ und der Boden weich wurde, ein festes Blockhaus in der Wallburg zu bauen, denn er sagte sich, daß doch noch einmal ein Haufen Mordgesindel nach dem Peerhobsberge hinfinden könnte, und dann war es schlimm.

Thedel machte ihm das sofort nach, und dann Bolle und Henke und Duwe und Rennecke, und schließlich wollte jeder in der Burg ein Haus mit Stall haben. Sie bauten die Häuser dicht an den Wall heran und deckten sie mit Plaggen, damit sie nicht so leicht Feuer fangen konnten. Damit die Burg noch sicherer war, leiteten sie eine Quelle in den Burggraben, nachdem sie ihn vorher noch tiefer und steiler gemacht hatten.

Zuletzt wurde der Zuweg abgegraben und eine Fallbrücke kam statt seiner dahin. Auch ein Brunnen wurde gegraben, und schließlich wurde alles Pulver und Blei, das zu entbehren war, in die Blockhütten geschafft und alle überflüssigen Schießgewehre und sonstigen Waffen, auch Pfannen und Töpfe dort untergebracht, Brennholz, Kleidungsstücke und Mundvorrat aller Art und Viehfutter, sowie alle Immenkörbe aus dem Dorfe. Als alles fertig war, hielt der Burvogt auf dem Bauernmale eine Rede und sagte: „Jetzt können sie kommen, wenn sie lustig sind; wir wollen sie schon gut bedienen!“

Da hielten die Bauern die Köpfe wieder höher. Was konnte ihnen auch viel geschehen? Setzte ihnen der Feind den roten Hahn auf das Dach, laß fahren dahin! Holz wuchs genug in der Wohld, alle Wertsachen und das Bargeld lagen im Wall, und ehe der Feind beim Dorfe war, hatten die Wachen ihn schon spitz und meldeten ihn an. Denn nach der Ernte war der Wachdienst noch besser eingerichtet, als während des Sommers. Die Auskieke in den Wahrbäumen waren so fest und dicht gemacht, daß es für die Wachen darin wohl auszuhalten war, zumal es an warmen Kleidern und Pelzen nicht mangelte, hatten die Wehrwölfe doch genug davon erbeutet. Zudem streiften den ganzen Tag über berittene Wachen durch die Haide.

Damit den Leuten die Abende nicht zu lang wurden, sorgte der Prediger für allerhand Zeitvertreib. Im Pfarrhause veranstaltete er Zusammenkünfte, bei denen die Heilige Schrift ausgelegt wurde, und an etlichen Tagen las er aus anderen Büchern vor, damit die Leute einmal wieder von Herzen lachen konnten. Er erzählte ihnen, wie es in der Marsch an der Unterweser aussah, wo er zu Hause war, und was er auf der hohen Schule belebt hatte, und da taute einem nach dem anderen die Zunge im Munde los und jeder erzählte irgend etwas.

Sogar Schewenkasper tat das und er war sehr stolz, daß alle so mächtig lachten; sie taten das aber, weil kein Mensch an dem, was er sagte, herausfinden konnte: was ist nun Kopf und was Steert?

Alle zwei Wochen gab es auf dem neuen Hofe Tanz für das junge Volk, denn Wittenfritze spielte die Fiedel und Duwenhinrich verstand sich großartig auf die Pickelflöte. Es ging lustig auf diesen Tanzabenden zu, lustig, aber doch sinnig, denn außer einem Trunk Bier gab es nichts weiter, und wenn auch nicht soviel gejucht wurde und die roten Röcke auch nicht ganz so hoch flogen als sonst, dafür gab es auch keinen Zank und Streit und am anderen Tage keine dicken Köpfe. Es tanzten aber auch die befreiten Leute mit. Ein großes Hallo gab es, als sogar der Prediger zeigte, daß er und seine Frau so gut tanzen konnten wie einer, und als die Mädchen freie Hand hatten, wollte eine jede mit ihm tanzen. „Ja, unser Prediger, das ist einer!" sagte Thedel, als er mit seiner Hille nach Hause schob.

So ging der Winter schneller hin, als man dachte, und besondere Ungelegenheiten brachte er auch nicht. Einmal war allerdings eine große Bande von Schweden dem Dorfe ziemlich nahe gekommen, als der Wulfsbauer und seine beiden Knechte, die auf Streifwache geritten waren, sie spitz kriegten. ha zeigte Schewenkasper, daß er doch nicht so dumm war, wie er sich anstellte, und lieferte ein Stück, daß er auf einmal ein berühmter Mann wurde, sogar bei seiner

Frau, die ihn jeden Tag mit seiner Maulfaulheit und Drögigkeit aufzog. Als er acht Tage später im Kruge zu Engensen saß, war er sehr stolz, als Viekenludolf ihm sagte: „Wenn du nicht ein verheirateter Mann wärest, müßtest du eigentlich Oberobmann werden. Aber nun verzähl uns das mal, wie es war!"

„Tja", sagte Schewenkasper, „tja, das war an dem Morgen nach der Nacht, tja, an demselbigen Morgen, als Duwes Wutkopp das Kalb mit den zwei Köppen kriegte. Tja, da dachte ich gleich: wenn das man nichts zu bedeuten hat, dachte ich. Tja, so war es denn auch. So bei Uhre achte, es kann aber auch schon nenne gewesen sein, sagte der Bauer zu mir und Gird: wollen 'n böschen in die Haide, v'lleicht, daß wir was Neues gewahr werden. Na, wir also los! Tja, und als wir meist am Bullenbruch sind, das heißt, wir waren noch auf dem Höltkebrunnen, was meint ihr wohl, kommen da Reiter an und gleich an die vierzig Stück. Gird, sagte der Bauer da, mach, daß du nach dem Peerhobsberge kommst und laß tuten und blasen! Wir wollen sehen, daß wir Hilfe kriegen. Tja, und da kam mir ein Gedanke, wahrhaftig, und ich sagte: Wulfsbur, sagte ich, wenn wir nun in den Busch reiten, wo wir Ober dem Wind sind, und ich mache wie eine Kuh oder zwei oder drei und wie ein Kalb und das Schweinegeschrei habe ich auch los, tja, das habe ich, vielleicht, daß wir sie damit vom Wege wegzocken. Und der Bauer war das zufrieden. Kasper, sagte er, das ist ein Gedanke! Na, wir also in den Busch, bis wir ober dem Wind sind, und da ich losgelegt. Erst so ganz sachteken: miuh, miuh, wie so 'ne Stärke. Und hinterher: muuh, und immer gefährlicher gebölkt, und dazwischen nöff, nöff, nöff und wit, wit, wit, als wie ein Schwein, und ab und zu ließ ich eine Stute loslegen oder ein Füllen, tja, und was meint ihr, richtig fallen sie darauf rein, die Döllmer, und wir zocken sie aus dem Bullenbruche nach dem Osterhohl und von da nach der Nienwohle, und von da nach dem Düsterbrook, und von da nach dem Neegenbarkenbusch, und dann haste nicht gesehen, klabuster, klabuster nach Rammlingen geritten und Hilfe geholt, tja. Na, und das andere, das wißt ihr ja besser als wie ich."

Das war nämlich auch ganz lustig. In Rammlingen waren gerade an die achtzig von den Dreihundertdreiunddreißig zusammen, und als die beiden Peerhobstler angeritten kamen und Meldung machten, schrie Schütte: „Das kommt uns gut zupasse! Und nun will ich euch was sagen: wir wollen das einmal anders machen als bislang. Das alte Ablauern hinter den Büschen ist auf die Dauer langweilig, meine ich. Wir holen uns noch Studier zwanzig Mann oder mehr dazu und dann reiten wir sie glatt über. Es muß doch mit dem Deubel zugehen, wenn wir sie nicht unter die Füße kriegen!"

Der Oberobmann hatte eine andere Meinung, aber die übrigen waren alle dafür und so ging es denn los. Sie kriegten noch unterwegs an die dreißig von ihren Leuten zusammen, so daß sie ihrer hundertundzehne waren, machten sich alle die Gesichter schwarz und ritten los. Gödeckengustel und zwei andere ritten voran. Die Schweden zogen durch das Jammertal, wo nichts war als Sand und krause Fuhren. Als sie mitten in den Haidbergen waren, fielen die Bauern von zwei Seiten über sie her. Die Jungens bliesen auf den Hörnern und klappten mit den langen Peitschen. Die Schweden hatten lauter zusammengestohlene Pferde, und die wurden verrückt, als sie das Anjuchen und das Klappen hörten, liefen einander über den Haufen und brachen nach allen Ecken aus. Und da taten die Pistolen, die Bleiknüppel und die Barten ihre Schuldigkeit, bis der letzte Reiter aus dem Sattel war. Aber von den Wehrwölfen hatten sieben Mann auch tüchtig etwas abgekriegt und am meisten Schütte; er hatte einen Schuß mitten durch die Brust und starb nach einer Viertelstunde. Sein letztes Wort aber war: „Kinder, war das ein Spaß!"

Mitten im Jammertale lag eine Kuhle, da kamen die Schweden alle hinein, und seitdem hieß die Stelle das Schwedenloch. Nicht weit davon lag ein Flatt, das nannten sie das große Hundebeißen. Im Hornung hatte da nämlich wieder ein Trupp Schweden gelegen, fünfzehn Köpfe stark, und die Bauern wollten gerade hin und sie aus dem Wege besorgen, da kamen Thedel und Gird angeritten und meldeten, daß von der anderen Seite ein Dutzend Kaiserliche ankamen. Da sagte der Oberobmann: „So, da soll ein Hund den anderen beißen!" Er ritt nach der Burg, zog sich wie ein Kaiserlicher an, und dann ritt er so dicht an den Schweden vorbei, daß sie seine Farbe erkennen konnten. Sofort waren sie hinter ihm her, aber sie verstanden sich auf das Reiten in der hohen Haide schlecht, und so zockte sie der Wulfsbauer den Kaiserlichen in den Hals und machte sich dann dünne. Die Bauern warteten, bis alles koppsüber, koppsunter ging, und dann fegten sie das Kaff von der Deele.

Das gab dann jedesmal genug zu erzählen im Dorfe, und so wurde es Frühling, ehe man wußte, wie es zugegangen war. Besser wurde es da auch noch nicht mit dem Kriege, aber die Feldarbeit fing an und die Leute wußten, wozu sie auf der Welt waren, wenn sie sich auch wie die Wölfe im Bruche bergen mußten, denn einmal zogen Tag für Tag die Kriegsvölker hin und her und zweitens ging der schwarze Tod wieder um. So hielten sich die Peerhobstler für sich, um die fest nicht in das Bruch zu schleppen. Da sie gewohnt waren, sich und ihre Häuser rein zu halten, keinen Hunger litten und mäßig lebten, so schielte die Seuche wohl nach dem Dorfe, mußte es aber zufrieden lassen.

Durch die Arbeit kamen die Leute über ihre Ängste und Sorgen am besten weg. Darum, was draußen vorging, scherten sie sich wenig. „Sind wir nun schwedisch oder sind wir kaiserlich?“ fragte der Burvogt den Prediger; „ich finde da nicht mehr durch. Viekenludolf sagt, der Regent weiß auch nicht, wie er daran ist, und darum hat er sich mit den Hessen zusammengetan und geht gegen alles an, was hier nicht hergehört, ganz so, wie wir, und das ist auch das einzig Wahre!“

Er war mittlerweile meist ganz grau geworden; das Hin- und Herjagen in der Haide und alles das andere hatte ihm den Kopf abgebleicht., seine Stirne kraus und seinen Mund eng gemacht. Sonst war er aber noch ganz der alte, und zwölf Stunden im Sattel zu sein, das machte ihm nicht viel aus. Bei allen wichtigen Sachen war er nun wieder das Haupt, denn Viekenludolf war zu sehr Dollhund und konnte das Abwarten nicht vertragen. Wäre Wulf nicht gewesen, so hätte der Rammlingerall lange unter der Erde gelegen, denn als ihm einmal wieder die Hand vor der Zeit an zu jucken fing, kam er zwischen vier schwedische Reiter, und die deckten ihn so zu, daß es meist aus mit ihm war; aber da kam der Peerhobstler angedonnert und schlug dem Mann, der Vieken aus dem Sattel stechen wollte, das Genick ab, und einem anderen schlug er den Arm ab, und der dritte bekam eins vor die Stirn; von dem vierten aber kriegte erden Säbel mitten durch das Gesicht, ehe er ihn in die Hai de schmiß. „Das ist man bloß äußerlich, altes Mädchen“, sagte er und schlug seiner Frau auf die Lende; „bind mir 'n Lappen um und gib mir 'n Honigbrot, denn wein ich auch nicht mehr.“

Da lachte die Bäuerin. Sie war ziemlich auseinandergegangen, aber noch viel schöner als wie als Mädchen, die blankeste Frau war sie weit und breit und die lustigste auch, und das war für den Bauern die Hauptsache, denn der hatte oft seine dusteren Zeiten. Es ging ihm wie Drewes, der jetzt den Großvater spielte, denn seine Tochter hatte schon das vierte Kind. Wenn er sich mit den Kindern abgab, konnte er noch lachen, daß man alle seine Zähne sah, aber wenn sie schliefen, dann sah er oft die vielen weißen Gesichter mit den roten Löchern Inder Stirn und Birkenbäume, vor denen tote Männer hin und her gingen wie der Pendel an der Kastenuhr. Dann ging er zum Prediger und ließ sich von dem die Gnitten vertreiben.

Mit solchen Gedanken hatte sich sein Eidam auch herumzuschlagen, aber am meisten Sorge machte ihm doch das, was vor ihm lag. Achtzehn Jahre lang hatte er nun den Wolf spielen müssen; er war noch tiefer durch Menschenblut gegangen als Drewes; aber wenn es ihm bis an den Hals gestanden hätte, er hätte sich nichts daraus gemacht, wenn es endlich ein Ende damit gehabt hätte. Aber die Haide wimmelte und krimmelte von Takelzeug; Schweden und Wälsche; Krabatten und Slowaken, das fraß, was der Bauer säte, und soff, was die Bäuerin melkte; das Rauben und Plündern, Sengen und Brennen, Schimpfen und Schänden, Morden und Martern, es war das Ende davon weg.

So manches Mal hatte der Bauer den Gedanken: Hätten wir uns lieber nicht gewehrt, dann lägen wir all unter der Erde und brauchten uns nicht zu sorgen!" Sowie aber das Horn rief und die Hillebillen meldeten, daß fremde Hunde auf der Straße waren, langte er die Büchse hinter dem Schapp her, kriegte den Bleiknüppel von dem Hirschgeweih, schmiß die Beine über den Rappen, und wenn er dann wiederkam, oft erst nach Tagen, hungrig, müde, naß von Regen oder Schweiß, nach Kien, Post und Haide riechend wie ein Pferdehirt, dann sagte er doch, und er lachte ein bißchen dabei: „Für dieses Mal haben wir sie noch über den Berg gebracht!" Dann fiel er auf das Bett und schlief einen ganzen Tag wie ein Toter. Am anderen Tage aber wusch er sich von oben bis unten, zog frische Leibwäsche und anderes Zeug an, und dann erst spielte er mit den Kindern und nahm sein Wieschen in den Arm. Wer ihn dann zu sehen bekam, konnte es sich nicht denken, daß es derselbe Mann war, der vor zwei Tagen einem kaiserlichen Offizier, der um Gnade bat, zuschrie: „Jawoll, aber von dieser Art!" und damit schlug er ihn tot.

Was sollte er auch machen? Ob Schwede, ob Kaiserlicher, womit der eine gekocht war, damit war der andere gebrüht; hier wurden die Menschen im Namen der heiligen Maria totgequält und anderswo wurden sie der reinen Lehre wegen geschunden. Zu all dem Elend starb noch Georg Eisenhand, wie es hieß, an Gift, das er in Hildesheim bekommen haben sollte, als er mit dem schwedischen General unterhandelte, und nun war es, als ob das Land ganz in Blut ersaufen sollte. Die Bauern hielten die Schinderei schließlich nicht mehr aus; sie rotteten sich offen zusammen und halfen sich, so gut es gehen wollte, und ging es schief, dann war es auch nicht schlimm; wer tot war, dem konnte das Herz nicht mehr brechen über dem quälhaftigen Leben.

Viekenludolf hatte geheult, wie ein übergefahrener Hund, als ihm gemeldet wurde, daß bei Dachtmissen zweihundert Bauern von den Kaiserlichen hingemordet waren, denn er hatte mehr als einen Freund dort gehabt und auch noch etwas anderes, woran ihm noch mehr lag. Er ritt mit seinen Leuten los, aber er kam zu spät, und bloß zwanzig Mann bekam er unter die Knie, und sechs davon lebendig und der eine war ein Offizier. Er ließ sie alle mitten im Busche aufhängen, als wenn es gemeines Raubgesindel war, und als der Hauptmann dagegen anwollte, schrie er: „Dann behandelt den Herrn wie einen Offizier und hängt ihn an seinem Säbelkoppel auf und nicht an einer Wiede!“ Ja, man sagte, vorher hätte er ihm in das Gesicht gespuckt.

Das mußte wohl wahr sein, denn bald darauf traf ihn die Strafe; er mußte freien. Bisher hatte er immer Glück gehabt; aber wie es so kam, Gödeckengustels Schwester Trina, von der hätte er die Finger lassen sollen, denn in allem verstanden die Wölfe unter sich Spaß, bloß nicht in solchen Dingen. So ließ er denn das Maul hängen wie ein Rehbock, der eine Ricke suchen geht, als Gödecke ihm eines Abends sagte: „Unser Trina meint, daß es bald Zeit wäre, daß ihr beide freit.“ Zwei Wochen später war die Hochzeit; es war eine lustige Hochzeit, bloß für den Bräutigam nicht; der sagte zu Grönhagenkrischan: „Ja, die Frauensleute, da muß'n sich mit vorsehen; die nehmen gleich alles wortwörtlich!“

Er blieb auch hinterher zweiter Obmann, denn er war froh, wenn es draußen was zu tun gab. „Diese ewige Knutscherei!“ stöhnte er; „lieber Himmel, klettern hat doch bloß so lange Sinn und Verstand, bis daß man den Appel vom Baume hat; nachher da ist es Hahnjökelei.“ So waren er und sein Brauner meist unterwegs, denn es regnete jeden Tag Ungeziefer, was da nur herunterwollte, auf das Land: heute Schweden, morgen Weimaraner, dann Hessen und dann fing es wieder von vorn damit an. Ihm aber machte solch ein Leben Spaß, und wenn er nach Hause kam, warf er eine Handvoll Taler mit ein paar Goldfüchsen dazwischen auf den Tisch und sagte: „Wenn es so beibleibt, Trina, dennso mußt du deine Sparstrümpfe so lang bis ans Leib stricken!“ Aber als er einmal nach Hause kam und ihr ganz glücklich erzählte, daß nun jeder Mann zwei Frauen nehmen dürfe oder drei, denn der Krieg und die Pest hätten so viel Menschen geschluckt, daß es ohne das nicht mehr ginge, da machte Trina ein Paar Augen wie die Katze im Herdloch, lohnte Weesemanns Lotte, ein ansehnliches Mädchen, auf dem Fleck ab und nahm eine Magd, die wie eine Wildscheuche anzusehen war. Er aber sagte zu Grönhagen: „Ein Stachelschwein ist wie eine Kinderhand gegen meine Trina. Ach ja, das oberste vom Bier schmeckt immer am mehrsten!“

Aber er kam nicht allzuviel dazu, sich zu bedauern. Heute kam der kaiserliche Oberst Heister dahergekrebst, morgen murkste der Torstenson mit seinen Schweden im Lande herum; rund um Celle lagen die Bauern mit Weib und Kind, hungerten und lauerten auf den Tod und stritten sich darum, was nun besser schmecken täte, ein schwedisches Rippenstück oder ein gut kaiserlicher Lendenbraten, denn so weit war es schon gekommen, daß man offenbar Menschenfleisch fraß und auf Verabredung auf Menschenjagd auszog. Die Peerhobstler aber hatten das nicht nötig; sie hatten noch allerlei Vieh und Wildbret gab es zur Genüge, aber Pferdefleisch aßen sie hier und da doch, wenn bei der Wehrarbeit in der Haide eine Kugel aus Versehen einmal ein Pferd statt des Reiters getroffen hatte, und dann sagten sie: „Stutenkälber schmecken auch."

Sie saßen den einen Morgen im Mai alle drei auf der Bank im Garten vor dem neuen Hofe, die drei Obmänner, Drewes, Wulf und Vieken. Die Pfingstrosen waren am Aufblühen, die Schwalben flogen ab und zu, die Immen waren zugange und die Kinder sangen"Maikäfer flieg, der Vater ist im Krieg, die Mutter ist in Pommerland, Pommerland ist abgebrannt, Maikäfer flieg!" Sie sangen und juckten und kriejöhlten und sprangen hinter dem Käfer her, der durch die Sonne flog, daß seine Flügel wie Gold aussahen.

„Das ist ein neues Lied", sagte der Engenser; „ das haben wir als Kinder noch nicht gesungen. Ja, die Welt wird jeden Tag neu." Der Peerhobstler nickte: „Aber nicht besser, Drewes; ich glaube nicht, daß ich es noch belebe, daß es Frieden gibt." Der Rammfinger sagte: „Ich bin der gleichen Ansicht. Bislang fand ich das soweit ganz lustig, aber ich weiß nicht, liegt es daran, daß man älter wird, oder ist es, daß ich jetzt einen kleinen Jungen habe; so rechte Lusten habe ich auch nicht mehr an dieser. Geschichten. Zuletzt wird es einem über, wenn man einen über den anderen Tag den Bleibengel vom Haken langen muß."

In der Haide fing eine Wache an zu blasen und dann noch eine, und eine Hillebille war zu hören und noch eine. Harm und Ludolf standen auf: „Na, dann hilft das nichts; die Arbeit muß getan werden. Adjüs, Drewsbur; ich bin bloß neugierig, was jetzt wieder los ist! Und das dümmste ist: meine Trina, die glaubt ja nicht, wenn ich draußen liege, daß ich das bloß den Schweden und den anderen zu Gefallen tue; da heißt es immer und jeden Tag: na, der Schwede, der wird wohl einen roten Rock anhaben, und mich soll nicht wundern, wenn er Weesemanns Lotte heißt!" Er kratzte sich hinter den Ohren: „Ja, die Frauensleute! Soweit sind sie ja ganz niedlich; wenn sie man nicht so 'n Teeges Maul hätten!"

Ergab einen Seufzer von sich wie einen Arm lang. Drewes aber lachte: „Das schadt dir gar nichts, Viekenbur, das ist dir sogar recht, du Dollhund! Wenn du eine Frau hätt'st wie andere Leute, das arme Tier könnte einen dauern. Auf'n Steinpott hört ein ebensolchiger Deckel auf, das ist die natürliche Ordnung, und ein Katteeker und ein Lork, das gibt ein schlechtes Gespann. Aber nun seht man zu, daß wir kein Flohbeißen kriegen!"

Das taten sie denn auch. Die Wachen hatten gut aufgepaßt und die Hillebillen hatten einen langen Atem gehabt; die Kaiserlichen machten dumme Gesichter, als das Tuten und Blasen und Bimmeln rundherum losging, und erst recht, als es überall knallte und doch kein Mensch zu sehen war, denn die Wohld war dick und das Bruch naß. So waren sie heilsfroh, als sie erst wieder Inder hellen Haide waren, und auch da hielten sie sich nicht lange auf, denn zwischen den krausen Fuhren und den Machangeln war bald hier ein Pferdekopf mit einem Gesicht darüber zu sehen, bald da einer und es wurden immer mehr, gerade wie vor einem Immenkorbe, wenn der Specht daran herumarbeitet.

„Das sind mehr als hundert Mann", sagte der Offizier, der mit dem Ohr auf der Erde gehorcht hatte; „der Satan weiß, wo die Kerle herkommen. Vorwärts, marsch!" So zogen sie dahin, die Gesichter alle Augenblicke hinter sich, und hinter ihnen her ritten die Bauern, hier drei, dort zehn, da wieder ein paar und überall welche.

„Denen soll heute der Atem kurz werden und Pferdefleisch soll es sie auch kosten", lachte Wulf; aber Viekenludolf ritt im Galopp voran, bis er auf hundert Schritte heran war, und dann stellte er sich in die Bügel, sah über den Machangelbusch weg, klappte mit der Peitsche und schrie: „Kiejuh, kiejuh! Schlah doot, schlah doot, all doot, all doot, all dooot!"

Da war es, als ob die Wespen zwischen die Leute da vorne gekommen waren. Der Offizier fluchte und schlug zwei Kerle mit dem Säbel über die Köpfe, daß sie zu Boden schossen, aber es war kein Halten mehr; von hinten und von vorne, und rechter Hand und zur Linken, überall „kiejuh!" und in einem Ende „kiejuh!" und dazwischen das Peitschenklappen und das scheußliche Schreien: „Schlah doot, schlah doot, all doot, all doot, all dooot!" Da schrie der Offizier, indem er beide Arme in die Höhe schmiß: „Heilige Maria!" und wollte hinterdrein, aber der Bleiknüppel des Oberobmanns traf ihn in das Genick; er fiel vornüber, und erst, als der Schimmel in einen Sohl stürzte, fiel auch der tote Mann herunter.

„Na, wie ist es gegangen?" fragte Drewes, als Wulf und Ludolf am Nachmittage zurückkamen, naß wie die Frösche und hungrig wie die Hütejungens. „Fein", schrie der Rammlinger, „sie laufen noch und werden wohl morgen auch noch laufen. Wir haben ihnen was zum Laufen eingegeben, aber etwas, das gleich durchschlägt. Sobald werden sie wohl nicht wiederkommen, und Stücker zwanzig von ihnen höchstens um Mitternacht, um nachzusehen, wo sie nun eigentlich sind. Kinder, habe ich einen Hunger und einen Durst! Wulfsbäuerin, jede Arbeit ist ihres Lohnes wert und Dreschen macht einen langen Magen. Aber hinsehen darfst du heute nicht, wenn ich mich hinter den Schinken knie, Wieschen, ansonsten könntest du denken, bei meiner Trina kriege ich man halb satt."

Vater Drewes lachte und dachte, wie oft auch er mit solch einem Schlachterhunger nach Hause gekommen war. „Junge", sagte er und goß den Metkrug bis oben voll, „Junge, man lebt ordentlich wieder auf, wenn man dich so prahlen hört. Und wie das auch ist, Spaß macht es doch, und wenn einem hinterher auch einmal graulich zumute wird, wenn man in seinem Bette liegt; alles was recht ist: wir haben doch gezeigt, daß wir keine Bählämmer sind, und darauf wollen wir anstoßen: hoch jeder Mann, der sich nicht an den Balg kommen läßt!"

Er ließ den Krug, auf dem zu lesen stand: „Fifat, es läbe die Vreundschaft", rundgehen, aber als er ihn seinem Eidam gab, mußte er den erst anstoßen, denn Harm horchte nach dem Grasgarten hin, wo die Kinder ein neues Spiel spielten, und dabei sangen sie:

Der Schwed is kommen,
hat alles genommen;
hat die Fenster zerschlagen,
hat Blei rausgegraben,
hat Kugeln von gegossen,
hat alles verschossen;
alles verrischossen.

12. Die Schweden

Was die Kinder gesungen hatten, sollte bald wahr werden. Der Schwede kam; vor ihm ging die Angst her, hinter ihm die Not und neben ihm die Pest.

„Bet', Kinder, bet', morgen kommt der Schwed', morgen kommt der Ossenstern, der wird die Kinder beten lern'„, damit brachte man die Kleinen zu

Bette; sie lernten es und sangen es auf dieselbe lustige Art, wie sie den Maikäfer und die Sonnenkälbchen das Fliegen lehrten, so daß es den großen Leuten kalt über den Puckel lief.

Überall wurde vom Frieden gesprochen, aber kein Mensch glaubte, daß es dazu kommen würde, noch nicht einmal, als Oxenstierna in Celle Aufenthalt nahm und von da nach Osnabrück reiste, wo die anderen waren, die das Fell des Reiches versoffen. Eher glaubte man an das Ende der fielt und überall liefen Leute herum und schrien: „Fürchtet Gott und gebet ihm die Ehre, denn die Zeit seines Gerichtes ist gekommen!"

Selbst der Prediger ließ mitunter den Kopf hängen und sagte zu seiner Frau: „Margarete, es ist schwer, nicht an Gott zu zweifeln, wenn man hören muß, wie es zugeht. Der Viekenbauer hat erzählt, daß die Schweden Kinder zum Spaß martern, und bei dem Troßzuge, den er zuletzt überfallen hat, waren acht junge Mädchen von Stande als Packträgerinnen und die Schweden schlugen mit den Peitschen auf sie ein wie auf das Vieh. Doch das ist das wenigste, was sie aus zustehen hatten. Gott, mein Gott, warum lässest du ein solches geschehen!"

Er hatte es sehr schwer, denn die Bauern murrten wider den Herrn. „Was hilft uns das ganze Gutsein", hatte Schewenkasper gesagt, „wenn man davon nichts hat als Angsten und Sorgen!" Aber er hatte doch geschwiegen, als der Prediger ihm sagte: „Schäme dich, Kasper! Hast gesunde Kinder und eine blanke Frau und jeden Tag genug zu essen!"

Dem geistlichen Herrn ging es aber oft nicht anders als dem Hausmann und dem Wulfsbauern und allen übrigen ebenso, sogar dem Rammlinger, denn er war eines Tages angekommen und hatte gesagt: „Ich habe es dicke! Ich will hinter dem Pfluge hergehen und abends mit den Lütjen spielen, aber nicht alle paar Tage lebendige Menschen umbringen!"

Er hatte sich bei kleinem an seine Trina gewöhnt, besonders, als hinter dem Jungen ein Mädchen ankam, denn ein Schürzennarr, wie er einmal war, hatte er sich darüber ganz verdreht vor Freude angestellt, und wenn er eben Zeit hatte, schleppte er sich mit dem Kinde ab. Auf seine Trina ließ er nichts mehr kommen. Sie hatte ihn einmal dabei betroffen, wie er die Lütjemagd im Arme hatte, ihm eine gräßliche Schande gemacht und geschrien: „Noch ein einziges Mal und ich gehe mit den Lütjen ins Wasser!" Da hatte er es mit der heiligen Angst gekriegt und ihr hoch und teuer gelobt, daß er die Jungensschuhe ausziehen und sich wie ein Kerl aufführen wolle. Was seinen Hof und das Dorf anbetraf, so hielt er auch

Wort, aber er war viel unterwegs, und da es in den Dörfern an Männern mangelte, so wurde es ihm sauer, sein Versprechen einzuhalten.

An einem schönen Maimorgen ritt er mit einem der wildesten der jüngeren Wehrwölfe, Schierhorns Helmke, durch das Bullenbruch. Er hatte eine Laune wie ein Schneekönig, denn er hatte es bei Weesemanns Lotte gut getroffen. „Schöne Luft von Tage, Helmke“, sagte er und schlug sich seine Pfeife an. Als sie brannte, sah er über die Haide. „Helmke, kiek, zwei fremde Reiter, Schweden oder so etwas! Wollen doch einmal ein bißchen hin und ihnen die Tageszeit bieten! Was meinst du? Immer höflich, sagte die Krähe und machte jedesmal einen Diener, wenn sie dem Piewitt ein Ei aussoff.“

Schierhorn war gleich mit dabei. Sie hingen die Bleiknüppel über die Handgelenke, zogen die Pistolen und ritten in guter Deckung den Reitern entgegen. Den ersten Schoß der Rammlinger aus dem Sattel, aber da sah er auch, daß er nicht zwei, sondern ein ganzes Dutzend Schweden vor sich hatte, und jetzt hieß es den Hasen machen und aus den Gäulen herausholen, was darin war. Es knallte zwar ein paarmal hinter ihnen her, aber außer Helmkes Grauschimmel, der den halben Steert missen mußte, blieben sie heil. Als sie aber meist an der Wohld waren, kamen ihnen zehn andere Schweden in die Möte, und da konnten sie nicht anders, als daß sie sich im Lusche bargen.

Die Schweden suchten noch eine Weile herum, zogen dann aber ab. Unterwegs trafen sie zwei Taternweiber an und bekamen aus denen heraus, daß in der Wohld ein Dorf lag. „Beeses Leit sich da wohnen, Herr hiebsches“, sagte die Alte, und die junge schmiß dazwischen: „Machen alles tott, was gutes Leit ist, Suldatten un Zigeiner!“ Der Wachtmeister sagte: „O ha! also da stekken die Brüder! Na, die wollen wir aber ausschwefeln!“ Er nahm die Weiber mit und ritt spornstreichs nach Fahrberg, wo Graf Königsmark mit viel Volk lag, und machte Meldung. Mitten in der Nacht wurden hundertundfünfzig Mann losgeschickt, die solange in der Magethaide lagern mußten, bis es schummerte.

Es war noch ganz grau, da hörte Gird, der mit Bolles Atze die Wache vor dem Bullenbrache hatte, sie herankommen; er blies, aber da hörte er es auch schon am Kohlenberge tuten, und bei der Dornkuhle ging es auch los; die Schweden waren von drei Seiten zugleich gekommen. Mit knapper Not konnten die Peerhobstler sich und ihr Vieh in dem Walle bergen; der letzte war der Wulfsbauer und hinterher kam Schewenkasper gewankt; er hatte noch schnell das Bild des Herzogs aus der Dönze mitgenommen und die gelbbunte Katze. „Damit die Kinder doch was zu spielen haben währenddem“, sagte er.

Die Schweden pürschten sich vorsichtig an das Dorf heran. Alles war still, bloß daß die Hühner gackerten und die Schwalben zwitscherten. Die Gewehre in der Hand machten die Soldaten sich an die Häuser heran; kein Mensch war zu finden. Sie suchten Schuppen und Keller nach; alles war leer. Es wurde ihnen unheimlich zumute. Aber da kam ein Reiter mit einem schwedischen Mantel angelaufen, den er auf Horstmanns Hofe gefunden hatte, und nun wurde gründlich nachgesucht und eine ganze Menge Waffen und Kleider wurden gefunden, die augenscheinlich totgeschossenen Schweden gehört hätten. „Und wenn ich ewig und drei Tage suchen soll“, fluchte der Hauptmann, „finden will ich sie, und dann könnt ihr euch mit ihnen einen kleinen Scherz machen, Leute!“ Die Soldaten lachten, aber nicht so ganz von Herzen.

An die drei Stunden dauerte es, bis sie den Ringwall fanden, und elf Mann stürzten sich dabei in den Wolfskuhlen zu Tode. Die anderen kamen heil hin, konnten aber nichts sehen, denn die Dornen lagen haushoch und waren fest ineinandergewrickt. „Paar Mann auf die Bäume; zusehen, was das nun ist!“ befahl der Anführer. Zwei Leute kletterten in die Tannen. Kaum waren sie so hoch, daß sie den Mund aufmachen wollten, da knallte es zweimal und beide fielen wie die Säcke herunter.

„Schweinebande!“ schimpfte der Hauptmann; „fort mit dem Kram da!“ Die Soldaten zogen die Dornen weg, maßten aber Stück um Stück losbrechen, so fest saßen sie ineinander. Aber dann horchten sie auf; im Walle wurde geblasen. Unheimlich hörte sich das an, als wenn die Katzen quarrten und die Wölfe hinterher heulten, und dann fing es an zu bimmeln, erst langsam und dann immer schneller, und hinter dem Walde fing das Tuten und das Bimmeln an drei Stellen zugleich an. Die Soldaten sahen sich um; die Sache gefiel ihnen nicht so ganz besonders.

„Na wird's bald!“ schrie der Offizier und schlug die Leute, die bei dem Dornverhau waren, mit der Peitsche über den Rücken, daß es klappte. „Dreißig Mann hierher, aber 'n bißchen fix.“ Die Soldaten arbeiteten, daß es krachte. Ein Rabe flog über den Wall hin, rief laut und machte einen Bogen, der Schwarzspecht lachte und die Markwarte schimpften über den Lärm. „Feste feste!“ schrie der Hauptmann; „in einer Stunde müssen wir sie haben! Wollen den Buschkleppern mal zeigen, was es heißt, fromme schwedische Kriegsleute abzuschießen wie Rehböcke. Immer weiter! Je früher wir hier fertig sind, um so eher kommt ihr zu euren Mädchen!"

Viekenludolf lachte: „Oder auch nicht!" sagte er und sah den Wulfsbauern von der Seite an. Mit dem war den Tag schlecht Kirschen essen: „Du treibst dich bei den Weibsleuten rum", sagte er, „und wir können dafür den Puckel hinhalten. Eine Schande wert ist es! Ich habe es mir aber immer gedacht, daß du uns noch einmal eine schöne Suppe anrühren wirst. Aber was hilft das alles? Jetzt heißt es: keine Kugel unnütz, keinen Zoll Fell gezeigt, und alles getan, was ich sage. Und wer sich danach nicht richten tut, der soll es so haben, wie er es verdient!"

Viekenludolf lief ein Schudder über, als er den Mann da so stehen sah, das Gewehr in der Faust, ganz gelb im Gesicht, blau unter den Augen, und mit einem Mund wie ein Strich. Aber dann wurde ihm besser, denn der Obmann befahl: „Sorge dafür, daß die Immen zur Stelle sind! Und die Frauensleute sollen Pech heiß machen und Wasser. Komm aber gleich wieder! Warte mal: auch die Jungens sollen jeder ein Schießgewehr haben; heute muß ein jeder helfen. Es geht um Kopf und Kragen und um noch mehr, denn kriegen sie uns, dennso lassen sie uns lange sterben!"

Die Dornen wurden durchsichtig; man sah die Gesichter der Soldaten und Viekenludolf wollte schießen. „Bist du verrückt?" schnauzte ihn Wulf leise an; „erst muß das Haupt fallen, dann kommt das andere ran!" Er sah durch das Schießloch, ging zurück, schob sein Gewehr durch, zielte lange und Schoß. Ein Gebrüll kam von drüben. „Der läßt das Prahlen für eine Weile sein", flüsterte er dem Rammlinger zu; „Blattschuß! Er war weg wie ein Wieselchen." Er stieß einen Jungen an: „Sie sollen tuten und bimmeln, so toll sie können; wir müssen Hilfe haben, hörst du? Und wenn ihnen das Blut aus den Ohren spritzt, blasen sollen sie oder ich blase ihnen was!"

Die Schweden standen um ihren Hauptmann; der lag im Grase mit dem Rücken gegen eine Fuhre, und jedesmal, wenn er atmete, sprang ihm das helle Blut aus der Brust. Ein ganz junger Offizier, ein Junge meist noch, kniete bei ihm und wischte ihm den Todesschweiß von der Stirn. Der Sterbende bewegte die Lippen; der junge Mann bückte sich ganz tief, nickte und sprang auf: „Wir müssen unseren Herrn Hauptmann rächen. Freiwillige vor!" Bloß ein Dutzend meldete sich, voran der alte Wachtmeister. „Lumpenpack!" schrie der Offizier; „bei den Weibern, da seid ihr Helden, aber hier geht's euch in die Hosen!" Er zeigte auf einige Leute, die sich nach hinten drücken wollten. „Ihr da, voran, und wehe, wer einen Zoll zurückgeht!“ Er hielt ihnen die Pistole vor die Augen.

Die Männer murrten; es waren alles Bluthunde schlimmster Art, aber diese unheimliche Burg mitten im nassen Busche, die Scharfschützen darin, das sonderbare Tuten und Bimmeln in der Runde, das klemmte ihnen die Hälse zusammen. Der Offizier rief zwanzig bei Namen: „Ich zähle eins, zwei, drei, und wer dann nicht im Graben ist, der schluckt sein eigen Blut. Denkt an Gustav Adolf, denkt an Breitenfelde, denkt daran, daß ihr Schweden seid und keine Krabatten! Also: jeder zwei Pistolen in den Brustlatz und das Finnmesser zwischen die Zähne! Und jetzt mit Gott für Schweden! Eins, zwei, drei!“ Er faßte sich nach der Brust und stürzte in das Gras; der Wulfsbauer hatte ihn mitten durch das Herz geschossen.

Einen einzigen Blick schmiß der Wachtmeister nach ihm hin; dann schrie er: „Vorwärts marsch!“ und sprang mit einem Satze in den Graben und mit einem Male war das Wasser voll von Schweden; aber es war, als wenn es kochend war, so schrien sie alle auf einmal auf, denn wie sie da waren, ein jeder von ihnen war in die spitzen Pfähle gesprungen.

„Schießt sie doch wenigstens tot, das ist Ja schrecklich!“ rief der Prediger, aber der Obmann schüttelte den Kopf: „Nein, Euer Ehren, wir haben dazu keine Zeit, und je länger sie da quietschen, um so später trauen sich die anderen heran. Aber geht hin und sagt, daß überall gut aufgepaßt wird und daß geblasen und gebimmelt wird, und dann haltet Euch zu den Frauen und den Kindern, da seid Ihr nötiger!“

Es war auf einmal ganz still. Man hörte die Finken schlagen und die Meisen piepen und ab und zu brüllte eine Kuh in den Ställen. Es hörte sich bald an, als ob die Schweden abgezogen wären. Aber nach einer Weile hörte man Artschläge. „Haltet die Immen zur Hand!“ sagte der Obmann zu Kasper, „und das heiße Wasser und den Teer! Sie werden wohl eine Brücke machen wollen. Na, viel soll ihnen das auch nicht helfen, glaube ich.“

Er frühstückte, behielt aber die Augen am Kuckloch, und dann steckte er sich eine Pfeife an. Er hatte den Ärger über den Rammfinger hinter sich und außerdem hatten die Wachen gemeldet, daß von zwei Seiten Antwort gekommen war, und so dachte er: „Es wird schon gut gehen!“

Aber dann ärgerte er sich, daß er eine große Dummheit gemacht hatte. Einen kugelsicheren Kiekturm hätte er in der Burg aufschlagen lassen sollen, dann konnte er sehen, was drüben gemacht wurde. „Na, dümmer werde ich da auch nicht von“, dachte er.

Zwei Stunden hatte er so dagesessen, da ließ das Hacken drüben nach. Man hörte, wie die Leute schleppten und stöhnten. Der Wulfsbauer schickte den Jungen hin: „Sie sollen sich immenfest machen und die Körbe hierher bringen! Und dann alles an die Löcher, aber um den ganzen Wall, und hier“, er drehte sich nach Viekenludolf um, „die Scharfschützen her, aber erst geschossen, wenn ich sage, und auch dann noch nicht, wenn ich einmal schieße!“

Nach einer Weile standen zwanzig Popanze rechts und links bei ihm. Die Bauern hatten die Immenmasken aufgesetzt, sich Tücher um die Hälse gewickelt, dicke Röcke und drei Paar Hosen angezogen und diese unten zugebunden. Alle hatten dicke Handschuhe an und jeder sein Schießgewehr vor sich stehen. Hinter dem Vorsteher und Viekenludolf lagen die Immenkörbe; sie waren an lange Stangen gebunden und es brummte darin wie in einem Wasserkessel, denn die Ausflüge waren verrammelt.

Der Fuhrberger flüsterte: „Ich habe einen frei!“ Der Obmann nickte: „Denn man zu!“ Es knallte; ein Schrei kam von drüben, dann ein lautes Fluchen. Man hörte die Dornbüsche krachen. Eine Brücke aus Fuhrenstangen bohrte sich durch und kam erst langsam, dann schneller über das Wasser. Der Burvogt drehte die Büchse nach der Seite, zielte und Schoß. Drüben wurde wieder geflucht. „Wer einen frei hat, soll ihn totschießen“, befahl er; „aber Vorsicht! wir haben keinen einen Mann über!“ Es knallte fünfmal, die Brücke fiel in das Wasser, ging aber wieder in die Höhe und wies eine breite und hohe Schutzwand aus Tannhecke und Fuhrenzweigen auf.

„Wer will die Immen werfen?“ fragte Wulf; „kein verheirateter Kerl darf es sein, du auch nicht, Ludolf. Aber Helmke, du!“ Schierhorn kam und stellte sich neben den Oberobmann. „So“, befahl der, „jetzt, so wie ich rufe, ihr sechs da, so schnell wie es geht, die Körbe offen, Helmke die Stangen in die Hand gegeben, und ihr andern paßt auf und sorgt dafür, daß keiner ihm was tun kann. Und hat er Unglück, gehst du an seine Stelle, Hinrich, und dann du, Jochen. Und beileibe nicht die Immen in das Wasser schmeißen; alle mitten in die Dornen! Die Leute auf der Brücke kriegen wir so schon klein!“

In der Burg wieherte eine Stute; drüben antworteten die Hengste. Von der Haide her hörte man es tuten und dann bimmeln, aus der Burg wurde geantwortet. Der Kuckuck rief. Ein gelber Schmetterling flog über das Wasser, setzte sich auf den Kopf von einem der toten Männer in dem Graben und flog über die Dornbüsche. „Er will die anderen auch holen“, flüsterte der Rammfinger und griente.

Von drüben hörte man keinen Laut. Dann knasterten die Dornen und mit einem Male schoß die Brücke über das Wasser und stieß sich in dem Walle fest. „Aufpassen, ruhig schießen!“ flüsterte der Obmann. Sechs Schweden liefen wie verrückt die Brücke entlang; es knallte ein paarmal und bloß einer kam oben an, ein junger Kerl mit Haaren, so hell wie bei einem Kinde. „Nicht schießen!“ rief Wulf; „lebendig fangen!“ So wie der junge Mann über das Schutzdach wollte, riß ihn Schierhorn herüber und warf ihn dem Viekenbauer zu. „Binden und hinlegen, aber nichts tun!“ schrie der Obmann und schoß, und dann rief er: „Die Immen!“

Schierhorn, der mit der Maske und dem vielen Zeug wie der leibhaftige Satan aussah, stand gebückt hinter der Schutzwand, den Bleiknüppel am Handgelenk und schielte über sich. Eine Hand packte in die Tannhecke. Der Bauer schlug mit dem Tötschläger danach, ein Schrei kam, die Hand verschwand, das Wasser quatschte und dann schrie es lange. Ein Schuß fiel; wieder spritzte das Wasser auf. Ganz sachte, als machte er das alle Tage so, stellte sich Schewenkasper hinter den Ehlershäuser, ließ sich einen Immenkorb geben, riß den Boden ab, stellte die Stange hoch und gab sie Schierhorn in die Hände. Der nahm sie, wog sie, und dann schrie er: „Aufgepaßt, ihr da!“ und kippte die Stange um und hinterher noch eine, und die dritte, die vierte, und die fünfte und die sechste.

Wieder liefen Schweden über die Brücke. Drei bekamen Kugeln, vier kletterten über das Schutzdach, aber Schierhorn und Kasper warfen sie in den Graben. Dann hörte man es drüben fluchen, darauf schreien, dann ging ein Summen und Brummen los. Das Fluchen und Schreien nahm kein Ende, es wurde immer schlimmer damit, man hörte, wie die Pferde um sich schlugen und sich losrissen, Hunde heulten auf, das Brummen wurde immer gefährlicher, die ganze Luft war voll von Immen und hinter dem Wall stand Viekenludolf, bog sich vor Lachen krumm, schlug sich auf den Schinken, daß es knallte, und rief: „Ich gehe dot, ich gehe dot!“

Der Wulfsbauer mußte auch lachen. Dann ging er hin, band dem Schweden die Hände los und sagte: „Steh' auf!“ Der junge Mensch stand da, kreideweiß um die Nase. Der Bauer griff ihn an die Brust. „Kannst du deutsch?“ Der Junge zitterte am ganzen Leibe: „Ja!“ brachte er heraus. „Bist am Ende selber ein

Deutscher?" Der Mensch nickte. „Woher?" Er würgte: „Aus Sachsen!" Der Bauer holte tief Luft: „Schweinehund! Eigentlich solltest du sterben. Aber lauf hin und sage ihnen, sie sollen machen, daß sie fortkommen. Wir haben noch genug Immen und unsere Freunde kommen all. Und wenn dich einer fragt, wo du warst, dann sag' ihnen: bei den Wehrwölfen! Du bist der erste, den wir lebendig fortlassen." Der Soldat zitterte so, daß er kaum über die Brücke konnte, und als er am Ufer ankam, fiel er hin.

Der Wulfsbauer hielt die Hand hoch: „Pst! sie tuten sich wieder zusammen! Was ist denn das? Das sind ja unsere Leute! Hört ihr, ein Schuß! Junge, das ist gut, ich bin halb verdurstet!" Er trank den ganzen Krug Dünnbier aus, den der Junge ihm reichte, und dann sagte er: „Nun müssen wir erst wieder zusehen, daß unsere Immen ihren Ärger vergessen. Die werden schön falsch sein! Na, Brägenschülpen werden sie aber auch wohl alle haben. Und jetzt lauft hin und sagt den Frauensleuten Bescheid, aber sie sollen nicht herauskommen, wenn sie ihre glatten Gesichter behalten wollen, denn sonst kriegen sie Mäuler wie die Baumaffen, So, und nun kann die Hälfte losgehen und sehen, was unsere Mutter ihm gekocht hat. Aber laßt mir was über!"

Er horchte nach der Wohld hin und nickte. Da fielen immer mehr Schüsse und das Tuten und Blasen hörte nicht auf. Der Bauer stand wie ein Baum da. Dann lachte er: „Hörst du sie, Ludolf?" Der nickte: „Ja, Unsere kühlen ihnen jetzt die Immenquaddeln", sagte er; „mit 'm Bleiknüppel, das ist da gut für!" Der Wulfsbauer hob den Finger hoch: „Unsere haben sie zwischen sich. Stille! Hörst es? Junge, Junge, ein Schade, daß wir da nicht bei sind!" Er zitterte vor Aufregung: „Hör bloßig, wie sie bölken: Schlah dooot!" Er hielt die Hände neben den Mund und brüllte über den Graben hin: „Slah doot, slah doot, all doot, all doot, all dooot!"

Und dann kam es aus den Blockhütten heraus wie Gesang; die beiden Bauern horchten; die Frauen und Kinder sangen: „Nun danket alle Gott mit Herzen, Mund und Händen!"

Es dauerte nicht lange, da waren die Wehrwölfe da. Sie lachten und riefen über den Graben: „Na, die Hauptarbeit war ja schon gemacht; wir hätten ruhig zu Hause bleiben können! So, nun wollen wir erst dieses dummerhaftige Dings wegnehmen und zu Feuerholz machen!" Der Wulfsbauer schrie: „Nee, das können wir hier ganz gut brauchen, bringt es nach der Brücke! Aber erst kann einer von euch herkommen und uns verzählen, wie es geworden ist; denn daß wir höllschen neugierig sind, könnt ihr euch wohl denken!“

Jasper Winkelmann aus Fuhrberg und Ehlershinnerk aus Engensen kamen über die Brücke. „Junge“, sagte der Fuhrberger und schlug dem Rammlinger auf die Schulter, „hast du dich aber fein gemacht! Willst wohl wieder fründjen gehn! Ein Schade, daß du nicht mit dabei warst! Wir konnten vor Lachen meist nicht schießen. Ich glaube, kein einer von ihnen ißt in seinem ganzen Leben ein Honigbrot wieder. Du hättest mal sehen sollen, wie die Pferde auskeilten, und die Kerls, Mensch, ich sage dir, zum Krempeln war es! Sie flöhten sich als wie die jungen Hunde, und ich glaube, hinter jedem Machangel in der Haide sitzt einer und pult sich die Immenangeln aus der Pelle. Was haben wir gelacht!“

Der Wulfsbauer nahm die Maske ab. „Sonst heißt es: erst die Arbeit, dann das Vergnügen“, sagte er, „aber bei uns ist das umgekehrt. Holt mal noch ein paar Mann ran und Nägel und Wieden und Barten; wir wollen hier schnell einen Turm machen, damit, wenn sie wiederkommen, wir sie von oben begrüßen können, denn das mit den Immen, das ist auf die Dauer denn doch zu teuer. Und was sollen die Kinder sagen, wenn wir so mit dem Honig aasen!“

Die Schweden kamen aber nicht wieder, weder diese noch andere. Was kein Mensch für möglich gehalten hatte, das schien wahr werden zu wollen. Es sprach sich bis in die Haide hinein, daß es nun bestimmt, aber auch ganz bestimmt Frieden werden sollte. Man merkte es an allerlei Vorzeichen: die Störche brüteten wieder auf den Dächern und nicht mehr in den Wäldern; die Winterkrähen gingen früher weg als vordem; der Mäusefraß hörte auf; man fand keine Sternschnuppen mehr; die feurigen Männer am Himmel kamen nicht wieder; die Pest- und Sterbevögel waren wie weggeblasen.

Die Marodebrüder und Parteigänger zogen immer noch im Lande um; aber ihre gute Zeit war vorbei. Wo sie sich blicken ließen, lief das Volk zusammen und schlug sie tot und die Tatern, und was sonst ohne Haus und Herd war, desgleichen. Die Bauern kamen langsam aus den Büschen herausgekrochen und hingen die Kesselhaken wieder über die Herde, wenn die Häuser noch da waren, oder bauten sich neue so gut es ging. Hier und da wurde auch wieder gepflügt und gesät, und die Toten kamen unter die Erde, wie es sich gehörte, und wurden nicht in einem alten Sack beigerodet.

Aber so ganz traute man dem Frieden doch nicht. Es war ja auch gar nicht zu denken. Frieden? Arbeiten und essen und schlafen ohne Angst und Bange?

Keinen Feuerschein mehr am Himmel sehen? Kein Ach- und Wehgeschrei mehr zu hören? 'Weder lachen und singen dürfen? Und spielen und tanzen? Und sich darüber freuen, wenn ein Kind geboren wird? Wer das glaubt, der ist unklug! Dem hat der Krieg den Verstand verrückt! Für den ist es Zeit, daß man für ihn aufpaßt! Denn es geht ja doch bald wieder los! Das kennt man ja! Nach dem Lübecker Frieden Anno 1629 wurde es bloß noch schlimmer! Und das waren nun schon sechzehn Jahre her, nein, siebzehn. Und vor vier Jahren, hatte der Herzog da nicht seinen Frieden mit dem Kaiser gemacht? Und was hat es geholfen? Gar nichts, es wurde bloß noch einmal so doll!

Aber zuletzt mußten sie es doch glauben. Es war wirklich anders geworden in der Welt. Not und Elend gab es ja noch überall genug, aber das Morden und Martern war doch nicht mehr so im Gange. Es blühten auch viel mehr Blumen, die Vögel sangen schöner denn je und die Luft war so ganz anders, gar nicht mehr so, als wenn es immer nach Rauch und Blut roch. Es mußte also doch wohl stimmen, was der Prediger in der Kapelle vortrug, daß es dem Kaiser und den Fürsten ernst damit war. Sonst würde der alte Drewes nicht den Kopf wieder so hoch halten. „Das will ich noch beleben, aber dann ist es Zeit für mich", sagte er.

Er erlebte es noch. Es war Anfang November, da kam Viekenludolf angejagt, schrie wie ein Ungetüm, sprang vom Pferde wie ein Junge, drehte die Wulfsbäuerin herum, daß man ihre halben Beine sah, lachte wie unklug und rief: „Ihr glaubt wohl, ich bin besoffen? Keine Spur! Ich bin so nüchtern wie ein ungebörntes Kalb. Aber es ist Friede, Friede für immer, gewiß und wahrhaftig, und wenn ihr es mir nicht glauben wollt, hier lest, oder der Prediger soll es vorlesen! Das habe ich von einem Manne gekauft, der mehr solche Blätter aus Celle mitgebracht hat. Unserem Herzog sein Siegel ist darunter. Da, Euer Ehren!" Er fiel auf die Bank und jappte und mit einem Male lief ihm das Wasser aus den Augen.

Er sprang aber gleich wieder auf, denn der Wulfsbauer kam angelaufen. Er war im Grasgarten gewesen und hatte das Schreien und Weinen und Lachen gehört. Und nun stand er da und beberte an allen Gliedern und sah wie eine frisch gekalkte Wand im Gesichte aus. „Wawawas ist llos?" stotterte er. Der Prediger hob die Hand. „Ich werde vorlesen." Alle falteten die Hände, bloß der Burvogt nicht; der hatte keine Kraft dazu. Er stand an der Hauswand, sah ganz elend aus, hatte den Mund offen und ganz unglückliche Augen, und holte so tief Luft, als wenn er ersticken müßte.

Der Prediger hatte zu Ende gelesen. Alles lachte und weinte wie verrückt durcheinander. Mit einem Male drehten sich alle um. Was war denn das? Der Wulfsbauer hatte ganz schrecklich aufgeschrien, und jetzt stand er mit dem Kopfe gegen die große Tür, hatte die Hände vor dem Gesicht und weinte wie ein Kind. Dann drehte er sich um, ging wie ein todkranker Mann auf seine Frau los, nahm sie an den Arm und sagte: „Mutter, bring mich zu Bett; ich bin ja so müde!“

Die Frau faßte ihn unter den Arm, wischte ihm die Tränen ab und sagte: „Ja, ja, ich bringe dich zu Bett, mein Junge. Du sollst nun auch schön schlafen.“ Da lachte keiner von den Leuten mehr; es wurde ganz still, nur daß auf der Wiese die Kinder das neue Lied sangen, das sie in der Schule gelernt hatten:

Herzlich tut mich erfreuen
die fröhliche Sommerzeit,
all mein Geblüt erneuen,
die Mai in Wollust freit ;
die Lerch tut sich erschwingen
mit ihrem hellen Schall,
lieblich die Vögelein singen,
dazu die Nachtigall.

13. Die Haidbauern

Der Wulfsbauer schlief sich ordentlich aus; er schlief drei und eine halbe Woche lang, und er wäre wohl überhaupt nicht aufgewacht, wenn er nicht so eine Bärennatur gehabt hätte.

Denn er hatte das Nervenfieber bekommen. Es war zu viel für ihn gewesen. Auch hatte er zu tief durch Blut gehen müssen; erst bis an die Enkel, dann bis zu den Knien, bis er über die Lenden darin stand und es immer höher und höher stieg, so daß es ihm schließlich bis an den Mund kam. Viel mehr hatte nicht gefehlt, da lief es ihm da hinein und er mußte ersticken.

Schon längst hatte er es nicht mit ansehen können, wenn ein Schwein geschlachtet wurde. Wurst, die aus Blut gemacht war, aß er seit Jahren nicht mehr, und ihm wurde schlecht, wenn sich eins von den Kindern in den Finger schnitt.

Aber er hatte das alles für sich selbst behalten; zu keinem Menschen hatte er darüber gesprochen, weder zu Drewes, noch zum Viekenbauer, noch zu dem Prediger, geschweige denn zu der Bäuerin. Er hatte all seinen Ekel jeden Tag in sich hineingefressen wie der Hund seinen Unrat, und hatte darüber harte Augen und einen engen Mund gekriegt und vor der Zeit ganz graue Haare.

Nun waren sie schneeweiß geworden, wo er knapp fünfzig Jahre alt war. Aber die fünfundzwanzig Kriegsjahre hatten doppeltes Gewicht; er kam sich vor, als wenn er schon achtzig auf dem Puckel hatte. Er wurde wieder ganz gesund, er ging dahin wie ein junger Mann, er konnte arbeiten wie ein Knecht von fünfundzwanzig, erhielt noch eine volle Sense mit einer Hand waagerecht, er hatte kein bißchen von seinem Gesicht und Gehör verloren, er konnte noch über das ganze Dorf schreien, er ritt wie ein Junge, er aß wie ein Drescher, aber alt war er darum doch.

Nicht, daß er in der Arbeit nachließ; das war eher umgekehrt. So wie er wieder auf den Beinen war, ließ er auf der Wüste Bauholz schneiden, denn den Wulfshof hatte er für seinen zweiten Sohn bestimmt. Er hatte den einen nicht lieber als den anderen, aber Johanna, und wenn sie ihm auch die liebste von seinen Frauen gewesen war, sie war immerhin aus der Fremde gewesen, und deshalb hatte er ihren Sohn auch auf den Namen Bartold taufen lassen, denn so hieß ihr Vater; den Jungen aber, den er von Wieschen als ersten bekommen, nannte er Harm, wie jeder älteste Wulf gerufen wurde. Der bekam also den alten Hof und den alten Kesselhaken, auf dem zu lesen stand: Ao 1111 Do. Bartold aber blieb auf dem neuen Hofe und hieß bald nicht mehr Wulf, sondern Niehoff, und als Hausmarke nahm er zwei Wolfsangeln, die über Kreuz standen.

Auch in den Gemeindeangelegenheiten ging der Kurvogtscharf in das Geschirr. Sein erstes war, daß er für eine Kirche sorgte, denn eine eigene Kirche waren die Peerhobstler nun einmal gewöhnt. Das gab viel Lauferei und Schreiberei, aber Wulf setzte es zuletzt doch durch, und als der Prediger fragte: „Ja, aber das Geld?“

Da sagte der Bauer: Ich gebe fünftausend Taler in Gold, denn ich will es los sein“, und da wußte Puttfarken, was das für Geld war. Außerdem war noch die Kette aus bunten Steinen und Perlen da, die Schewenkasper seinerzeit dem kaiserlichen Hauptmann aus dem Hosensack genommen hatte und die meist ebensoviel wert war, und die anderen Bauern gaben auch nicht wenig, denn die Beutegelder drückten ihnen allen auf der Brust. Zu allerletzt kam noch der

Viekenbauer, zählte tausend blanke Taler vor den Prediger hin und sagte: „Das ist vor den Schreck, den ich euch allen durch meine Dummheit eingejagt habe, und Trina meint überhaupt: solch Geld, das bringt doch keinen Segen!“ Und so bekam Ödringen die Kirche.

Auch als es für den Herzog hieß, Gelder für die Schweden zusammenzukratzen und die schweren Schatzungen kamen, mußte sich der Wulfsbauer gehörig rühren und mehrere Male ritt er nach Celle, bis er es fertigbrachte, daß die kleinen Leute nicht zu sehr mit Lasten bedrückt wurden. Die Gräfin Merreshoffen lebte noch, wenn sie auch schon ganz weiß und dünn war und ein Gesicht wie Wachs hatte.

Sie ließ sich viel von dem Peerhobstler erzählen, nickte und sagte: „Ja, es ging ein böser Wind damals. Hier sitzen wir, sind noch keine sechzig alt und sehen wie achtzig über den Ohren aus. Aber er hat wenigstens seine Gesundheit und Frau und Kinder, und ich habe nichts als das bißchen Geld und allerlei dummerhaftige Erinnerungen. Aber verlasse er sich darauf: die Sache kommt in Ordnung; darauf hat er meine Hand!“

Als er ging, sagte sie zu ihrer Nichte: „Ich habe bloß zwei Männer in meinem Leben gekannt, Georg Eisenhand und den da, Brigitta!“

Mehr als einmal mußte Harm beweisen, daß er noch der alte war. Die kleine Arbeit hatte er dem Viekenbauer und Schierhornhelmke überlassen, und die seiften die Haide so gründlich ab, daß sich kein Ungeziefer mehr darin halten wollte. Er lebte noch eine ganze Stiege von Jahren und konnte viererlei Enkelkinder auf den Knien reiten lassen.

Aber als dann seine Frau starb, hatte er so recht keine Lust am Leben mehr. Er hatte sein Teil Arbeit im Leben getan und mehr als das; er war nicht mehr nötig auf der Welt. Seine Augen waren mittlerweile wieder etwas heller geworden, aber sein Mund sah aus, als wenn er Angst hatte, daß ihm Blut hineinlaufen konnte. Er starb jedoch ganz sanft und alle seine Kinder und Kindeskinder waren bei ihm, und der Viekenbauer, der noch immer hinter jedem glatten Mädchen hersehen mußte, wennschon das nicht viel Zweck mehr hatte, und Thedel und der Prediger, der wie ein ganz alter Mann aussah.

Es war eine Leiche, wie man sie um das Bruch herum noch nicht belebt hatte. Alle Wehrwölfe gingen mit, die noch am Leben waren, und außerdem jeder, der eben Zeit hatte, so daß der Wulfshof schwarz von Menschen war. Es war ein dusterer Spätherbsttag, als Harm Wulf auf immer schlafen ging, und während der Leichenandacht auf der Deele nieselte es. Als aber der Prediger nach der Beerdigung von der Kanzel den Nachruf für den Toten hielt, worin er ihn mit Simson verglich und mit Judas, dem Makkabäer, die ihre Völker vor den Feinden bewahrten, rot bis an den Hals vor Blut gewesen waren und doch Gott wohlgefällig, da kam die Sonne durch und alle Gesichter sahen hell aus, und auch die Wehrwölfe bekamen blanke Augen und dachten an die schrecklichen und doch so schönen Tage, da sie einen Tag um den anderen den Bleiknüppel über der Hand hängen hatten.

In der besten Stube des Wulfshofes zu Ödringen, hängt heute noch der Bleiknüppel an der Sofawand unter dem kleinen Bilde mit dem alten Goldrahmen. Ein Museum hat sich viel Mühe um den Knüppel gegeben, aber der Vorsteher und Landtagsabgeordnete Herman Wulff gab ihn nicht um Geld, noch um gute Worte her. „Wenn der nicht gewesen wäre, so wären wir auch nicht da", sagte er. Wenn fremde Leute fragen, was das für ein Ding ist, dann zuckt er die Achseln und sagt: „Das ist noch von früher!" Seinen Söhnen aber hat er erzählt, was er und sie dem alten Knüppel mit der Lederschlinge zu verdanken haben, und warum auf dem ältesten Grabsteine der Wulffs nichts weiter zu sehen ist denn eine aufrechte Wolfsangel.

Ein jedesmal, wenn einer der Jungens zum ersten Male das Abendmahl nahm, ließ er ihn in dem alten Kirchenbuche das lesen, was der weiland Prediger Puttfarken über Harm Wulf geschrieben hatte, als er gestorben war, und so heißt die Stelle: „Ehr war ein Held vor seinem Volke und hat es getreulich geschützet vor den Philistern und Amalekitern ober zwanzig Jahre da der große Krieg geweßen ist. Ehr ruhe in dem Frieden Gottes!"

Die hellen Augen haben sie wiederbekommen, die Wulfsbauern, die engen Lippen aber behielten sie als Erbe von Harm Wulf. So lustig, wie er als Jungkerl war, sind sie alle nicht, aber seinen eisernen Kopf hat er ihnen nachgelassen. Einer von ihnen wurde in den Freiheitskriegen ein hoher Offizier und sollte den Adel bekommen: „Mein Name ist mir so gerade gut", sagte er.

Über der Missentür des Wulfshofes steht heute noch der Spruch im Balken: „Helf dir selber, so helfet dir unser Herre Gott!" Danach haben sich alle Wulfsbauern gerichtet.